夏天的奔跑者

七段心靈之旅

跨越艱難，
尋找生命中的希望

著

七則小人物的人生篇章，七段扣人心弦的小故事

編織成一幅多彩而動人的篇章

感受到生命的可貴與多姿多彩

目錄

目錄

塵土之上

生命來自塵土，歸於塵土

——摘自《聖經》

一

這是游心文想要的答案：如果換成了你的話，你會怎麼做呢？

我丟下了話筒，但這話還迴盪在我的耳鼓。此前，我根本沒去想過這個問題，因為這問題似乎離我太遙遠了，我身體健康，從沒生過大病，才剛到四十歲呢，而丟下話筒後，我不敢輕易下結論。我想，這問題是有點難度。我聽他說完，愣了幾秒，然後反問他。游心文沒想到我會問他，總之他有點愕然，停頓片刻，才老實坦白，說自己也沒想過。

游心文是晚報的記者，我的好朋友，平常雖然少聯繫，但凡有與我搭邊的活動，彼此就會通個電話，相約前去，這是我們常用的見面方式；而我要找他的行蹤，也簡單，只要打開報紙，找到他的名字，就知道他遊走在這城市的哪個角落。他也算是個見多識廣的人了，聽了他那樣的回答，我想他大概是遇到了一個比較棘手或說是麻煩的問題，所以才打電話給我，想驗證一下他自己的猜想吧。

他說的是羅紅的故事。其實，要說起來，他與羅紅的相識也是偶然的。那天，他採訪完一個企業家後，想順路去看望同學夏語的父親，也是自己的語文老師，他患肺癌晚期了，臥病在市醫院住院部。

前幾天，同學聚會，在喧譁的人群中，發現夏語沒來，他打電話去催問。夏語說父親病倒了。游心文心一緊，問，哪兒病了？夏語說肺部。這話讓游心文心一驚，他知道夏老師是個老菸槍，就忙追問，嚴重嗎？夏語說，肺癌晚期了。

游心文問，以前沒有徵兆嗎？夏語說，以前只是咳嗽，他和他母親都擔心，勸他將菸戒了。可他爸說這是他的最愛了，還說，抽菸能不咳嗽嗎？以前也沒怎麼在意，不想近期胸口疼得難受，還咳出了帶血的濃痰來，這下他母親可不放心了，幾乎是架了他爸去醫院檢查，一查，才知道晚期了。他母親都差點暈倒了。游心文愣了半天，才想起來問，有什麼要幫忙的？夏語說，你們玩吧。

酒席上，游心文將情況一通報，大家想相約去探望，但考慮到病人需要安靜，人去多了，也不妥當，最後推選游心文做代表，說他是夏老師最得意的弟子。高中期間，他常得到夏老師的關照，偶爾還給他開開作文小灶，他的作文常得到夏老師的激賞，被當作範文，在課堂上朗誦和評點。

有時候，夏老師和他談起年輕時的志向，是想做個作家，可結果呢，他猛吸一口菸，然後緩緩吐出，說，以後就看你的了！他是這麼勉勵游心文的。夏老師帶他們班，從高一升到高三，都是他們的語文老師，而游心文也一直是語文課代表，他和夏老師的師生情誼，自然比其他同學都要深。

想起這些，游心文傷感不已。

游心文先去超級市場，本來想買水果的，但到了水果攤，細心一想，夏老師怎麼能吃水果呢？他猶豫了一會兒，便從水果攤轉出來，去了藥店，他買了幾盒靈芝保健品，據說，這對治療癌症和康復有幫助。另外，他還買了蟲草雞精，付了款，然後提上就匆匆趕去了住院部。

見到夏語，游心文嚇了一跳，一個月不見，他竟然瘦成了這樣，原先的圓臉換成了長臉。還有鼓起來的眼袋，看起來睡眠嚴重不足。夏語看見游心文，臉上有種驚訝和感動，疲憊的臉上泛起淺淺的笑容，他接過游心文手中的禮品，小心地放在床頭櫃上。

夏老師戴了呼吸面罩，睡著了。游心文走近床前，認真地檢視了一會兒，返轉身，輕聲問了句，怎麼樣？夏語也小聲說，其實是昏迷狀態。夏語說這話的時候，連打了好幾個哈欠。他解釋說，他連續一個月沒睡過一個安穩覺了，本來可以請醫院的看護，白天他覺得還可以放心，但晚上，他還是擔心，堅持自己來守夜，讓母親回家去睡覺，他母親本來不肯的，他就勸說他母親，說如果你不休息好，怎麼能替換下我呢？

他母親說不過他，也就換了白天來替他。其實，白天他母親來換他的時候，他也注意到，母親肯定也沒睡好，但他覺得他這樣做，至少是一種孝道吧。

人到中年，夏語突然覺得以前朦朧中要承擔的東西，在他沒有做好準備就突如其來降臨了，雖然有點猝不及防，但經過一段時間的慌亂後，他已經慢慢鎮定下來，做起事情來，顯得有條理了。看到他的這個變化，母親似乎也放心起來了。

想當年，夏語是個多麼讓父母擔心的人呀，經常打架鬥毆，讓他們做父母的擔憂不已，他們老拿游心文來教訓他，說看看人家心文吧，說得痛心疾首，但絲毫不見夏語有所收斂。

夏語和游心文站到遠離床頭的門口說話。夏語說話的中間，眼睛的餘光都會擦過游心文的肩頭，落到床上他父親身上，這一份關切，讓游心文也不禁會轉過身去，順了他的目光移動過去，看看夏老師一動不動的睡姿。

兩人站在門口說了一會兒話，師母來替夏語了，她手上還提了一個保溫飯盒。游心文輕聲喊了聲，師母好！師母微笑著點了點頭。游心文看了看手機顯示的時間。這時是午飯時間了。他本來想請夏語吃個午飯的，但心想他太累了，應該好好睡個午覺，就打消了這個念頭。

正想告別，一個女士輕聲敲門，很有禮貌地過來。夏語問她，有事嗎？看樣子夏語並不認識她。那位女士有點急，額頭上是細細的汗珠，但她沒去擦，就說，你們是病人的家屬吧？夏語點頭，說是的，我是他兒子。

那女士說，自己剛聽醫生說的，有個癌症病人，就趕過來了。夏語說他爸得的是肺癌。那女士說，想請你們幫個忙。師母放下手中的保溫飯盒後，正在收拾房間。夏語小聲問，什麼事呢？那女士說，希望你父親病故後能做器官捐贈。

聽了這話，原先在病房裡忙的師母，停住手中的話，激動得身子發抖，走過來說，你，說什麼？那個女士連忙說，希望老人家能為社會盡最後一點力。夏語勃然大怒，說，你這是什麼話？！你咒我爸啊？那女士急忙解釋，她不是這個意思。夏師母說，那你什麼意思？

那女士有點結巴了，說，她只是想幫到更多的人。那女士看見夏語憤怒起來，結巴更嚴重了，說她自己的意思是想說，她還沒說下去，夏語發火了，壓住聲音說，你少廢話了，你滾吧！看那個女士還想說什麼，游心文說，你走吧，這需要安靜。

看著她遲疑離開的背影，夏語說了句，神經病！師母這時說了句，算了，趕緊吃飯吧。夏語說，要不，我們下去找個飯館吧？游心文說，今天就算了，改天吧，你吃完趕緊午休一下。夏語想將他送下樓，但被他阻止了。

游心文下樓後，穿過住院部的小花園往外走，沒想到，他看見了在不遠處的長椅上，剛才那個女士坐在那裡垂淚。他心裡咯噔了一下，心裡好像有什麼閃過，他的腳步遲疑起來，但這時候，編輯部給他來電話了，說下午文聯有個會，讓他過去搞一下。

游心文邊走邊接這個電話，等他聽完工作任務後，人也走出了小花園的大門。外面的人聲和車子聲，一下子湧進了他的耳朵，在他的腦子裡漲滿，他感到有點發蒙。他想還是找地方吃飯吧，於是轉進了一家桂林米粉店，要了個小碗，慢慢吃了起來。

二

我口袋裡的手機一震動，我就莫名興奮起來，我喜歡這時候被人打擾，因為這會議太讓人鬱悶了。市裡要搞文學精品工程，說要成立文學院，實行作家簽約制，諸如此類的話題，都說了幾年了，我也參加了無數次的討論會，但至今還沒有個結論，能不讓人鬱悶嗎？

我接到通知來時，態度是認真的，但這老話題一起，又讓我煩躁起來，心想，還不如不來呢。說實話，如果不是黃主席的厚愛，我可不願意來受這活罪。我幹嘛啊，我又不領文聯的薪水，又不是體制內的人，但我卻這麼認真，這麼說來，也許是我的虛榮心作怪了，儘管我脫離了體制，但潛意識裡總想著回歸，總也想從體制裡撈點好處？

這樣一想，我也感到慚愧，我不但無法寫出無愧於自己的作品來，這樣下去，就更別提寫出什麼無愧於時代的作品來了。此時我坐在椅子上正心煩意亂地受著煎熬。

這下好了。我大大地鬆了一口氣，急迫地掏出手機，打開一看，原來是游心文的簡訊，他說，好玩嗎？我猶豫了一下，給他回了，說好玩呢，你到哪了？游心文回我，好玩那我就過去！我趕緊回他，等你！我多麼希望他快點到來啊。

過了好一會兒，游心文悄悄坐到了我的旁邊，掏出筆記本和筆，可聽了幾分鐘，他就又將東西放回了他的斜背包裡。又做坐了幾分鐘，游心文就悄悄離開了。起初我還以為他上廁所去了，沒想到，我口袋的手機又震動了。我掏出一看，游心文的簡訊，還好玩啊！我有點惡作劇地回他，難道不好玩嗎？他回過來一條簡訊，呵呵，那你繼續！

這幾年，我經常和游心文在文聯的大樓裡碰面，時間有長有短，有時候會一起吃飯聊會天再走，但有時候他來過，一閃又不見人了，簡訊問他，在哪呢？他回我，說回去寫稿。有時候我蠻佩服他們這些記者的，會議開了頭，人就走了，但第二天卻有內容見報。和他開起玩笑來，我說佩服佩服。

游心文說，從頭開到尾，了解到的訊息，和我所知的也相差無幾啊。他這話讓我無言。有時候，我也挺羨慕做記者的，閃一下，就可以寫一個稿子了，而空出的時間就是自己的，至於幹什麼，我想只由記者自己安排了。

在接下來的會議中，我一邊受著煎熬，一邊猜想游心文離開會場後，去幹些什麼，我覺得只有這樣，我才能將這樣無聊的時間打發掉。

其實，當時游心文是又去看他的夏老師了。這是他後來告訴我的。

事先，游心文打了個電話給夏語，確認他在住院，這才過去的。他手上拎的，還是靈芝保健品。看著手中的東西，游心文有點憂慮，一晃時間又過去了一個月，不知道夏老師的情況有沒好轉。

雖然，夏語在電話裡告訴他，還那樣，但口氣是很憂慮的。此前，他們通過幾次電話，夏語說了，醫院出過幾次病危通知了。但在最艱難的關頭，他父親卻一次次熬了過來。這樣反覆的過程，讓一家人體會了複雜的滋味。

有次游心文給他電話的時候，夏老師剛又從死亡線上掙扎著回來了。夏語說他剛懸上天的心，又落到了半空，說到痛苦處，夏語忍不住失聲痛哭，說，他真希望父親就這麼走了，他說他連做人的尊嚴都沒有了，吃不了，一吃就吐，只好靠吊瓶，大小便都不能自理，他不希望他這麼折磨自己，折磨母親了，他說一家人，真的再禁受不住如此這般的痛苦折磨了。

游心文拿了話筒，默默地聽了，他也不知道如何安慰自己的同學，只讓他痛哭個夠。掛電話前，他只說了句，我會去看夏老師的。

游心文上到二樓，正要上三樓找夏語，卻聽到二樓幾個人在罵一個女人。游心文在樓梯口停住腳步，返身站著看過去。三個女人和兩個男人，在推搡，辱罵一個女人。游心文看仔細了，有點驚訝，再看清楚點，女人就是上次那個勸說夏語父親捐獻器官的女人。

他想了幾秒鐘，就走過去了，攔住那幾個男女，讓他們有話好說。那幾個人憤怒地說，這個女人神經病，跑來咒罵我家病危的家人。那個女人爭辯說，她只是來徵求意見的啊。國字臉的男人說，再不滾，我給你掌嘴！他邊說，邊挽了衣袖，看樣子要衝過來。

游心文趕緊拉了那女人就跑。等他們跑到樓下，到了那個小花園，看後面並沒有人追來，才停下來大喘氣。游心文有點好奇了，問那個女人，你到底是幹嘛的？那個女人說，我是義工。游心文感到困惑，說，你是義工？那個女人看他不信，就開始在她的包裡翻找。她掏出一個證件，說她有證件的。

游心文說，義工還老惹人發火？那個女人說，我沒啊，我只是請求他們幫幫其他有需要的病人。游心文一時沒明白過來，就對她說，到那坐坐吧。他指著不遠處的那張長椅。那個女人跟他過去，就坐在上次她坐的位置。她又開始掉眼淚。

此時，太陽暖洋洋的，一個女人在這靜默的花園裡落淚，的確是幅讓人心動的情景。游心文腦袋裡閃過一絲火光，也可以說是職業的敏感吧，他有點激動，手有點發抖，他將手上的禮品袋擱在椅子邊，對身邊的女人說，你說吧，也許我能幫助你。

那個女人哭了一會兒，然後才停止，她用朦朧的淚眼，掃了眼游心文，眼神布滿了狐疑。游心文說他是記者。看她似乎不相信，就掏出口袋裡的記者證。那個女人很認真地看了一眼，輕輕地舒了口氣。游心文趕緊掏出一包衛生紙，抽出一張遞給她。她接過後，竟然有點不好意思，說了聲，謝謝。

這時候太陽真的很好。女人抬頭看了眼天空，眼睛裡有種亮光閃過。她嘆息一聲，說，假如他還在，我會和他去放風箏的。多好的天氣啊。她說完，眼裡的光亮又黯淡下來。游心文注意到了，就安慰她說，是啊，小時候，我也愛放風箏，放得老高老遠的，有時候線斷了，風箏飄得太遠了，都尋不回來了。那女人說了句，他就像是斷線的風箏，都不見了。游心文隨口問了句，是嗎，飄到哪去了呢？

三

春天，的確是春天，一個陽光明媚的下午，這天羅紅是記得的。十分清楚，她想忘記都沒有辦法忘記，這讓她痛苦萬分。有人害怕記憶力衰退，但羅紅不同，她是希望自己的記憶力衰退到失憶，這樣好讓她忘了過去的一切。

那天，下午，太陽真的很好，羅紅帶兒子呂飛去蓮花山公園放風箏。午飯是去麥當勞吃的，呂飛十分高興，臨走的時候，還讓羅紅將沒吃完的一包炸薯條放進小袋子，說等會兒餓了的時候再吃。羅紅用手指敲了他的腦門，說，都小胖子啦！呂飛說，媽媽，我在長身體呢！羅紅被這話逗笑了，說，再吃就成胖豬啦。

到公園後，發現有許多媽媽帶了小孩在放風箏，天空中飄滿了遊弋的各式風箏。呂飛興奮地喊了起來，都有點等不及了。羅紅笑咪咪去公園門口的小賣部，買了一瓶水給呂飛，又幫他將背包裡的老鷹風箏拿出來，裝配好，自己舉了風箏，迎風奔跑，等風箏飛上天後，才將手中的線圈交給兒子，然後坐在草地上，戴上墨鏡，看兒子在草地上遊走，牽動那風箏在天空的海洋游動，和蝴蝶打招呼，和猴子逗樂，自己也樂得咯咯笑。

羅紅坐著張望了一會兒，又慢慢躺下了，仰望著飄滿風箏的天空，她心裡也被各式各樣的願望填滿了。她恍惚看到了童年的天空，也飄滿了紙風箏，都是自己紮的，就用報紙，加了糨糊，竹竿，細線，卷軸。她跟了哥哥到處亂跑，追逐那飄飛的風箏，她追啊追啊，越跑越遠，一晃她就到了中年了，四十歲了，許多夢想，都在這關頭朝她眨眼，神色各異，似乎除了兒子和丈夫，一切好像都可望不可及的，這讓自己在遙望中有過無數次的嘆息。但現在，她貪婪地呼吸著土地的氣息，陽光曬出的青草味，她臉上蕩起踏實安詳的滿足。

呂飛搖醒她的時候，羅紅才發現自己睡著了。她有點不好意思，她不知道在那段失去知覺和意識的時間裡，自己有沒有失去應有的儀態。想到這裡，她有點不好意思問兒子，怎麼啦？呂飛說有點累了。他邊說，邊將衣服脫了，連聲說，熱啦！

羅紅坐起來後，她看見呂飛的額頭細密的汗珠子。她從包裡摸出一包衛生紙，給兒子擦了擦。又掏出那瓶礦泉水，擰開蓋子，遞給呂飛。還問，餓不餓？她說還有薯條呢。呂飛喝了口水，說，就是覺得累。羅紅說，那就休息一下。她拉過兒子，在身邊坐下。她疼愛地用力摩挲他的腦袋。呂飛有點不願意了，說，媽，別搞我。

羅紅扳過兒子的肩膀，說，是不是摸不得？呂飛臉紅紅的，說，媽，我都十五歲了。羅紅哧地不禁笑了，說，十五就不是我兒子啦？呂飛說，和你說不通的。羅紅看他認真的樣子，忍不住笑了起來，說，什麼說不通啊，你還不是從我的肚子裡出來的？呂飛聽了這話，有點窘，不回她的話了，只是一口一口地喝水。

呂飛猛地打了個噴嚏，被水嗆得連連咳嗽。羅紅心疼地用手拍拍他的後背，說，你慢點呀。又拉過他脫下的衣服，說，趕緊穿上，要著涼的。呂飛一邊咳嗽，一邊說，熱熱，太熱了。

他不肯穿上脫下的衣服。羅紅等他喘順氣後，還是堅持要他穿上衣服。這時候三分鐘熱風吹過來，羅紅感到一絲舒服的涼意，就說，看看，起風了呢，穿上穿上。呂飛拗不過她，只好很不情願地接過衣服穿上。

羅紅和呂飛坐了一會兒，就問他，還想玩嗎？呂飛說想呀。羅紅說，那就去吧。呂飛卻說，就是不想動了。羅紅笑了，說，什麼意思呀？呂飛做了個鬼臉，說，心有餘而力不足。羅紅沒想到，兒子這麼逗，就用手摸了把他的腦袋，說坐這看人家玩也挺好的。

她說起自己小時候玩風箏的趣事。呂飛聽得入神，還問她說，幹嘛要自己做呢？羅紅說，傻兒子，那時候去哪買啊，玩的東西都是自己做的。呂飛有點不相信，說真的嗎？羅紅說，哪像現在，什麼都是去買來的。

呂飛有點心動了，說哪天也教我做做。羅紅說好啊，等媽媽閒下來，等你功課鬆點，我們就去買材料。呂飛一邊把玩手中的風箏，一邊說好啊，就這個暑假吧。

呂飛說不想玩了，說想回家玩電腦。羅紅有點不滿，責怪兒子總想著電腦。呂飛說，我也沒落下功課啊。語氣有點委屈。羅紅說，那就好，初中跟不上，高中就更難了。呂飛有點不耐煩了，說，知道啦，囉嗦。羅紅說，誰叫我是你媽呀。回去吧。呂飛邊說邊捲起了風箏。羅紅說再坐坐吧，難得來一趟。

說實話，羅紅想在這坐一個下午，在這裡，她能放鬆自己，一到家裡，她知道呂飛就想著電腦，而自己呢，就想著督促呂飛複習或做功課，擔心他玩電腦，有時候鬧得很不愉快。

憤怒的時候，羅紅常常跟丈夫呂智聰發牢騷，說，我要爆炸了！這話常讓呂智聰哭笑不得，之前商量好了，說讓他來管的，可一看丈夫實行的措施是，一管就死，讓呂飛像個軍人那樣，她自己又受不了，說，對兒子怎麼能像對囚犯呢。這樣不行，那就採取放的措施吧，呂智聰就讓呂飛自己自覺，這下羅紅不幹了，說，就是放牛也該往草多的地方趕啊。

兩人就為教育的方法爭論了許多次，最後，雙方妥協了，呂飛還是改由羅紅來管教，呂智聰不再插手了。但羅紅的管教，在收不到預期效果的時候，當她大發雷霆，還向呂智聰訴苦的時候，呂智聰就要動手了。真那樣了，羅紅又不忍心了。而呂飛呢，感到十分委屈，說你們到底要我怎麼樣呢？我在班級都算是中上的。羅紅說，中上一不小心，往下就是下游了。

圍繞這上游下游問題，三個人就展開了一場拉鋸戰。所以，羅紅對待在家裡，常常有種恐懼，但又有種依戀。管和不管，對管的尺度掌握，都讓她左右為難。

今天到了這，她突然覺得放鬆了，自由的心就像天空上的風箏，動著慵懶的身體，甚至和天空融在了一起，這讓羅紅無限沉醉，她瞇住眼說，再待會吧！

呂飛聽了這話，覺得他媽真奇怪，怎麼不趕他回家做功課複習呢。

四

游心文說自己是被一個電話叫走的。頭兒老張沒跟他囉嗦，只叫他去一趟市民中心，那正搞個文學藝術成果展的開幕儀式。游心文趕忙說，雷明一早去了啊。老張說，他有別的事，你頂上。還強調說，馬上去！游心文一看手錶，喊了聲，靠！

他起身就跑，有點狼狽，還指了椅子上放著的靈芝保健品，對羅紅說，你替我交給三〇一房，他跑了幾步又轉身，大聲交代羅紅，就說是游心文來過了。說完就急匆匆跑出小花園。

等他搭上計程車走了，才想起，沒給羅紅留個電話或聯繫方式呢。他有點懊惱，但也不感到負疚，因為他是文化版的記者，不是社會新聞版的。這不歸他管，他只是偶起的好奇，聽了別人的某段故事而已。

在市民中心的展覽會上，我上洗手間回來，看見坐在後排的游心文，就走過去拍拍他的肩膀，我說，不是說不來的嗎？游心文扭著脖子說，臨時替人。我摩擦著帶了水珠的手，在他身邊坐下。我們邊聽主領人講話，邊在下面開小會，說些各自的見聞，當是交流訊息。

游心文在筆記本上記了幾筆，又打開手機看了幾則簡訊，突然對我說，想和你說個事。我笑了問他，說，戀愛了？游心文說是別的事。我讓他說說看。可他又打住了，嘆息說，他也只知道一點皮毛。我問他到底想說什麼。

游心文沉默了一下，說算了，等我搞清楚再說吧。我笑了問他，幹嘛想告訴我，又不說不清楚呢？游心文一笑，說，給你題材啊。我追問他哪方面的，他卻擺手說，算了，我還不敢確定呢。他這麼說，我本來想問他究竟的，但看他發簡訊，也就沒問了。

儀式結束後，我留下吃飯，游心文則匆匆離開。他說得馬上回去交差，家裡正等米下鍋呢。吃飯的時候，我腦子裡還在想游心文提到的那個題材，我好久沒寫了，都快沒有激情了。連黃主席過來敬酒，我大概也還在發呆，搭話時也是前言不搭後語的，讓他有點莫名其妙，只好拍了我的肩膀說，繼續努力。我聽了也感到莫名其妙。

一個星期後，當我接到游心文的電話時，我以為他要告訴我那個題材了。沒想到他問我週一有沒有空。我笑了，說我是自由作家嘛，天天都有空。游心文聽了，有幾秒的停頓。我開心了，呵呵，有活動吧？游心文說，想請你幫個忙。

我笑了說，但說無妨。游心文說，他同學夏語父親去世了，他補充說，他父親是他的語文老師。他肯定是要去幫忙的，但因為他是要上班的人，許多朋友也是上班族，所以想請我去幫忙他理料他父親的後事。

聽了游心文的話，我心裡的確有點矛盾，說實話，我是個生性敏感之人，情感容易波動，特別不喜歡見到白事，也許因為我是個悲觀之人，此等事總讓我哀嘆人生無常，常常頓生出一種悲哀來，因此生活中，我總選擇遠離這些事。

游心文極力打消我的這種顧慮，他說我是個寫作之人，要想突破自己，總得要超越生死的界限，即使沒經過，但至少總得見過吧。他說自己原先也是個少不更事之人，但做了記者之後，所見所聽的事情多了，也開始頓悟並了解人生百態，世故常情，漸漸有了平常之心。

我沒想到，我會被他說服，也許我在家裡待的時間是夠長了，與人世間凡此種種，都有了某層的隔閡，而我是個被動之人，靠我個人的力量，我是無法自己動手打破的，要借了外來的力量，我才有這種衝動和力量去做。

游心文也早說我了，天天悶在家裡，人要發霉的，他希望我多出去與人接觸，與事碰撞，以此觸發我的寫作靈感。而我夫人李影也說了，你老待家裡我會擔心的。我笑了問她，你不怕我在外面鶯歌燕舞呀？李影說，你這樣呆愣在家裡我才害怕呢。我沒想到，李影在萬里之外說出的話，竟然是這樣。看來我這樣下去，遲早要出問題的。

可我在掛電話前，我還說，讓我考慮一下吧。游心文說，我需要你幫忙啊，你也能幫上啊。他這麼一說，我就無法不答應他了。

其實，游心文要我幫忙的事情也不多，因為學校已經成立了治喪委員會，處理有關夏老師的後事。我要做的事情有限，主要是協助夏語和同學、朋友之間的聯繫，通知，安排時間等。

而游心文一有空，就會跑來幫忙，讓他師母覺得多了個兒子一樣。在這過程中，我認識了夏語，也認識了游心文的許多同學和朋友，當然還有夏師母。他的這些同學朋友或夏老師的同事要是過來了，大多打個招呼，小聲說些慰問的話，然後就匆匆離開了。

夏語老家是外地調來的，本地沒有親戚，所以來參加喪禮的人不多，但送來的花圈很多，看輓聯寫的，都是學校的同事，夏老師多年的學生。看來夏老師的人緣不錯。游心文對師母說，夏老師該走得安詳了。師母連連垂淚，點頭說是的。

在殯儀館舉行遺體告別和火化的那天，我注意到一個穿黑西裝的女子，也在人群中穿行，迎來送往，幫忙打點，忙得額頭都掛了汗珠。起初，我以為是夏語的朋友，或者學校的老師，又或者，是夏語的親戚。儀式舉辦完，好似中午了，她又張羅著給大家買便當。我這才注意看她。

她也就四十歲左右吧，眼角有了細細的魚尾紋了，臉色憔悴，疲憊中透出一種亢奮。等她分完便當的時候，卻發現少了一份。夏語趕忙將自己的那份給她，她卻說，你吃你吃，再去買就是了，轉身就走了。沒過一會兒又回來了，端了一便當，到旁邊默默地吃起來。

待一切程序都完畢了，我們收拾好東西，準備回家，我發現那個女子用手指了額頭的汗水，走過來和我們道別。夏語對她說，辛苦你了。我覺得蠻奇怪的，他的語氣裡，有感激和不好意思。我也不好問個究竟。那個女子拉住夏師母的手，說，師母您要多保重啊，別讓夏老師在天堂擔心。這話說得夏師母又垂淚了。那女子用手撫摩她的手，說，慢慢地都會好的。

臨走，那個女士猶豫了一下，然後下決心，掏出了幾張名片，分塞給我們每個人，還說，有事要幫忙的，請給我電話。我接過名片也沒細看，看了眼名片的主人叫羅紅，馬上就放進口袋了。

我感到極度疲憊，除了身體上的，更多的是精神上的。其實，這幾天裡，我在忙夏語家的事期間，也一邊擔憂地想著我父親的事。他也是中風後，半身行動不便，也讓我們全家操碎了心，特別是我的母親。

五

夏語說，當時他再次見到羅紅的時候，有點驚訝，但他控制住，沒發火，想看她要幹嘛。羅紅手上拎著一袋保健品。此時夏語剛給夏老師掖好被子，起身抬頭，就看見了羅紅。夏語說，我不收的，我們非親非故的。

羅紅臉紅了一下，還沒開口說話，夏語就說了，不要解釋了，我不想聽。他帶了敵意走過去，想將她轟出門去。羅紅這下急了，喊了聲，說不是我要送的。她有點緊張，嘴巴在顫動。夏語愣住了，本來他還想說些話打擊她的，但煞住了，想聽她解釋。羅紅說她是代游心文轉送的。

夏語問她，他來過？羅紅點頭，說是來過的。夏語說，那人呢？羅紅說，他剛走，有急事。夏語問，他說什麼了？羅紅說他沒說什麼，接了個電話就匆匆離開了。夏語掏出電話，本來想撥號的，一想又塞回口袋裡。

羅紅將塑膠袋遞給夏語。夏語接過，翻看了，嘟囔說，都說人來就好，帶什麼禮物啊。羅紅小心地說，他真好心。夏語感慨地說，他和我，和我爸，感情最好了。他說到夏老師的時候，眼睛又轉向了床的方向。

羅紅說，有這樣的朋友，真幸運。她說這話的時候，夏語發現她的眼睛裡充滿了柔情。夏語接過話茬兒說，人世間有些東西是超越血緣關係的。羅紅聽了，竟然有點哽咽，她說自己相信這一點。

看到這情景，夏語有點詫異，他只是設想她可能感動了。他說，謝謝你。羅紅突然間有種想哭的衝動，眼淚刷地衝了出來。夏語有點慌張了，趕忙掏出衛生紙遞給她。羅紅擦乾眼淚，紅著眼睛說，謝謝。

羅紅說，你媽年紀這麼大了，也夠讓她操心的。夏語說，沒辦法啊，家裡就他一個。夏語雖然三十多了，但還是個單身漢，所以家裡的大小事，都歸他管。羅紅說，那辛苦你了。她邊說，邊掃視了一下房間，然後動手幫夏語收拾。夏語見了，趕忙阻止她，說等會兒讓他媽收拾。

羅紅猜想他可能不放心，就告訴他說，自己是義工，還拿出證件給他看，說，很抱歉上次忘了讓他看證件了。她這麼一說，夏語倒有點不好意思了。他說真不知道是這樣的。羅紅覺得說話找詞比較困難，乾脆就動手幹活，一動手，自己就自在多了。

夏語有點驚訝，發覺她十分熟悉病房的設施，知道用什麼要到哪去拿。羅紅先將垃圾筒清理掉，還將暖水壺灌滿開水，然後又將床頭櫃上的蘋果拿去洗了，回來熟練地用小刀削了個蘋果遞給夏語，還對他說，你爸不能吃，你和你媽該吃點。

這階段，最難熬的是家屬，要靠意志力和體力的。首先身體好了才能更好地照顧病人。這話讓夏語十分感動。夏語本來想阻止她的，覺得讓她這樣做有點不妥當，畢竟自己還不認識她呢，但一想，她是義工嘛，何況這一切又讓他覺得需要，覺得自然。後來就默默地看著她忙了。他恍惚看見了母親這樣忙來忙去。

羅紅收拾完，一停手，竟然有點不知所措了，愣了幾秒，她小聲說，我還會來的。聽了這話，夏語不知道該拒絕還是答應，他有點矛盾，但又好像不忍心拒絕，只好沉默。羅紅站那，竟然有點尷尬，她用手撩了撩額頭的頭髮，說，我先走了。夏語這才反應過來，說，我送送你吧。羅紅攔住他說，不了，照顧你爸吧。

夏語堅持，說，就一分鐘的事。羅紅說，就到樓梯口吧。到了樓梯口，兩人停住了。

夏語頓了頓，說，游心文和你說了我們讀書時候的事了吧？羅紅的思緒又被帶回到了某個情景中，她帶淚笑了笑，說，他倒聽了我的事。夏語哦了聲，說這是他的工作嘛。羅紅遺憾地說，只一小段呢。

夏語說，以後再約他吧。羅紅說，我只知道他叫游心文。夏語說，他是晚報的記者，跑文化這條線的，你要的話，我給你他的電話。羅紅想了想，說，再說吧。

等羅紅走了，夏語才覺得奇怪，自己對這女士怎麼突然轉變了態度呢。難道就是因為她幫自己幹活了，或者說，自己太累了，在自己潛意識裡，希望有人來幫助自己？回到病房後，看著躺在床上的父親，夏語長長地嘆了口氣。

沒過多久，母親進來給他換班，對夏語說，剛才在小花園裡又遇見她了。夏語問，遇見了誰呀？他母親說，就是那天來這說你爸事情的那個。夏語哦了聲，說，她剛從這走的。母親趕緊問，又來幹嘛？夏語說，心文有急事走了，託她帶東西來。母親看了眼房間，心疼地說，以後就讓我來收拾好了，你就別去忙這些了。

夏語說，別人幫忙收拾的。母親說，要給錢嗎？夏語說，沒要啊。母親說，沒想到醫院還提供這樣的服務呢。夏語解釋說，是你剛遇見的那個女士幫忙收拾的。母親馬上就警惕了，她沒向你提什麼嗎？夏語說，沒有呀。母親還是不放心，又問，那她有沒有說想幹什麼？夏語說，沒有啊！母親就嘟囔了一句，這就怪了！

這時候，夏語才想起，他還不知道那個女士的姓名呢。

六

在料理夏老師後事的過程中，游心文知道了羅紅的名字。交談也多了起來。他當然也很好奇，因為上次羅紅談到她兒子呂飛的故事，只講了個開頭。但在那段忙亂的時間裡，游心文沒過多詢問，只是當那天事情結束後，臨分手，他拿到羅紅分發的名片後，才知道她的名字。游心文對羅紅說，有空的話，我們坐坐。

對於游心文的邀請，羅紅當然很高興的，有人願意聽自己講故事，她當是一種安慰。有那麼長的時間以來，幾乎沒有人理解她為什麼要這麼做。她經歷了無數次難堪，也被人漫罵過無數次。甚至，連丈夫呂智聰也反對她這麼做。她有時候真的覺得很孤單，連個可以傾訴的對象都沒有。

游心文願意聽她的故事，她當然有種欣慰，她是有種迫切的傾訴需要。這天，她在辦理完一個客戶的續保手續後，就打了游心文的手機，想問他有沒有空。游心文當時正在床上，此前的週五晚上，他得將週六的週刊稿子弄完。等老張簽完版，他才回家滾上床去長睡。羅紅撥通電話後，聽到接通了，但沒有人接聽，她有點忐忑，不知道該不該再撥打。

後來，幾經猶豫，她才又撥打過去。游心文被手機吵醒後，才不情願地奮力掙扎過去，將放在桌子上的手機抓到手上，睡意朦朧地喊了聲，喂！他說話的聲音帶了鼻音，有點沙啞，等他意識清醒過來，知道是羅紅的電話後，他說，中午一起吃午飯吧。

游心文掛了手機後，看了眼時間，生怕再睡的話，一迷糊就又過去了，於是想是該起床了。他懶洋洋爬起來，去盥洗室將自己收拾乾淨，然後背了個長帶斜肩包出門。他去到白夜咖啡館的時候，羅紅已等在那裡了。

她化了淡妝，蓋住了眉宇間淡淡的憂傷和焦慮。游心文笑了笑，說抱歉，遲到了。羅紅欠了下身子，說她也剛到的。游心文朝服務生招手，要了菜單，看了她一眼，問，先點吧？羅紅點點頭。點了吃的，游心文說，那段時間多謝你的幫忙。他說他們都沒有經歷過這些，所以還是很慌張的。羅紅說，還好，她還算有經驗的。游心文就笑，說你當初去幫忙，不擔心給夏語罵呀？羅紅對此倒很坦白，說有點呢。游心文說，我和他們家關係很好的。羅紅說，夏語提過，你們像兄弟。游心文笑，說大家都這麼說。

羅紅說，讓人羨慕啊。游心文說，應該這樣的。他看了眼窗外的天空，轉過頭來，問羅紅，你家呂飛還好吧？他的話，就像風箏的線，一隻飄遠了，遊蕩在視野外的風箏，又拉回到回憶的天空裡。

當然，游心文肯定不會這麼想的，他這樣問，是很自然的。畢竟他對羅紅的了解也僅僅限於上次她說的那段故事。至於後來的，他也只是按常理去猜測，所以他這麼問起來，也當是個話頭吧。

羅紅的眼圈馬上就紅了，由於淚眼朦朧起來，她低頭從包裡摸出了一張衛生紙，邊擦邊對游心文說，對不起。游心文安慰她說，沒關係。他靜靜地等待，這是他養成的傾聽的習慣。他一直認為，一個好記者就是一個好的傾聽者。這也是他的經驗所得。

那天，呂飛回來就感冒了。羅紅和呂智聰都點了他的腦門說，春天天氣變化無常，叫你不要一熱就扒光衣服，看看不是感冒了嗎？呂飛感到不耐煩，也沒當一回事，說，知道啦別囉嗦了。因為此前他也經常感冒發燒什麼的，但吃個藥，休息幾天，又生龍活虎起來。但這次呂飛感冒後，很快就開始發低燒了。

第三天，早上該上學了，鬧鐘都響過幾次了，呂飛卻還不起來。羅紅看桌子上熱好的牛奶、麵包、雞蛋，都放涼了，就又進臥室去催叫，說，還不起來！口氣很嚴厲。呂飛哼了聲，說今天不想去了。羅紅問他，怎麼啦？呂飛說，他熱，渾身都熱。羅紅彎下身子，一摸他的額頭，嚇了一跳。趕緊給剛出門不久的呂智聰掛電話，要他帶送兒子去醫院。他說他剛接經理的電話，這個會談他肯定不能遲到的，因為數據都在他的手上。

羅紅也不想說下去了，丟下話筒，她將呂飛拉起來，趕緊給他穿上衣服，然後扶了他下樓，在社區門口喊了輛計程車，匆匆趕去了醫院。醫生看了後，開了藥，給呂飛吊點滴了。整整一個上午，羅紅都在提心吊膽。呂飛還跟她皮，說，媽不要擔心，人家說，常常得點小病，對提高免疫功能有好處的。

羅紅看他的嘴唇乾裂，就說，兒子，嘴唇都乾裂了呢，媽給你買水去。呂飛笑了一下，說，電影裡的英雄，被拷打的時候，嘴唇是這樣的吧。羅紅摸了把他的腦袋，笑了出去，下樓到小賣部買了瓶純淨水回來。呂飛喝一口說，沒味的？羅紅說，你發燒，味覺不好。

到晚上，呂飛的燒退了。吃晚飯時，他又皮起來，說，媽，別擔心。羅紅見他想脫掉長袖衣服，就阻止他。呂飛說，熱呢！羅紅說，穿上穿上，當初就是不聽媽的話，才搞成這樣的。

呂飛摸了把額頭，說，都是汗呢。羅紅說，晚上容易著涼的。見呂飛還想脫，剛從公司回來的呂智聰發火了，說，你沒聽你媽說什麼嗎？呂飛就不敢吭氣了。

丟下公事包，呂智聰問，怎麼樣？羅紅說，發燒。呂智聰轉身對呂飛說，每次都說不聽，老找麻煩，你就喜歡不上課是吧？呂飛說，我可沒這麼說。他說完，趕緊進書房去了。呂智聰說，不想上乾脆就別去上了。

羅紅有點不高興了，說，兒子也沒這麼說。呂智聰說，都是給你慣的。羅紅說，關我什麼事呀。呂智聰見狀，就擺手說，算了算了，不說了。

當晚，羅紅臨睡前，又進了呂飛的房間，摸把他的額頭，發覺還是有點燙，有點擔心。睡覺前，呂智聰問她，沒事吧？羅紅說，有點燙，她安慰自己說，大概是有點反覆吧。看看明天的情況吧。

第二天，羅紅去叫呂飛的時候，用手試了試他的額頭，嚇了一跳，趕緊又將他弄到醫院裡去吊點滴。接下來的一段時間，呂飛的病時好時壞的，表現為馳張熱、稽留熱、間歇熱或不規則熱，體溫在三十七點五到四十度或更高。時有冷感，但不寒顫。

呂飛身上的溫度，也領著羅紅的情緒忽上忽下的。呂飛偶爾還會覺得頭暈、乏力、牙齦出血，但一直沒太在意。等做了抽血等一大堆化驗後，才確診是白血病。這個訊息將羅紅嚇傻掉了。

她對兒子得這個病感到不可思議，她和呂智聰家族裡，都沒這樣的病列，也就是說，並不存在遺憾因素；後來，聽人家講，這病與家庭裝修材料超標有關，於是，她趕緊叫了權威機構來家裡做了檢測，也沒有發現問題。

後來有人說，大概與照X光有關，於是她又努力回憶，自己懷孕時，她檢測的次數，經過諮商，也沒得出有問題的結論；也有人說，可能與濫用藥物有關，她找出病歷，細細想了，她在懷孕期間，雖然偶然有感冒，但也不敢打針吃藥，也是用物理的方法弄好的。她和呂智聰想破了腦袋，也沒想到問題出在哪裡。

那段時間裡，她丟下了一切，整天陪了兒子到處求醫問藥，最後決定用中西醫的方法治療，沒辦法的，化療只能用西醫，而用中藥調節免疫系統，恢復免疫功能，防止白血病多耐藥，預防白血病的相關併發症。除此之外，她還想著法子給兒子做好吃的，因為做化療，兒子的頭髮不但掉光了，食慾也幾乎沒了。

羅紅就想想給他煲湯，她去問中醫開了處方，然後去買了材料，天天熬湯給呂飛喝。這湯可真是費時間的，先將藥材洗好，放水裡泡了，再將肉料和在一起，加水放火上燒開，再調文火，慢慢熬，每隔半個小時左右，羅紅要去觀察一次，看水少了，就要再加水，但每次要適量，否則陶瓷煲要裂的。反覆這樣熬上三個五個小時，這一鍋湯才叫熬好了。舀了放碗裡，等放溫了，才端給呂飛喝。

呂飛的病情時好時壞，並不見完全好轉。而且醫生也說了，要想根治這病，最有效的方法，就是進行骨髓移植了，但這實在太難了，即使有骨髓，有造血幹細胞，但不能配對成功的話，也是沒希望的。

羅紅和呂智聰找到醫生，說希望用自己的骨髓移植，但進行過骨髓配對檢查後，無奈地發現，配對不上，他們只好瘋狂地打電話詢問，並在各大網站發帖子求助，尋找有關的訊息。但都徒勞無功。

這讓她感到絕望，看著病床上被化療折磨得痛苦不堪的兒子，她和呂智聰心如刀割，但又無能為力，只是不斷安慰兒子，說，哪怕找不著人！呂飛也笑了安慰她說，媽媽的努力我看見了，心急吃不了熱豆腐的。這話讓羅紅落淚了。呂飛就說，媽，下次去放風箏，我一定不脫衣服了。

羅紅話說到這裡，他們點的東西上來了。羅紅說，真抱歉，和你說這些。游心文說，你兒子真懂事。羅紅說，也是的，還真的，從此之後，呂飛就再沒脫下過長袖衣服了。

七

游心文說，其實，當時夏語對羅紅去醫院給他幫忙，為他父親所做的一切，他是心懷感激的。夏語對游心文說過，經過一個多月的煎熬，他快頂不住了，但那時他最擔心的不是自己，而是母親，他怕她的身體會垮掉，她每天都要在醫院和家的路上往返多次。

恰好這時，羅紅再次出現了，她話不多，只是說，她想幫幫他。此時，夏語一想到在醫院和家來回往返的母親是那麼的辛苦，他就是想拒絕，也沒了力量，算是默許了羅紅所做的。

羅紅總是恰到好處地出現，幫他料理事務，這讓他和母親減輕了不少壓力。他能讓母親多休息一點時間了。剛開始，夏語一直擔心，羅紅會在出其不意的情況下，提出以前的那個問題來，那麼他就不知道該說什麼好了。所以他還是有點忐忑不安的。但奇怪的是，羅紅一直沒再提及那個問題。

看著羅紅忙這忙那的，時間一長，夏語心裡倒有了一絲的內疚，為此前對她的生硬態度。表面看呢，羅紅似乎絲毫沒將那件事放在心上。偶爾，他很想問羅紅，是否會因為總遭遇失敗而感到難受和沮喪。

對這個問題，羅紅偶爾提到，並不深入，只是輕描淡寫，說自己可是久經沙場。夏語不明白她說的真正含義，又不好胡亂猜測，只好將想問的話嚥了下去。

看羅紅將病房料理得妥帖，而有時自己想找某件東西，還要問羅紅，他就有點不好意思，說，我還沒你熟悉呢。羅紅說，呂飛也在這住過。呂飛是誰？夏語問她。羅紅一笑說，我兒子啊！夏語問，住了多久？羅紅長嘆一口氣，說一年呢。

夏語說，那夠你辛苦的。羅紅說，辛苦我不怕，傷心的是自己無能為力。這話說到了夏語的心上去了，他不禁黯然起來。大概羅紅注意到了，說，盡力做好份內事吧。夏語感慨地說，自己也這樣想的。

對於羅紅的再次到來，夏師母本來有話要說的，但被夏語制止了，他抱歉地對羅紅說，我母親不了解。後來，也許他和夏師母說了些什麼，她對羅紅的態度緩和了許多。對於多長時間要給父親翻身，什麼營養品最適合夏老師，枕頭要墊多高，等等，這些細節，羅紅都能給出有理有據的意見，這讓夏語感激不盡，他不知道，羅紅的兒子住院的那一年裡，她是如何熬過去的。看她做的這些細節，你可以感受到她將病房簡直就當是家來照看了。

更讓夏語感動的，是羅紅不時提來了熬好的雞湯，就放在保溫瓶裡。夏語讓她不用熬了，說他母親也會熬的。

羅紅解釋說，熬湯需要時間的，老人家沒那麼多時間啊。這話也說對了，除了母親現在不可能有那麼多時間外，而且，由於母親常年養成的節約習慣，她做湯最長時間也就煲個半個小時，根本就不能和羅紅熬的湯相比。

但他也知道，自己不好去說母親了。因為以前就試過，但她總是積習難改，他也只好作罷。夏語也很清楚，只有羅紅這樣的湯才叫湯，也才有營養。所以也就默許了。

一天，看羅紅閒下來了，夏語和她閒聊，就隨口問起了她的兒子。羅紅眼圈就紅了，這和夏語在影視裡看見的情景一般，母親一談起子女，不是喜悅，就是落淚。羅紅忍住後，笑了笑說，以前是我們擔心他，現在是他擔心我們。

夏語沒聽明白，就說，人大了，也許就該有責任心了吧。羅紅也沒做說明，只是說，是呀，為人父母，為人子女，都有份責任的。夏語說，我爸住院前，我還真沒想過人老了，會這麼樣的。羅紅說，人生就是不斷經歷。

夏語正想說什麼，他母親來了，除帶了個保溫飯盒，還拎了個便當。進門後，她一放下手中的東西，先去看了夏老師。羅紅說那她就先走了。夏師母一聽，趕緊說，吃了再走。羅紅說她回去吃得了。夏語問，還要給兒子做飯嗎？羅紅眼睛裡有東西閃了閃，說不是，她昨天晚上多做了點。她收拾包要走。夏師母攔住她，說，一起吃。

夏師母招手讓夏語和羅紅吃午飯。她將保溫飯盒遞給了羅紅。羅紅以為她搞錯了，就將手中的保溫飯盒轉給夏語。夏師母說，就是給你的。她給夏語吃那個便當。吃著聊天，夏師母對夏語說，以後你找女朋友，就找她這樣的。

夏師母突然想起，還不知道羅紅的名字呢。就說，哎喲，都忘了問你的名字呢。夏語也覺得不好意思，就說，看我們都忙成怎麼樣了。羅紅說她叫羅紅。夏師母說，我可是認真的，你以後找女朋友，就找羅紅這樣的。

羅紅也有點不好意思了，就說，夏師母做的飯很香呢。夏師母說，你喜歡，我就天天給你做。羅紅趕緊說，別別，以後再說。夏師母說，應該的應該的。

三人吃完了，羅紅爭了去洗保溫飯盒，夏師母不肯，說讓她和夏語說話就行了。羅紅倒是有點臉紅了，知道夏師母誤會了。但看夏師母的樣子，也不好強求，就看了看夏語，笑了笑。

夏語也回了她一個笑，說，我媽就這樣，自己想自己的。夏師母出去前，還對夏語說，你要替自己想了，那還用我替你操心！她嘆息了一下，出門往盥洗室去了。

病房裡就剩下羅紅和夏語了，兩人都有點尷尬。羅紅說，我先走吧，你也回去休息一下。夏語說，千萬不要對我媽媽的話見怪，她就那樣直腸直肚的。羅紅說她不會的，做母親的都這樣為子女操心的。

夏師母回來後，發現就夏語站在視窗張望，就問，羅紅呢？夏語說，剛走啊。人家還有事。夏師母說，哎，多好的人呀。夏語說，媽，以後不要亂說話。夏師母說，哎，你總讓我和你爸操心。

八

每次羅紅走出住院部，穿過小花園，她都有種願望，就是她再也不想再踏進這地方一步了。這是塊傷心之地，讓她見證了太多的死亡和痛苦。病人的哀號，喘息，呻吟，尖叫，病人家屬的抽泣，無奈，無助，等等，不到這個地方，不知道人間裡，什麼叫生不如死，一死百了，不知道什麼叫絕望無助，什麼叫生離死別，等等。當然，也讓人體會到，什麼叫人間溫情、血緣之愛等等。

凡此種種，羅紅也是在此地慢慢體會過的，不過，現在說起這些，她顯得淡定從容了。她不會再像從前那樣，去指責別人的膽小懦弱了，她知道經歷會改變一個人的處世方式和對人對事的態度。

當初，呂飛的病確診後，她和呂智聰心急如焚，寢食不安，惶惶不可終日，總擔心那個結局會在不期然中突然到來。她和呂智聰每天就像一個等待宣判結果的心囚，在心裡默默地數著日曆翻動的日子。沒想到，這樣的日子會在某天顯出另一種顏色來。

有一天，呂飛坐在床上，望了窗外的天空發呆。此情此景讓羅紅看了難受，她走過去，用雙手按在他的肩膀，安慰他說，等你病好了，我們再去放風箏。呂飛轉過頭來，用手握住羅紅的手，說，媽，其實去不去放風箏不是那麼重要的，我呆在這裡想像我放風箏的情景，也是蠻有意思的，讓我想起那些飛揚的事。但你們如果總那麼憂愁和難過，我就連這點樂趣也沒有了。

兒子的話讓羅紅感到震撼，她的眼淚馬上掉了下來，卻又覺得不對，她彎下身子，將兒子緊緊抱住，喃喃說，沒想到沒想到啊。呂飛有點奇怪，問她沒想到什麼。羅紅說，沒想到我的兒子終於長大了！呂飛就呵呵地笑了，說，媽，你總當我是小孩，所以一直與你有代溝——談不通。

從那天起，羅紅好像換了個人一般。再和呂飛說話，不再像從前那樣了，總是喊，崽崽崽崽，而換成呂飛呂飛了。每次去化療室，或者做穿刺檢查，羅紅會說，呂飛，不舒服就喊出來。呂飛總是一笑，給她一個吻，拍拍她的臉頰，說，媽，我會的。之後，羅紅就呆在走廊外等待。

這過程十分漫長，她心裡總在等待一個聲音響起，那就是呂飛喊出的聲音，但又怕那個聲音傳出來，她總在這樣想和怕的矛盾中等待檢查或化療的結束。但每次等待結束後，羅紅都沒有聽見呂飛的聲音喊出來過。這下，她倒反而不放心了。

羅紅焦急地問，呂飛，怎麼樣？呂飛就說，媽媽，很不舒服。羅紅說，那你不喊幾句？呂飛說，想想喊也沒用，就沒喊了。這話讓羅紅的內心好像有道堤壩轟然崩塌掉。

起初，呂飛不住醫院，化療完，就回家裡療養。羅紅變著手法給他做好吃的，給他調理和補身體。有時候，三個人一起吃飯，呂智聰和羅紅都給呂飛夾菜，呂飛就說，爸媽，你們都說我長大了，你們怎麼還和以前一樣啊。

呂飛一點胃口也沒有，放在嘴裡嚼呀嚼的，就是不想吞嚥。羅紅說，吐掉，喝湯吧。呂飛說，這樣浪費啊。這話說得羅紅要去盥洗室掉眼淚了。

呂飛的病情加重後，要住到醫院去了。這讓羅紅更擔心了，因為家裡的飯菜，呂飛都吃不下，那醫院飯堂就更無法吃了。因此，羅紅每天回家做飯，她了解呂智聰和呂飛的口味，而且，也只有回家，才能給呂飛熬湯。

除此，她的大部分時間，都待在醫院陪呂飛。由於來回奔波往返在家到醫院的路上，時間一長，她就顯出疲憊來。這讓呂飛也為她擔心起來。

呂飛說，媽，別那麼辛苦了，錢都交醫院裡，我也該享受他們的服務啊。羅紅說，媽怕你受委屈嘛。呂飛拉起臉，說，他們敢！羅紅也給他逗笑了，說，口氣大著呢。呂飛哼了聲，說，我死都不怕，還怕他們？羅紅嚇了一跳，說，乖乖，胡說！她趕緊岔開話題，說，我意思是說，媽怕你一個人待這裡悶。

呂飛說，不會呀，我的腦子胡思亂想的，就像媽媽一樣。羅紅有點擔憂，就問他，想什麼呀？呂飛說，想著放風箏呀，和同學打架啊，還有春遊掉河裡了的事等等。羅紅聽了這才放心，說，想這些好啊。呂飛說，媽你傻啊，你們總想些不好的東西，苦難啊，困難啊，我們想的都是好玩的。

羅紅這才寬慰起來，說，媽真羨慕你們這樣理解生活。媽也要學習了。呂飛就笑，看來我生病，也有個好處，就是我媽也願意做學生了。羅紅伸出手，摸了把他的腦袋。

這段時間以來，家裡的開支，都是由呂智聰一個人來承擔的。羅紅辭職後，所有的時間精力，都放在了照顧呂飛和他的身上。有一天，羅紅和呂智聰吃好飯，她將湯舀進保溫瓶，準備提去醫院給呂飛的時候，突然說她要去做保險了。呂智聰對此有點不解，說，那誰去跑醫院呢。羅紅說讓他聽聽呂飛的說法。

——那天，羅紅和呂飛聊天，呂飛就說，媽，你們就是一天二十四小時陪在我身邊，也不能改變什麼呀，還讓我天天意識到自己是個病人呢，一想到這樣，我心裡就好難過，我現在更希望的是我們各自回到原先的生活軌道上。

呂智聰聽了羅紅對呂飛原話的複述，也覺得他這道理說得似是而非，不過，他也不想或者說想不出有什麼反駁的理由。自從呂飛病發和羅紅辭職後，這段時間以來，他漸漸感到了生活的壓力。特別是經濟方面。他以前對錢從來不在意的。

前幾天，他在辦公室裡，借了同事小何的電腦，劈啪劈啪地打了半天，還在紙上寫寫劃劃。小何就奇怪了，說呂老師啊，以前不見你這樣的啊。呂智聰這才意識到，自己有點不對勁，這幾天，他是不斷檢視存摺的存取款記錄。看來，自己是對錢感到焦慮了。

呂智聰認真地看了眼羅紅，抬手摸了摸她的臉頰，輕輕地嘆息一聲，沒說什麼。接下來，羅紅跑去保險公司遞了履歷應徵，然後參加公司搞的培訓班，又去考了個資格證書，正式開始了保險經紀生涯。

對做保險這行，兩人都覺得這行業還算合適，至少時間是機動的，自己好掌握，羅紅可以在公司、客戶、醫院之間跑，基本上不耽誤事。呂飛呢，心情似乎好了點，偶爾會說，媽，爸，我病好了，一定不再讓你們操心了。羅紅拍拍他的臉蛋，說，操心你是我們的責任啊。你的責任就是養病。

九

正聊到呂飛最後的歲月，羅紅的手機響了。她說不好意思，然後接聽，還翻看了記事本，記錄了幾行字，她說好的，她抓緊辦理。掛了電話，羅紅對游心文說，一個老客戶，想要續保的。

游心文問她，做的業績還好吧。羅紅笑笑，說還好的。游心文說，如果有事要辦，下次再聊吧。羅紅說，沒事。然後接著剛才的話題聊了下去。

後來，呂飛越來越像是個風箏了。

原先的呂飛，是個一百七的半大小夥子，六十公斤，很精神的，一病以後，開始是瘦了下去，後來一打激素治療，人又虛胖起來，但體重就急遽下降。羅紅有時候忍不住抱住他，一用力，就抱了起來。羅紅傷心地說，我家的呂飛都快成了風箏啦。

呂飛就笑，說，也沒什麼不好，走路不費力嘛。羅紅聽了，當時忍住了，但後來回去的路上，一想起呂飛的話，她的身體也跟著變得像一張薄紙那樣，輕飄飄的，似乎風一刮，人就要飛上天去了。

羅紅一路走，還一路回憶那個小護士給兒子扎針的情景。也許太虛胖了，兒子手臂上的血管，已經看不清楚了，扎下去老偏離位置。小護士有點發牢騷，說，手不要動嘛。呂飛說，姐姐，我沒動呀。小護士說，那怎麼老偏離的？羅紅解釋說，他的血管細。

小護士一邊嘟囔，一邊湊近眼睛看。扎了好一會兒，呂飛的手臂都流血了，還是沒找到血管。後來，來了個老護士，輕聲細語和呂飛聊天，然後還給他按摩了一會兒，用手掌輕輕拍了拍臂彎，讓血管露出來，很小心地扎了下去，終於扎進去了。

小護士一聲不吭在旁邊觀摩，見護士長扎成功後，輕輕地舒了一口氣，說，哦，要這樣啊！護士長說，耐心點就可以的。這話說得小護士有點臉紅。

羅紅一想起這，心就有隱隱的疼。她想，要是自己扎，一定不會讓兒子這麼受罪的。她邊想，邊拐進了菜市場，轉了一圈，看著那些游動的各種魚蝦海鮮，河鮮，各種肉類，她的心就無比的難受。這麼多好東西，但呂飛都沒這個口福了。他現在整天吊著的，都是葡萄糖之類的營養液。

羅紅給他做的，也大多只能是喝的湯，而且要很清淡的。每次，羅紅都細心地將肉絲上黏連的肥肉剔掉，在燉的過程中，還要不斷用小勺子，將燉出的油星子，舀出來倒掉。她怕呂飛喝時會嘔吐。轉了一圈，羅紅買走的，只是一隻鴿子，她想給呂飛做燉鴿子。

回到家裡，她將鴿子洗乾淨，將枸杞，紅棗，還有一顆珍珠，放進了鴿子的肚子裡。然後放在燉盅裡，在鍋裡放適量的水，隔水燉了。放珍珠是她的自作主張，聽人說，珍珠有安神作用，她希望呂飛晚上能睡個好覺，不要做惡夢。

羅紅一邊聽了鍋裡的水滾開了，將燉盅震動得隆隆響，好像那是呂飛的心跳動的聲音，她一邊想著無邊的心事。她甚至想，那顆珍珠，就像是自己的心。

她多想他，真的夜夜安生入睡啊。回過神來的時候，她也知道自己這樣想，是很傻的，解決不了什麼問題，但她想起兒子說的，想也要想著快樂的事情。這樣一想，她又覺得這樣想，呂飛才會高興的。她也就不過多責怪自己了。

等羅紅帶了保溫瓶，將燉好的湯帶給呂飛喝的時候，還特地用湯勺舀了那顆珍珠讓呂飛看，開玩笑說，看看，媽媽的心啊。呂飛給了她一個吻，說，媽媽比以前有想像力了。羅紅說，呂飛有想像力，難道生他的媽媽就沒有嗎?這話說得呂飛哈哈笑，說媽媽的嘴皮子也厲害起來了。

羅紅說，媽媽現在做保險，是得練練嘴皮子了的。呂飛一聽，就纏住羅紅，要她講講她做保險的趣事。羅紅說，趕緊喝了才說。呂飛也硬著頭皮，努力將湯喝了下去。然後說要聽故事。

羅紅本來是想哄他喝掉湯就好了，現在看他認真的樣子，還真的有點為難。畢竟，她做這一行，還是受了不少氣的。說出來，也不知道呂飛會怎麼想。不過，想想還是順其自然吧，就像從前講故事那樣，講了她上培訓班，考資格證書，去「掃街」的趣事。

呂飛不明白「掃街」是什麼意思。羅紅解釋說，就是走進一家一家人家，一家一家公司，向別人推銷保險產品。呂飛說，成功機率高嗎？羅紅說，試過做了半個月，一張單都沒簽下來。媽媽的鞋子都走爛了一雙了。呂飛聽了，沉默不說話了——

羅紅至今還記得，自己給呂飛講故事的情景。呂飛聽完她的故事，沉默了很久，才說了句，可惜我幫不到媽媽。羅紅總是寬慰他說，你能耐心聽媽媽講故事，也就是幫媽媽了。羅紅突然意識到，自己好像又回到了小時候給呂飛講故事的年代。

她突然想起，自己有好長時間沒與兒子有過這麼多的閒話了。一上初中，和他談的，幾乎都是與課本有關的。這麼想起來，她不禁內疚起來。她心裡暗暗有個願望，希望兒子的病能好起來，以後一定與他多講些與課本無關的事。

她想到了那個關於「一千〇一夜」的故事。她突然對講故事充滿了熱情。她希望自己能有故事一直講下去。她甚至有個很傻的想法，就是只要她有故事，一直講下去，兒子就會一直活下去。他將這個想法講給呂智聽聽，他都擔心她出問題了，但又不好責怪她。

羅紅每天都在奔跑，在大街小巷，在往返醫院與家裡的路上。她有許多的故事要講，她都記不清自己到底講了多少個故事了，而且，她注意到，呂飛聽故事的姿態，也發生了很大的變化。開始，呂飛是摟住羅紅來聽的，後來，是坐在椅子上聽的，再後來，是半躺在病床上聽的，然後是平躺在病床上聽的，最後，他是在昏迷中聽了一半羅紅的故事，後一半故事，是羅紅在他的墓前說完的。

羅紅深深地吸了一口氣，她終於將這個故事講完了。游心文也悵悵地吐了一口氣，沒說什麼。對這個故事的結局，他真的想不出要說些什麼。羅紅看了他一眼，說，要是能找到合適的骨髓，或者造血幹細胞，呂飛肯定還在聽我講故事呢。她哽咽著說，不過，雖然他聽不見別人給他講故事了，但他的眼睛還在看這個世界。

游心文一時沒明白她的話。羅紅就解釋說，她將呂飛的眼角膜捐獻出去了。她說，呂飛由於長期住院，雖然他不說，但她也知道煩悶的，就不時帶些報紙書籍給他解悶。後來呂飛病重的時候，有一次，他問羅紅，媽媽，你想我永遠看著這個世界嗎？

羅紅說，傻兒子，媽媽當然想呀，難道你不想看見媽媽嗎？呂飛說那他有個心願。羅紅讓他說來聽聽。呂飛說，他想將自己的眼角膜捐給有需要的人。羅紅十分震驚，問他怎麼會那樣想的。

呂飛說，他在晚報上看見過，有人這麼做了。他還調皮地說，媽媽，說不定那樣的話，我能常在街上看見你走過呢。羅紅摸著呂飛的腦袋說，別想這傻事了。她再也忍不住了，奔了出去，待在盥洗室裡放聲大哭。

游心文明白了，說，他的眼睛還可以看見媽媽的。羅紅說，現在她走在街上，總覺得兒子的眼睛會在某個角落注視著她。她說一想到這，她就有種溫暖。羅紅說她也是從此走上了一條勸人捐獻器官的路。雖然招受了常人不能忍受的誤解和侮辱，也常常想到放棄，但一想到呂飛，自己就變得從容起來，就覺得自己所做的一切是值得的。

她說，剛開始，她也不知道該怎麼做，才能做好，畢竟人家都不了解這工作，她說，有時候，也只能換一種方式去接近病人和家屬，比如，幫忙尋醫問藥，幫助他們走完人生的最後一程，希望能在幫助他們的過程中，化解誤解，獲得諒解或支持，或者，慢慢讓人們改變觀念。

游心文說，謝謝你，告訴我這麼多。羅紅說，也謝謝你，這麼有耐心聽我講話，我找你說，是想讓人知道，我們需要別人的幫助，我們也能夠幫助有需要的人。她抬手看了眼手錶，說，下午我還得趕去那個客戶那。游心文說，約個時間，我們再聊吧。

十

後來，游心文和我說起羅紅的故事，他問我，要是換了我，你會怎麼做？說實話，我說我想不到自己會怎麼做，因為我不想假設什麼。他問過我後，見我這麼回答，就想去問問呂智聰，身為當事人的丈夫，他對這個問題是如何看的。

游心文直接找了呂智聰，是到公司找的，就快下班的時候，夕陽正徐徐落下去，他說自己是羅紅的朋友，想和他說點事。呂智聰有點驚訝，他沒聽羅紅提起過，就跟游心文去了一家西餐廳。等游心文開門見山說明了來意，呂智聰就顯得煩躁起來。他抽出一根菸，點著了深抽一口。沉默了片刻，他才開口。

呂智聰說自己不贊成羅紅現在從事勸捐這事。他說他希望羅紅趕緊從失去兒子的悲傷中緩過來。他說自己不希望她總陷入那種情緒中。因為，他抬頭看了眼游心文，說，她的情緒也影響到他自己了。他嘆息說，我十分害怕失去兒子後，有可能又失去她。他這話說得憂心忡忡。

游心文一時也想不出該用什麼話來安慰他。呂智聰說出的話，完全出乎他的意料，他本來以為，呂智聰會說自己很支持羅紅這麼幹的。這才合乎我們大眾的邏輯。但事實卻是相反。這讓游心文有點愕然。當然，也有點好奇了。

呂智聰嘆息說，我們不但失去了兒子，而且，經濟上也比較困難，要是羅紅拿出做勸捐那樣的力氣去做保險，她的業績肯定在公司裡居前位的。我一直相信她的這股毅力和韌性，可是，她的心思和精力都放在勸人捐獻器官的事情上。

她既要和醫生搞好關係，要經常跑去醫院，又要給家屬和病人做耐心，細緻的工作，遇見通情達理的還好，儘管人家不接受，但至少還不會惡言相向。但遇見不理解的，可就要遭受侮辱和傷害了。

呂智聰說，她的一顆門牙就被人打掉了。他盯住游心文的眼睛，說，她沒和你說吧？游心文搖搖頭。呂智聰說，那肯定也沒告訴你，為了獲得病人家屬的信任，她還常常去住院部，病人的家裡，幫人乾活，甚至，你知道嗎？連有的病人便祕，她還試過用手指幫人一點一點摳出來呢！這活連家屬都不願意幹！她還幫去世的人穿壽衣呢！這話說得游心文目瞪口呆。

呂智聰見游心文沒說什麼，又接下去說，他們不但將兒子的眼角膜捐獻了，而且他和羅紅也都簽了捐獻協定書了，他說他們已經做得夠多的了，羅紅沒必要再去折騰自己了。你說是嗎？呂智聰問游心文，就是做也得有個度吧，至少不要將自己的生活弄得一團糟吧？

呂智聰說，他們為這個事情，吵架，冷戰過，但羅紅都痴心不改，還說要將這當成是事業做下去。呂智聰說，我真擔心我們無法再相處下去。

游心文也不知道該如何勸慰他，他只是聽，聽一個丈夫對妻子從事勸捐事業的看法，敬佩、無奈、不滿、憐憫、疼愛、期望等等。他跑文化這條線多了，聽到這行的人對某件事情的說法，總是帶了一種浪漫的態度，但今天他聽到的，卻一點也沒有浪漫的色彩。

游心文後來對我說，希望我再幫他個忙，就是，隨機問問身邊的人，對「勸捐」這個問題的看法。我笑了，說你是記者嘛，這該你去做的。游心文說，我想規避一下常規做法。正因為我是記者，選擇採訪對象的時候，難免會走程式的路子，別人回答你的問題，也難免帶上同樣的腔調。這傢伙也真想得到。我說我嘗試一下吧。

去我媽家吃過晚飯，大家聚在一起閒聊。我就隨口聊起了羅紅所做的事。我媽說，老天，死了都不得安寧！她是堅決反對的，說要完整才好。我妹呢，態度模糊，說，人都死了，還能用嗎？我的外甥女安琪，就說，嚇死人啦！她掩了耳朵，說她不聽了，要去做作業，說完就進房間去了。

我爸正好從臥室出來，他中風剛好正處於康復期，行動不便，但耳朵的聽力十分好，人也十分敏感。此時他艱難地挪動身體，走向沙發，邊走邊說，現在的人呀，手臂都往外拐，老人家就是廢品了？要往外面丟了？大家見他出來，就將話題轉了，說起了最近放的韓劇《大長今》。我爸就一個人坐在沙發上，自言自語了好一會兒，才安心地看電視。

飯後，我帶了我家的金毛犬辛巴去公園散步。遇見帶毛毛的老黃，辛巴和毛毛一見面，就瘋玩起來，撒腿追逐起來。我和老黃就站草地上閒聊。我自然地將話題扯到了羅紅的故事上。老黃說，天！怎麼受得了啊，這要面子的呀！老黃說他不能接受，但表示理解，他說現在的社會多元化嘛。不過，老黃有點憂慮，問我，她是不是因為兒子去世，精神受了刺激才這樣固執呢？我說，不會的，我見過她，做事情十分有條理，腦子很清楚的。老黃說，那就鬧不懂了。

我們正探討，老黃的手機響了，他哇啦哇啦說一通後，連線後，說他得走了，老婆的鑰匙丟了，進不了家，他得趕去救急。他喊了毛毛回來，匆匆領了回家去。

辛巴有點失望，看著毛毛走遠看不見了，才轉過身來，蹭我的褲腳。我跟了牠往前走，經過那幾張石頭桌子的時候，我看見幾個男同志打牌，其中一個打扮得很脂粉氣的，看見辛巴過去了，就翹了蘭花指喊，哎喲，帥哥又見面啦。辛巴搖了尾巴走過去，讓人摸牠的腦袋和脖子。

我走過去，站了看他們打牌，還和他們閒聊，話題轉向了我關心的那個問題上去。那個脂粉氣說，捐給我們同志，我願意啊，特別是給我的小寶，就更沒意見了。他拍了一下身邊的那個帥哥。他們幾個都哈哈大笑，說就林妹妹最痴情了。那個脂粉氣就翹了嘴巴說，痴情有什麼不好啊！

等我再找辛巴，卻不見了這傢伙。我大聲喊了辛巴的名字。過了好一會兒，那傢伙才從前面的小路轉回來，喘了氣跑回我身邊。又聊了一會兒，我才離開的，走了一圈，往家裡走去。

回到家裡，我洗澡後，給游心文打電話，彙報了自己的收穫。游心文說，謝謝，我也搞了一通呢。我說見報後也給我留一份，我也想看看別人怎麼想的。

十一

一天，夏語突然給了我電話，請我一起喝茶，說是要答謝我前段的幫忙。我說你客氣了，我和游心文是朋友呢。夏語說，也叫了他，當是一起聚聚吧。

我們是在春風路的銘心咖啡館見面的。夏語的臉色好多了，有了血色，變得紅潤起來。但依然可以看到他眼睛裡的疲憊。游心文還是那樣，睡眼惺忪的，一副倦怠的樣子，大致記者就該這摸樣。我問他，昨夜是否又開夜車趕稿子了。游心文說，沒趕稿子，是習慣到那個點才能睡覺。

他問我，你呢？我笑了說，以前經常開夜車，但現在收斂了。游心文說，現在全職寫作了，卻收斂了？我說，一是年紀大了，二是，作為職業作家，更講究的不是一時的爆發，而是講究永續性和耐心。夏語聽到這裡，就說，哈，這麼講究啊。我說，我哪能和心文比啊，他還有許多年的光陰可供他揮霍。

夏語招手叫了服務生，要菜單點東西。他說，我爸的事，多得你們的幫忙。我和游心文都說他客氣了。夏語說，失去不少，也得到不少。他的話題又引向到與羅紅有關的事情上。夏語說，他有很長的時間裡，無法從父親重病和去世的打擊中緩過來，是羅紅在給他幫忙和陪他聊天的過程中，他的一些想法和觀念才發生了變化的。

羅紅和他講過一個故事，小故事，西方式的，有點宗教意味，但十分有力量，甚至讓夏語改變了以前對生死的看法。羅紅說，這個故事也是她所經歷的，剛開始，她也無法從兒子生病和病故的哀傷中解脫出來。

她在落寞和傷痛中，常常一個人獨自登上蓮花山。登上高處，放眼四望，天空中都是飛揚的風箏。這更增添了她的傷感，她甚至感到，那遊離了地面的風箏，一下下地扯痛她心口的傷疤。就像是往她傷口裡轉捅的刀子。這種傷痛讓她忍不住悲從中來，放肆地痛哭落淚。

也不知道過了多久，一個中年婦女走了過來，靜靜地坐到她身邊，等她舒緩過來後，遞給她一方衛生紙。問，能告訴她，為什麼哭泣嗎？羅紅本來不想說的。那個婦女說，說出來吧，傷心會成為過去。羅紅呆呆地望了天空，望了那些漂浮的風箏很久，才斷斷續續說起呂飛的故事。

那個婦女安靜耐心地聽完這個故事後，說也要告訴她一個故事。她說，有一位母親因病去世了，這讓一直被她疼愛的女兒十分傷心，每每想起與母親有關的往事，就會悄然落淚。有一天晚上，女兒做了個夢，夢見母親和一群離世的人，在天堂的草地上，圍成一個圓圈，每人手捧一支蠟燭，點燃了，在載歌載舞。

女兒發現，只有母親手中的蠟燭是沒點燃的，她著急地提醒母親，母親也著急地想點燃蠟燭，但點燃了，又滅了，重新再點，又滅掉了。女兒很著急，想上前去幫忙，一跳起來，她就夢醒了。

後來，她又連續做了同樣的夢，發現母親的蠟燭總是無法點燃的。她就喊，媽媽，你的蠟燭怎麼總是點不燃的。母親對她說，女兒呀，媽媽在天堂裡，生活得很快樂的，我的蠟燭是能點燃的，但每次一點燃，就被你的淚水打溼呀，你總是垂淚，媽媽的蠟燭怎麼能點燃呢？

女兒聽了，一覺醒來，豁然開朗起來，她再夢見母親的時候，她母親和所有去世的人一樣都捧著點燃的蠟燭，在天堂很開心地跳舞歌唱。一夜之間，她懂得了許多人生的真理，從此學習笑對生活。

夏語說完這個故事，他竟然眼淚吧嗒吧嗒掉了下來。但他馬上意識到了，抽出一張衛生紙堵住奔湧的淚水。笑了說，我又要對不起我的父親了。

游心文一直想問一個問題的，猶豫了很久，他才問夏語，最後他父親的器官有沒有做捐獻。這問題也讓我感到興趣。我和游心文都看著他，等待他的回答。

夏語說，沒有。我和游心文都有點失望，也有點安慰，覺得自己心裡好像放下了一塊石頭，像是應驗了自己最世俗的猜測。也讓自己覺得沒了那份壓力。如果他說捐獻了，那我和游心文，大概心裡都有點那個。畢竟，我們還是總想像自己是個高尚的人的。

夏語說，《聖經》裡說：人來自於塵土，終歸於塵土。其實，曾經我也這麼覺得，可是，一旦這個生命和自己息息相關，就無法接受事實。他是我父親呢，我實在不忍心看見屬於父親的一部分被取走。

夏語說，他母親更無法容許這樣的事情發生。所以，雖然他知道應該那樣做，卻沒有那樣做。游心文問他，那你怎麼想的？夏語說他父親一直昏迷，無法自己作主。

說到這裡，我長長地舒了一口氣。游心文也是。

沒想到，夏語靜默了好一會兒，說了一段讓我和游心文震驚的話。

他是這麼說的，他雖然沒將父親的遺體器官做捐獻，但他在父親去世的傷痛中平復過來後，他是做了一生中的一個重大決定的。他看了我們一眼，他說，屬於自己的東西，他能做主的。

昨天，他剛由羅紅引領，去做了一件讓自己輕鬆起來的事情，他在一份器官捐獻協定書上簽了名。夏語說這話的時候，顯得平靜安詳。

奇怪，我在他的眼睛的天空裡，似乎看見了那些飄蕩的風箏。

廢品

一

徐大力腳步踉蹌。一出租屋的門，他開啟鎖鏈，推了門口的三輪車往外走。一路上，他的腦袋還有點昏沉。昨晚他從外面回到屋子，隨手將拎在手上的一包東西丟在屋角，那是他剛收購回來的舊課本和作業本。

他喝了幾口水，坐在床沿上歇息。看著屋角的那堆舊物，他突然百感交集起來。他也不知道怎麼了，就感到心裡堵得慌，堵得難受，於是從床下拿出一個酒瓶，就了碟裡的油炒花生米喝起來。等酒過三巡，他也嗚嗚地痛哭過三次了，然後倒在床上睡死了。

不過現在，他對昨晚的事已經意識模糊了。他心情不錯地哼著小調，踏了小三輪，慢悠悠地出了村口。經過公園路路邊的北方面館，他跳下車，指了冒著汽的蒸籠喊，妹子，來五個。那小妹用竹筷子夾了饅頭，丟進塑膠袋給他，收了錢又站門口，對門口和馬路上走過的人吆喝。

徐大力騎了一段路，注意到掛在車把上的饅頭，一晃一晃地盪來盪去。他馬上就餓了。他身體一前傾，伸手拿出一個放進嘴裡。他嚼得很慢，一股甜味捲進了舌根。他沒喝水，就這麼吃完了一個。他以前吃饅頭可不這樣，是一邊喝水或就稀飯的。他感覺極好了，又拿出一個嚼起來。等到了海岸花園門口，他已經吃完了三個饅頭。

徐大力將車子鎖了，在大門口外轉悠。徐大力幹的是收購廢品的活，每天按時來海岸花園的門口蹲點守候，提供上門收購廢舊物品或者清潔搬運的服務。他每天像那些上班打卡的人一樣準時。其實，也沒有人盯住他要他這麼做，只是他已經習慣了。

保全小田見了他，走過來和他打招呼說，今兒晚了啊。徐大力說，昨晚喝了點。小田說，有喜事吧？徐大力說哪啊，隨便喝的。小田嘿嘿笑了，說小飲娛情。徐大力打哈哈，說你值班啊。小田說是啊。

徐大力掏出一盒菸朝小田示意。小田朝他擺擺手，他說我上班呢。其實，小田以前是抽菸的，現在戒了，說是在這上等地方值班，一是不准，二是覺得不健康。他說好多有錢人都不抽菸呢。徐大力說那是那是。他一邊抽菸，一邊和小田瞎扯。他和小田是老鄉，有種親切感。

徐大力正想問問小田五一去哪裡玩。小田剛一張嘴巴，沒回答他，卻急忙走開。徐大力有點困惑地瞪大眼。小田已經進了崗亭，將出口的電動閘門開啟。徐大力扭過身子，這才看見背後來了一列迎親的車隊，正打了方向燈拐過來。小田立正敬禮迎接。

徐大力數了一下，一共是五輛車子，三輛賓士，兩部 BMW，其中打頭的一輛賓士，車頭蓋上立著一對可愛的小人，新郎穿了白西裝，新娘手持花束，身穿白色婚紗。身後是紅色玫瑰花組成的紅心。車門拉手等處還有絲絹做成的彩花點綴。車牌號碼就被紅色的紙牌蓋住了，上面寫著「百年好合」的字樣。這些車子緩慢地進了社區。小田這才將電閘門關上，然後站在崗亭門口，和另一個保全聊天。

徐大力依著車子站了一會兒，竟然有點無聊。他於是擺弄起車子來，將三輪車推轉了一個方向，讓車頭與大門口的方向成九十度角，扭了扭車把上的紙板，讓進出的人很容易看見這紙牌。上面用紅漆寫了幾行字，上批寫的是：「高價收購」，豎行寫了幾行字：「舊冰箱，舊彩色電視機，舊音響，舊報刊酒瓶」，下批寫的是：「上門清潔搬家」。

徐大力做這行已經有一段時間了。也許有一年多了，也許不止，但確切的時間他也記不清了，再說也沒必要記住。總之他也算入行了。剛來的那陣子，他四處找老鄉介紹工作，當然也找過職業介紹所，還受過騙，隨後他做過油漆工、注塑工、電子廠的外掛工等許多工種，不但薪資低，還受氣，他一氣之下，就不幹了，將老闆炒了，跑了出來。

剛開始還挺為自己的舉動驕傲的，但到了囊中空空，肚子餓急了嚎叫起來，他才後悔不已。但回去又嚥不下這口氣，他很愛面子，也不知道是跟誰嘔氣，他就那麼耗著，在街頭徘徊。當時天氣很熱，他走累了也餓了，最後找了一塊很大的紙板，在公園的一個角落裡躺了發呆。他離開一會兒去廁所小解回來，見一個拾荒的要將他睡覺的紙板拿走。

他喊了起來，說那是他的東西。那個人說可以給他五毛錢。他考慮了一下，馬上答應了。他拿了五毛錢，跑到公園的小賣鋪，買了一根冰棒啃了起來。當時他覺得吃了一頓最好的美食。

後來他餓得實在受不了，靈機一動，也嘗試找些東西賣。第一天他賣了三元錢，第二天收穫大一點，他賣了五元，他心中突然豁然開朗起來，幹這一行不用求人，也不用受人的氣，還可以維持溫飽，他於是心情矛盾地幹起了這行。

剛開始他還有點心理障礙，走路總是低著頭，生怕遇見老鄉。過了一段時間，他變得坦然了，竟然完全適應了這種生活。其實他的擔心是多餘的，在這個城市，大家都行色匆匆，低頭拚命地往前衝，誰會去注意一個街頭遊動的異鄉人呢。

徐大力剛幹這行時，他是四處奔走跑收購，弄得自己不但很累，而收購到的東西又不穩定。街頭上到處都有人做這行，競爭也大。他後來也覺得這樣跑不是辦法，觀察考慮了一段時間，他找了個大型住宅區，在門口蹲點守候，居民有廢舊物品要賣，看見了他的那個廣告牌，就會過來詢問，他就上門收購。這樣省時間，也不用跑來跑去，沒生意的時候，自己還可以看看書。

實踐了一段時間，效果不錯，就這麼做了下來。當然，後來許多人都這麼做了。徐大力之所以選這個住宅區蹲點，一是居民多，生活中淘汰的舊貨源比較充足，另一個原因，是他無意中知道小田是老鄉，可以為他做做廣告和仲介。

徐大力正在看雜誌，一個住戶過來喊他，說有幾個紙箱要賣。徐大力就拎了一桿秤，尾隨他去了。這個林木根五十多歲左右，衣著光鮮，走路是八字腳。徐大力對他臉熟，剛開始叫不出名字。

他記得好像在其他地方收購廢品的時候，在那裡見過他的。他家有一幢自己起的樓，有五層高呢，他住一層，其餘的用來出租。他隨這個住戶上了三樓，才想起他的名字來。他不知道林木根什麼時候搬到這裡了。

徐大力剛想跟進屋去。林木根急急地說，你在門口等。還反手防盜門關上了。徐大力只好站在門口等。房子好大，有一百多平方公尺，看起來好像是林木根一個人住。徐大力隔了防盜門的鐵欄，說林老闆呀，一個人住這麼大的房子呀？不想那個林木根趕緊說，許多人住呢，都出去玩了，一會兒回來。

徐大力啊了聲，看到林木根似乎不想和他說話，就懶洋洋不再搭話了。林木根進了房間，將一堆紙箱拉到客廳裡。徐大力站在防盜門外，見他吃力的樣子，就湊過去喊，我幫你吧。林木根慌張說，不用不用，你等著。徐大力只好退回來。林木根在客廳和裡屋幾番進出，才將幾個紙箱拉到客廳。

徐大力想進去秤重量。林木根又喊，你在外面等。他說他將紙箱拖出去給他。徐大力覺得他真怪的。林木根將幾個紙箱拉出大門口，然後氣喘吁吁站在門口，喊徐大力秤。徐大力將紙箱都弄扁了，然後才秤了重量。

徐大力給了他四元錢，然後將紙箱打包，又問他還有沒有舊報紙。林木根想了想，說讓他等等。他進門又抱了幾疊報紙出來。徐大力秤完了給錢。他剛彎腰捆紮地下的東西，就聽到後面的門砰地關上了。

在這個下午，徐大力一共收購了二十斤的舊報紙，十斤的紙箱。閒著沒事的時候，他看了一會兒雜誌。後來他又看了從林木根手上收購來的晚報，翻到社會新聞那版，他看到了一則新聞。是一則入屋殺人搶劫案件的報導。說的是某學校的一名退休女職員，丈夫出差在外，她被人殺死在家，凶犯將家裡值錢的東西都拿走了，甚至連冰箱也拉走了，這成了破案最重要的線索。

後來案件經警察近一個月的偵破，抓了兩個人。據這兩個嫌疑犯交代，他們是在收購廢品的過程中認識事主的。後來看事主家裡長期只有她在家，就動了歪腦筋，瞅準時機，藉口進屋喝口水，趁事主不注意，用事先準備好的錘子猛砸事主的後腦。

徐大力看到這裡，後腦勺陣陣發涼。他想這兩個小子也真夠狠的。後來，他慢慢就想到剛才林木根的古怪行為。想到這裡，徐大力的心情就複雜起來。

天氣有點悶熱，使人昏昏欲睡。他將手上的報紙和雜誌丟下，將車子推到樹陰下，拿了張紙皮墊了屁股，背靠車子打盹。雖然汽車駛進駛出，也人來人往，聲音嘈雜，而樹上的鳥雀也唧唧喳喳地吵了起來，但徐大力幾乎充耳不聞，照樣睡得打起了呼嚕。

後來他被幾滴冰涼的東西驚醒，他張眼一看，是下雨了。他今天穿的是白色的襯衣，衣服上落滿了黃色的斑點。這一段時間都是晴天，很長時間沒下雨了，樹葉上沾滿了灰塵，一下雨，就隨樹葉上滴下的雨滴落下，就成了泥水了。

徐大力馬上站起身子，拿了一塊紙板頂在頭頂上。他抬頭四周望望，天色已經暗了下來。雨也慢慢大了起來。徐大力翻出一塊塑膠布，將車上的紙箱和舊報紙蓋好，上了三輪車，往廢品收購站的方向騎去。

二

夜幕降臨後，徐大力將剩下的饅頭吃了。他擦把臉，鎖門出去，往公園方向走去。路過一灣車站路段，他看見幾個小姐在路邊拉客。她們稍有打扮，但還是可以看出等級不高。

她們都是些打工妹，因為吃不了苦出來做的。她們通常是晝伏夜出，白天睡覺逛街，晚上在某段馬路上游蕩，捕捉那些因遠離故鄉遠離女人而慾望高漲的獵物。他們通常是建築工人或者在工廠打工的居多。

徐大力每次路過這段馬路，看見路邊牆上安裝的那幾個自動售賣保險套的機子，心裡總有點怪怪的感覺。

徐大力目光放肆地走過去。一個小姐就先生先生地叫住他。徐大力厭惡地說，你幹嘛。他的聲音有點高了，惹得路邊的人都朝這邊張望。那個小姐似乎有點不好意思了，她瞪大黑黑的眼圈，小心地問他想不想。

徐大力還想發作，但轉念一想，惡作劇地說，想啊我想啊。那個小姐的臉上一開心，臉上就快要掉粉了。她充滿期待地望著他，讓他開價。

徐大力站在她面前卻不說話了。那個小姐有點急了，說先生，你說個價吧，好商量的。徐大力抬頭望了望天空，他看見月亮是一把銀光柔和的鐮刀。他隨口說免費啊。那個小姐懷疑自己聽錯了，又趕緊追問他願意出多少。徐大力轉了轉頭，他望見西南方向的天空特別藍，而上面的星星也特別亮。

他聽見那個小姐的問話，想了想就說，我說了免費。那個小姐聽明白了，她憤怒地罵他，說你有病呀。徐大力收回目光，望著那個小姐，他認真地說，我是說我可以免費為你服務。那個小姐凶狠地瞪了他一眼，說你真有病！就掉頭走了。

徐大力呆呆地看著她走遠。他很嚴肅地走了一段路，回想起剛才的一幕，他心裡有點得意，好像做了件好玩的事，竟然哈哈大笑起來。連那個在公園的門口當值的保全，目光也被他的笑聲吸引過來了。

徐大力停住笑，慢慢地踱過去。經過那個保全身邊，他收斂起放肆的神色，變得有點嚴肅。當他看見那個保全警惕的目光，他就裝做若無其事地望了他一眼，然後就閃進了公園的西門。門口邊有個夕陽紅舞場，是用溜冰場改建的，四面通風，上面搭有天棚。

此時舞會還沒開場，但燈光亮著，音響播著很響的舞曲。他看了眼，就徘徊往北走。路過荔枝林，他看見幾個人就了路燈，圍在一張石桌上打牌。他站住旁觀了一會兒，覺得沒意思，就離開繼續往前走。

他過了橋，圍住一片草地轉圈圈。轉到划船的地方，聽到旁邊的樹下響起咿咿呀呀地音樂聲，有一群老人在跳集體健身舞，另一群則在練香功什麼的。徐大力站了看一會兒就離開了，等他再繞草地轉圈子，路上多了許多人。

他們也在繞圈子快步走，這是飯後走，據說可以減肥健身。徐大力跟在他們後面慢慢走。那些成群結隊走的，聽口音都是本地人，以家庭婦女居多，她們身材矮小，腰身雄壯，已成水桶摸樣。

她們邊快步走，邊絮絮叨叨地說著家長裡短。

徐大力突然感到無聊，就往回走。這時西門的那個露天舞會已經開始了，舞曲震天價響，舞場上人來人往。徐大力走過去，和許多圍觀的人一樣，站在圍欄邊看。他注意到了一個中等身材苗條的女孩，穿了白色裙子，在和一個男人跳三步舞。

她梳了一根大辮子，此時不是安靜地垂在身後，而是隨了舞曲的調子，一蕩一蕩的，也跳起舞來。不過，那個男人的舞技不好，老是踏了她的鞋子。兩個人的舞步不是那麼流暢，反顯得有點踉蹌了。徐大力看了一會兒，發現那個男人是林木根。他上他家收過紙箱的。

徐大力不看他們的舞步。他的目光上移到那根辮子。他看了一會兒，他的情緒被這條辮子挑動起來。他著魔似地擠開人群，走到售賣門票的窗口，掏出兩元硬幣，買了一張票進去。

他開始站在舞場旁邊盯著那個女孩，等換了一支舞曲，他就上去請那個女孩。那個女孩今天肯定是遇見了什麼開心的事，他一伸手，她就搭住了。兩個人開心地跳了起來。一前一後走了幾步，他們就找到了感覺，配合十分默契。

那個女孩身上撒了香水，此時夾雜著汗水，混合成一種古怪而好聞的味道。他有點恍惚，也激情澎湃，整個人都被舞曲點燃了，燒了起來，他跳得大汗淋漓，四肢飛舞，要脫臼似的，舞姿十分的瀟灑狂放。林木根只好轉頭去找別人跳了。

後來中場休息，徐大力對那個女孩說，喝點飲料吧。那個女孩氣喘吁吁地點點頭，說好吧。兩個人出了場，在小賣鋪買了兩罐可樂，坐在椅子喝起來。徐大力剛才只顧跳舞，加上燈光暗，沒有機會看清楚這個女孩。這會他才有機會近距離端詳這個女孩。她長得不是漂亮的那種，但算是耐看的那種，猜想年紀也快三十了。

徐大力還有點氣喘，他心跳也十分急促。他咕嘟咕嘟地喝著飲料。他也看那個女孩小口小口地用吸管吸著飲料。她的額頭上、鼻尖上的汗珠，使她顯得十分可愛。徐大力盯住人家看了好一會兒，搞得那個女孩有點不好意思，將頭轉向了舞場方向。

徐大力說，你跳得很好啊。那個女孩不好意思地說，你帶得好呀。徐大力感嘆地說，我還以為忘記了呢。那個女孩問他以前是否經常跳。徐大力說週末都跳，好玩呢。女孩說自己是剛學會。徐大力說多練習就會跳好的。女孩笑了笑，沒說話。

徐大力停了一下，說你好像有什麼喜事吧。那個女孩問他為什麼這麼想。徐大力說他可以感覺得到的。女孩說是啊，她今天考試很順利。徐大力有點愕然，就問她考什麼。女孩說自學考試。徐大力恍然大悟，不好意思地說，我都快忘了。那個女孩有點好奇，說你也考嗎。徐大力有點恍惚，說考過，以前考過的。女孩問他過關了嗎。

徐大力長長地呼了一口氣，說都過了呀。不過——他沒說下去。那個女孩問他不過什麼呢。徐大力小聲說，不過也沒什麼用處。女孩可能沒聽清楚，問他說什麼。徐大力說，想想也挺辛苦的。女孩說所以她要慶祝一下。

徐大力將可樂喝光。那個女孩也將可樂喝光了。徐大力一伸手，將她的可樂罐子接了過來。他又用力將罐子一捏，罐子呀地響了一聲，就扁了。徐大力將扁了的罐子拿在手上，眼睛四處張望，然後走到一個角落放下。那個女孩指著不遠處的垃圾桶，不解地問他幹嘛不丟那裡。

徐大力好像做錯了什麼事情，有點猶疑和慌張，他支吾了一下，才說他想用這個可樂罐做菸灰缸。那個女孩還是不解，說那你幹嘛將它捏扁了。徐大力頓時啞口了幾秒鐘。他後來才說，是要做個藝術菸灰缸。女孩有點驚奇了，說真看不出來呢。徐大力聽了，只是尷尬地笑了一下，沒說什麼。

後來舞場的舞曲響起了，徐大力趕緊說，我們去跳舞吧。就拉了她進場。他們不歇氣地連續跳著，一個曲子接著一個曲子，直到舞會散場。

兩人分手的時候，都有點戀戀不捨了。徐大力提出送她回去。那個女孩卻趕緊搖搖手，說不用了。徐大力有點尷尬，想想就說，那給個電話號碼吧。那個女孩猶疑了一下，抬頭笑了一下，說有緣分還是可以遇見的。她說過這話，就揮了揮手走遠了。

徐大力有點入神地望著她的背影，望著那根在她身後晃動的辮子。等她慢慢地消失在遠處街燈的轉角處，他才惆悵地掉頭往回走。走沒幾步，他又倒回來走到剛才丟可樂罐的角落，撿起剛才丟下的那兩個可樂罐。他心想雖然是小錢，但這也是錢啊。

路過一灣車站那段路，他看見那些小姐已經稀疏了，還在路邊遊蕩的，要麼是沒有拉到客的，還在苦候，要麼是做完了一趟的，還想再做多一趟的。她們的目光顯得更飄更迫切。

徐大力感到肚子下面有股火苗在竄來竄去。他邊走邊瞟路邊，心裡有種矛盾和衝動，他給搞得渾身都癢癢的難受。當一個小姐攔住他，問他想不想幹點什麼的時候。他真的憋不住了，他咬牙切齒地說想啊，想幹掉你！不想那個小姐聽了，十分高興地說，我也想幹了你！徐大力急切地伸出三根手指，朝那個小姐晃了晃。那個小姐搖頭，朝他伸出一個巴掌。徐大力問她是五十嗎。那個小姐點點頭。徐大力一把抓住她的手，就往他的租屋走。

徐大力走得有點急。那個小姐穿了高跟鞋，走快點就腳步踉蹌，她說先生慢點吧。徐大力說，快點吧，你好早點收工。徐大力緊緊地拽住那個小姐往前趕。那個小姐只好跟在後面急急地追隨著他。

一進租屋處，徐大力就有點迫不及待了，一把拉過那個小姐就想幹。還是那個小姐老練，掙扎著擋住他的手，問他想不想洗澡。徐大力問她，難道你沒洗過嗎。那個小姐說洗過了，還湊上來說，嗅嗅這香味。

她說如果他想洗，她可以給他搓背。徐大力說太好了，心想他媽的，都有多久沒人給自己搓過背了。他拉了那個小姐進浴室。兩個人在浴室打鬧了一陣，徐大力忍不住了，就要在浴室和她幹起來。

徐大力想起影片裡的情景，便也想試驗一下。他說我要吹簫。那個小姐說五十不夠，只能從後面進去。她抬起了白花花的屁股。徐大力已經忍無可忍了，只好放棄他原先的要求，從後面進去，才動了幾動，他就洩了。那個小姐安慰他說，以後有錢了，隨他的做法。

夜晚這麼一折騰，後來徐大力就睡得不踏實了，他翻來覆去回味那個小姐說過的話。那個小姐拿了錢離開的時候，還認真地看了他一眼。徐大力問她幹嘛。她對他說，大哥，你好靚仔啊。

徐大力愣了一下，也笑了說，小姐你真嘴甜啊。那個小姐咯咯地笑了說，大哥，以前沒人說過你靚仔嗎。這話搞得徐大力不好意思起來。

三

這天，徐大力照例到海岸花園門口蹲點。小田不當值，他就和另一個蹲點的老鄉老姚聊天。都快中午了，他只收了十斤的紙箱，五斤的易開罐。老姚是一斤也沒做成。他有點洩氣，說想到別的花園去碰碰運氣，然後他徘徊地騎走了。他一走，徐大力覺得無聊了，就懶洋洋地坐在車上，將車頭扭來轉去玩兒。

就在這時，他看見了那個林木根。他可能剛從菜市場回來，右手提了一個塑膠袋。幾根蔥葉從袋口伸了出來。徐大力眉毛一挑，想和他打招呼，但又覺得唐突，半途作罷了。林木根也望見了徐大力，他在進門口前的剎那猶豫了一下。他停住了腳步，轉身走到徐大力跟前。

徐大力跳下車，滿臉笑容地說，林老闆買菜吧。林木根說準備做中午飯呢。徐大力趕緊問，林老闆有沒有舊電器。林木根說我還能用的。徐大力說要更新換代嘛。林木根心不在焉地應付他，搞得徐大力不知道他到底想幹嘛。

林木根和他兜搭幾句，轉身離開前，突然莫名其妙地說了句，沒想到你的舞跳得那麼好啊。徐大力一時沒明白過來，傻愣愣地望著他沒答話。林木根又說，你經常去跳舞嗎。他指了指公園的方向。徐大力明白過來，就說以前在家鄉經常跳舞，在這裡是第一次。

林木根哦了聲，然後有點遲疑地問，你和她很熟吧？徐大力有點茫然，不知道他指的是誰。林木根就說，那天和你跳舞那個女的。徐大力明白過來後，說第一次跳呢。林木根問他，她叫什麼名呢。

徐大力想了想，說不知道。林木根不肯放棄，追問那她姓什麼呢。徐大力努力想了想，有點洩氣，說他也不知道。他看林木根有點失望，就說你找她有事嗎。林木根趕緊搖頭，說沒有。他說她跳得好看。

林木根離開後，徐大力就打開車把上的塑膠袋，拿出一個饅頭吃起來。他慢慢地嚼著，只喝一點的水。吃好了，他感到有點睏意了，就想打個盹吧。他睡了好一會兒，被人喊醒了。

他睜開眼睛一看，是那個林木根。他擦了把眼角，說是林老闆你呀。需要打掃家居嗎。林木根搖頭說想和他商量個事情。徐大力趕緊說，你說你說。林木根說，想他教自己跳舞。

徐大力懷疑自己聽錯了。他說你說什麼？讓我教你跳舞？林木根說是這樣，他一天出五十元做學費。徐大力簡直就不相信這是真的，因為公園的活動中心就有正規的舞蹈老師。見他還在猶疑，林木根就催問他願不願意。

徐大力雖然對這個提議心存疑慮，但這五十元學費太有誘惑力了，讓他心動而不去想其他原因，他想他還能吃了我不成。他問在哪裡教，林木根說到公園的荔枝林裡，那裡空氣好。徐大力問他什麼時候開始，林木根說明天早上六點鐘。

林木根離開後，徐大力在原地發了一陣子呆。他想了很久，也沒找出有什麼理由來。對今天的事情，看來只好用奇遇來解釋了。他有點興奮，也有點煩躁，在門口轉了許多圈子，最後他騎上車子，慢悠悠地往租屋的方向走。

徐大力回到租屋，又覺得無聊。他便拿了一枝筆，打開那些收回來的舊課本，試著在上面打勾過癮。有一本數學作業本上，十題錯了九題半，其中一題，只做對了演算過程，結果卻錯了。他細心地挑出每道題的錯誤，然後在旁邊做了更正。

後來好不容易等到天色暗了下來，他丟下那些作業本，去小食店買了點滷菜，回來就胡亂地對付了一頓，然後盥洗一下，就去公園等舞會開場。他在舞場徘徊了一個多小時，在圍觀看熱鬧的人群中，在翩翩起舞的人群中，他沒有發現那個女孩，卻意外地看見了林木根也在場外徘徊，似乎也在找什麼人。

徐大力最後惆悵地回到租屋處。看見桌子上的剩菜，他走到牆角，拿了地上的啤酒，就了菜喝起來。喝到高興處，還唱起了那首老歌《小芳》，他顛來倒去老是哼著那句「她的辮子黑又亮」，後來摟了一把瘸腿的椅子，跳起了三步舞，還不小心將牆角的舊電扇撞倒了。

第二天他起得早。他趕到公園的荔枝林，發現林木根已經等在那裡了，手上拿了臺小收錄機在聽新聞。徐大力說真不好意思。林木根說沒什麼，老年人睡不著。說過些客套話後，兩人便一個教，一個學了起來。

徐大力發現，林木根是有點基礎的，很快就將他教的基本舞步學會了。跳到八點鐘，林木根說去吃個早點吧。徐大力隨他去了公園對面路邊的容興小食店。他們叫了油條和豆漿，然後吃了起來。林木根問他自己有沒有進步。徐大力說很大呢，還問他以前是否學過。林木根用蹩腳的普通話回答說學過的。徐大力說一個星期下來，應該可以應付自如了。林木根開心地說他會努力的。

徐大力吃了五根油條。他覺得味道極好了。他奇怪自己怎麼平日沒想到吃油條呢。他邊吃邊想。林木根突然問他怎麼會幹收購這行的。徐大力用力嚥下一口油條，喝了一口豆漿。他說我也不想這樣的。

林木根說怎麼看你也不像個幹這行的人，你倒像個有文化的人呀。徐大力苦笑了一下，含糊地說幹這行也蠻不錯的。林木根說有什麼不錯呀。徐大力說這不遇見你這樣的好人啊。林木根聽了開心地笑了起來，說那裡那裡啊。

兩個人吃飽，林木根給了五十元，然後結帳。出了小食店，他們就分手了。林木根說找老友打麻將。徐大力呢，他說自己還沒想好。他騎上三輪車，有點茫然地走了一段路，卻不知道往那裡去好。但他今天沒打算到海岸花園蹲點了。

又騎了一段路，他想了想，就往工業區的培訓中心的圖書館方向騎去。他突然有點懷念那種地方了。他有很長時間沒在那種地方坐坐了。他對自己的這個念頭有點困惑，但他還是讓這個念頭帶領自己往前走。

他將車子鎖在圖書館的門口。然後進去上了二樓的閱覽室。他在書架前流連，面對花花綠綠的雜誌，他竟然有點久違後地不知所措，走了幾個來回，最後才拿了一份《黃金時代》，然後坐下來看了起來。他比對目錄挑了幾篇文章瀏覽。翻完了他站起身返回放雜誌的架子，不想和另一個人碰在了一起。他趕忙說對不起，然後又驚訝地嘿了聲。那個女的也哎呀地小聲叫了起來。

他們在公園的露天舞場跳過舞。

徐大力緊張地問她怎麼在這裡呀。那個女孩也反問他幹嘛在這。徐大力結巴著說看看雜誌。女孩說她複習功課。徐大力說不用上班嗎。那個女孩笑了，說今天是星期天啊。徐大力搓了一下手，說我忘了呢。他還想說什麼。那個女孩說她去找點資料，然後轉到另一排架子去了。

徐大力胡亂找了本《知音》雜誌，小心地走回座位。他看了一會兒，就偷偷抬頭掃了幾眼。她坐在他的前面，隔了五張桌子，背部斜對著他。徐大力看見她的那根辮子，溫順地斜著垂在身後，他還可以看見她左邊的側臉和耳朵，發出淡淡的白嫩的柔光。

她想問題的時候，喜歡右手夾了一枝筆，撐著右臉，整個人陷入沉思狀態。這情景讓徐大力有一刻是處在入定的靜虛中的。他想反正她也看不見自己，所以他托了腮幫，很放肆地欣賞她的輪廓。

鈴聲響起時，徐大力被嚇了一跳。他看那個女孩在收拾桌子上的書本離開，他也趕忙將雜誌放回架子上，然後追了出去。他在後面叫住了她。他自我介紹說他姓徐，叫徐大力。又說，怎麼稱呼你呢。那個女孩轉過身子，說她姓李，叫李青春。徐大力問她哪個公司的。李青春笑了笑，說大宏貿易公司。

徐大力作狀想想，問在哪裡辦公的。李青春說在招商大廈。徐大力哦了聲。李青春又問他在哪裡幹的。徐大力一慌張，頓時啞口無言。他也真沒想到她會這麼問。李青春見他這樣，就說不肯告訴我是嗎。

徐大力趕緊擺手，說不是不是的，讓我想想。李青春一聽，就笑了起來，說讓你想想？我沒聽錯吧，要我猜？徐大力支支吾吾了一陣，聽了她這句話，倒像找到了話，就說，對對，你猜猜，我想考考你。

李青春猜了好幾個職業，什麼搞物流的、貿易的、坐辦公室的，但都被徐大力否定了。我不猜了。李青春洩氣了。徐大力這時已經想到了該說的話了。他說他是個自由撰稿人。李青春問什麼是自由撰稿人。徐大力解釋說就是不上班，坐在家裡給報紙或雜誌寫稿子的人。

李青春聽明白了，哦了聲說，難怪呢，連日子都會忘記的人，肯定是不上班的人。徐大力說你真聰明呢。李青春說撰稿好玩嗎。徐大力有點得意，說起碼不用打卡呀。李青春充滿了羨慕，但她又問收入怎麼樣。徐大力語塞了一下，但他馬上找到了話題，說多勞多得唄。李青春說那也蠻好的，比我們舒服呢。

兩人一邊走一邊聊，關係好像近了許多，透過一番談話，徐大力知道她是四川人。徐大力說話時伸手插進褲袋，摸到了剛才林木根給他的五十元。他說他剛收到一筆稿費，要請她吃飯慶祝一下。李青春說不好吧，我們剛認識。徐大力說我們不是剛認識，是第二次見面了。

李青春猶疑了一下，說那好吧，真不好意思呢。徐大力高興起來，說我們去吃火鍋吧，那可以邊吃邊聊。對他來說，上館子是奢侈的事，但他又想和一個喜歡的女人吃頓飯，所以他還是想奢侈一次，何況吃火鍋很便宜呢。

他們走了一段路，就進了花果山的一家「回味館」火鍋店，點了個火鍋套餐。兩個人的套餐才三十九元，李青春吃得不多，徐大力還要了一瓶啤酒。兩個人邊吃邊聊。吃到下午兩點鐘才散。

分手前，徐大力問她什麼時候還去跳舞。李青春說以後再說吧，這段時間她還要趕功課。徐大力有點遺憾，說那有時間再聯繫吧。這一次，兩個人很自然地互相交換了手機號碼。

徐大力走在路上，回味剛才的遭遇，他不斷在心裡問自己，難道真有這麼巧啊，還是真的有緣分一說。他腳步輕快地回到租屋處，才發覺自己將三輪車忘在圖書館了。

四

這段時間，徐大力晚上沒事，飯後就會站在鏡子前，用手蘸了水，將頭髮梳得順貼，再穿著整齊，然後去公園的露天舞場轉悠。他沒進去，只擠在場外的圍欄看熱鬧。他也在那裡發現了林木根。他興致勃勃地和徐大力打招呼。

經過連續幾天的練習，林木根的舞技有了不小的長進。他告訴徐大力，每到夜晚，聽到舞曲響起，他的身體就蠢蠢欲動，就要進去跳個痛快。

林木根跳了幾支曲子，轉到場邊，問徐大力幹嘛不進來跳幾支曲子。徐大力搖搖頭，他說沒有合適的舞伴。其實只是其中的一個原因，還有另一個原因他沒說，那就是他每天跳的話，對他來說是一件很奢侈的事。林木根聽他這麼說，哦了聲，說是啊，他也沒找到合適的，將就當是練習吧。

徐大力說熟能生巧啊。林木根突然問他，那個女孩呢？舞曲這時候又響了起來，徐大力沒聽清楚他說什麼，趕忙將耳朵側過去。林木根湊近他的耳朵，說就是和你跳舞的那個女孩。她姓李，叫李青春。徐大力有點得意地說他認識她了，還和她一起吃過火鍋。林木根沒說話，返身回去找了個女孩跳起來。

徐大力踱出來，在公園門口的小賣鋪前的條凳上坐了。他盯住喝飲料的人，等他或她喝完了，他就走過去將飲料罐收在一起，用力捏扁了，裝進一個塑膠袋裡。他看見林木根走過來，就說，還沒散場呢。林木根說沒感覺了。徐大力說坐坐吧。林木根走過來，坐下和他聊天。他們聊起了各自的家鄉趣事。

林木根說這裡的村民都是漁民，這原來是荒涼的海邊，隔三差五的，就有偷渡者的屍體被海浪衝上來。他說他就幹過掩埋屍體的事。有的死得很難看，挺恐怖的。後來不知道怎麼就聊到了租屋的事情，林木根說，後來這裡的漁民都建起了自己的樓房。

徐大力問他幹嘛不住在自己建的樓裡，要住在海岸花園。林木根掏出菸盒，倒出一支抽了起來。他說海岸花園的環境好。再說村裡的房子大多用來出租了，人員雜亂，也不安全呢。

徐大力說原來是這樣啊。林木根說，我連去收房租都有點害怕呢。他說他們村的老林，老婆過身了，孩子都在香港，平常家裡就他一人住。幾個月前，他獨自一人去收房租，被人打劫了。還好，沒殺人，當是花財消災吧。林木根說得有點無奈，又心有餘悸。

徐大力這才明白林木根不讓他進屋的原因。徐大力問他幹嘛不交給仲介去做。林木根說村民都怕麻煩，又不想交稅，因為現在客源也不穩定。徐大力哦了聲，說是這樣啊。他突然有個念頭閃過，他說，要不你交給我承包，客源我找。

林木根沒想到他有這麼個想法，沒馬上說話，低頭在抽菸。徐大力說，你給我一個銀行帳號，我每月按時給你存承包金進去。這樣你就有穩定的租金收入，也有安全保障。但林木根還只是聽他講，卻沒有話。

這時舞會散了，舞客們三三兩兩地退場，意猶未盡地談論各自的舞技。林木根看了眼手錶，站起身來說讓他想想。徐大力也站起來，說那是那是。林木根說完就起身離開。走了幾步，又回來。

徐大力以為他將剛才說的事情考慮好了，便滿懷期待地等著他開口說話。林木根想了想，說忘了一件事了。他對徐大力說，什麼時候約李青春一起吃個飯。徐大力沒想到他說的是這事，頓了一會兒才說，好的好的。

徐大力目送林木根走遠，他才提起那幾個易開罐離開。他晃盪著手中的塑膠袋。裡面的易開罐叮噹作響。他一邊走，一邊想著剛才和林木根說的事，他想要是這事談成了，說不定就是他命運的轉捩點。

徐大力想來想去，滿懷心事地走在回家的路上，連天上下起了雨，他也沒放在心上，也沒跑去屋簷下去躲。剛開始是小雨，後來是中雨，後來雨越下越大，還颳起了大風。他還在猶豫是否去避雨，身上已經被淋溼了一半。

他索性就這麼不管不顧地走在雨中了。雨下得真大，四周的天上掛的是白茫茫的雨簾，地上是嘩嘩作響的水花。徐大力耳朵裡充滿雨水的響聲。他蹚著水，被風雨打著，一步一步地朝租屋處的方向走去。他看見路面慢慢地被水淹沒了。

徐大力回到出租屋，按亮電燈，他身上的水就往腳跟下流，他看見一汪水浮出來，包住了他的鞋子。他的身體突然哆嗦了一下，他感到一股寒氣撞了他一下。他趕緊將手中塑膠袋丟在牆角，馬上進浴室，將溼透了的衣服除掉，又洗了個澡，然後換上乾爽的衣服。

他出來後，身體還打了個哆嗦。他走到牆角下，拎起地上的一個酒瓶，但隨即他又放下，彎腰找出另外半瓶的二鍋頭。他急忙喝了幾口下去，然後才坐到了床邊，伸直脖子使勁地喘氣。

這晚徐大力失眠了。他上床將毯子圍在身上，因為他感到有點冷。但又想熱起來。他猜想這也許是正被一個夢想所激動的緣故。他一遍一遍地想像著可能和不可能發生的事。後來他想告訴一個人，很想和人分享一下他此時此刻的想法。徐大力後來終於忍不住了，他想到了一個人，想到了李青春，於是開始撥打她的手機。但她的手機已經關機了。

徐大力後來昏昏沉沉地睡著了。半夜時分他頻繁地做夢。他開始走街穿巷，在大道上奔跑起來。再後來他累倒了，趴在地上起不來。他不斷地折騰自己，也被別人折騰。

徐大力醒來的時候，努力睜大眼睛看了一眼手錶，是凌晨的四點鐘。他感到身體發冷，頭也痛得快要裂開了，人也渾身疲軟無力。他意識到自己可能感冒發燒了。他感到身體內有一股氣憋住了，無法流動起來。他感到口渴，只得爬起身子，將幾個包裹翻開來，卻沒有找到治療感冒發燒之類的藥，最後只得倒了一杯冷開水，努力喝下去。

徐大力縮進被窩裡，將毯子裹緊身體，只留了個頭在外面。但他無法睡得踏實，他身體裡的那股氣無法流動起來。他感到十分的難受，他知道一定要將汗發出來才會輕鬆起來。他竟然又想到了李青春。他抓起放在床頭的手機，又給她撥號。她的手機還是關機狀態。

徐大力在黑暗中陷入了一種無助的恍惚中。他突然發覺自己此時此刻是多麼地想念李青春。他是多麼希望李青春就在身邊，和他同床共寢。徐大力的心緒在妄想和現實中來回跌宕，最後他將身體縮進毯子裡，在一片黑暗中想像著李青春就和他相擁在一起。

徐大力將身體緊壓在床板上，來回運動，漸漸地他感到了一種興奮，一種疲倦中奮起的亢奮，他加快了運動的節奏。他身上大汗淋漓起來，他將小弟弟使勁地往床上戳。這之後，他身體裡的那股停滯的氣流，也隨著他下面的一股快意與汗水飛速而出。

他感到身體竟然舒暢輕鬆起來了。就在同一時刻，他感到他的小弟弟好像卡住了。他滿足而緊張地，小心翼翼地等待它萎縮掉，然後起身，將汗溼的衣服換下來。事後他掀開毯子一看，乖乖，那床他撿回來的席夢思舊床墊，真的是夠破的劣質產品，竟然被他的小弟弟戳了幾個洞。他一時哭笑不得，罵了聲他媽的，真是坑人啊。

天色矇矇亮的時候，徐大力在軟綿綿中緩緩地睡過去。

五

徐大力想有一個女人了。當然這個女人不是在馬路上閒逛的那一類，而是可以在他病了的時候，能為他端茶遞水的的那一類。這種感覺一強烈起來，他便有了一種緊迫感。那些流動鮮豔的裙子，隨風飄散的女人身上的香水味，重新喚醒了生活中原先被他所忽略的慾望。

這天他來得早。除了幾個晨練歸來的老人，海岸花園門口進出的人挺稀疏的。小田就和他攀談起來，說這麼早呀。徐大力說，睡不著呢。小田伸手捂了嘴巴，連著打了幾個呵欠，說我可是睏死了。徐大力就笑，說你昨晚偷雞呀。

小田說媳婦從家鄉來了。徐大力就羨慕地說，那是夠累的。小田可能意識到說漏嘴了，就趕忙說，我也沒時間陪她呢。徐大力問他那幹嘛了。小田說有個小黃有事，他昨夜代班。徐大力也意識到自己誤會了，順口就說，是這樣啊，那是夠累的。

後來小田跑開了，變得忙碌起來。他不斷地一邊立正敬禮，一邊給進出的車輛開電閘門放行，還朝熟悉的居民打招呼。他們的談話變得時斷時續。徐大力抬手腕看了一下時間。是七點三十分了。出去上班的人多了起來。

徐大力的眼前，頓時流動起一幅養眼的風景。那些女的上班族都穿戴鮮豔，走路身軀柔韌妖嬈。徐大力的眼睛有點不夠使了，他的目光跳躍起來，被那些走近或走遠的身影所牽引，大口小口地喘著氣。

等進出的人群稀疏了，小田才走過來和他聊天。徐大力問他，還要上一天嗎。小田說到中午就換班了。徐大力說，媳婦做飯吧。小田聽了，就開心地嘿嘿笑，說隨便弄弄。他又問徐大力有媳婦沒。徐大力趕緊說在家裡呢。

小田哦了聲，他竟然發現什麼似的，對徐大力說，你不一樣呢。徐大力問他有什麼不一樣。小田對他全身打量了一番，說是不一樣，你今天和以前不一樣。

徐大力給他說得臉紅起來。他今天的確是穿戴不一樣，他穿上了那件黑色的佐丹奴T恤，廣告上說了，這個牌子是平民名牌，腳上的皮鞋也擦得黑亮。整個裝束是與一般的廢品收購者不同。

一般的廢品收購者，大多隨便地穿了舊衣服，這些衣服還有可能是別人從家裡清理出來丟掉而後撿來的，而且衣襟總是丟了一個或兩個鈕扣，夏天通常穿拖鞋涼鞋，露出黑黑的腳丫子，藏滿汙垢的腳趾甲，終日騎了三輪車在轉悠，或守候在住宅區的門口。他們腰上雖然也掛了個手機，但你一看就知道他們的身分。

徐大力剛想解釋，就看見晨練回來的林木根。他恭維說，早啊。林木根笑哈哈，說睡不著嘛。小田說，林老闆都快成舞林高手了。徐大力已經沒再教他跳舞了。林木根也覺得自己可以應付一般的場面了，所以沒再要他上課了。

徐大力聽了，就故作驚訝，說是嗎。林木根不好意思地擺擺手，說見笑見笑了。徐大力說，什麼時候再去與他切磋切磋。林木根趕緊說好啊，你將李青春也叫上。他說好久沒看見她去過了。徐大力說好啊好啊。

他們站著聊了一陣，林木根就說他先走了。離開前，他特意叮囑他說，約她一起吃個飯嘛。徐大力說，好好。然後又問他考慮得怎樣了。林木根問考慮什麼啊。徐大力說就是上次和他談的出租屋的事。林木根一聽，想了想，說在想呢。說完又趕緊岔開話題，說你約個時間大家一起吃飯。他說他買單，他特意強調了這點。

林木根走後，徐大力想起什麼，就問小田，林木根這麼有錢，幹嘛不請活動中心的舞蹈老師教他跳舞，還說他好像也不去中心的舞場跳呢。小田笑了笑，說他是有錢，但他不喜歡看那些老師的臉色。許大力不解地說，他不是有錢嗎。小田說，有錢是一回事，他怕人家說他土呢。徐大力明白了，說是這樣啊。

到了中午，小田換班了。徐大力有點無聊，他在門口的馬路上晃來晃去。後來他的手摸到了掛在腰部的手機。他想了想，就開始往李青春的手機撥號。對方的手機響了好一會兒都沒有人接。徐大力有點失望，他別好手機，又在路邊徘徊。過了一會兒，他不死心，又給李青春打過去。還是沒有人接聽。

就在他不再想這事的時候，他的手機響了。他拿起問，誰呀。對方是個女的，她聲音沙啞地問是誰打她的手機。徐大力說他沒打。對方肯定地說就是這個手機打的。徐大力好像想起什麼，就問她是誰。對方說她姓李。徐大力有種失而復得的興奮，他喊了起來，說你是青春吧。

對方頓了一下，猶豫著問他，你是誰呀。徐大力趕緊說，我是徐大力啊。對方好像回憶了一下，才慢熱似地哦了聲，說是你呀。徐大力說，對不起，剛才沒聽出是你。李青春也說，沒關係，她也沒聽出是他。

徐大力說，去吃飯吧？李青春好一陣沒說話。徐大力問她吃過了嗎。李青春說沒心思吃。徐大力問她幹嘛了。李青春說和人吵架了。徐大力就安慰她說，吵架要吵，飯也要吃嘛。李青春不說話了。徐大力又問，去吃飯吧？李青春說現在不方便。徐大力說，那就晚上吧。李青春想了想，說再說吧。徐大力還想說什麼。李青春說她要掛了。

徐大力等她收了線，他拿了手機看了會兒。他想想，就將她的名字和號碼記入了手機的聯絡人名單上，省得下次再聽不出是誰了。他將手機別好，有種得而復失的惆悵。他走回三輪車旁，解下掛在車把上的塑膠袋，拿了饅頭吃起來。下午本來是讓人昏昏欲睡的時間，但奇怪，徐大力竟然一點睡意也沒有，他不斷在人行道上踱來踱去，想著心事。

這時路上的行人不多，偶爾出現的裙子，會讓徐大力有種眼前一亮的興奮。但這樣的機會比較少，因為上班族大多中午都不回家的。

徐大力走得有點累了，身上也冒汗了。他只得停了下來。他突然感到時間過得真慢。他走回自己的三輪車看了眼，估摸著今天收的物品，還不夠一頓稍好的晚飯。不過這不是他要擔心的。

他擔心的是李青春不給他這個機會。就在他情緒低落的時候，有幾個老頭老太太喊他上樓，又收了幾家人的舊報紙。他拎著這些收穫下樓的時候，手上的東西雖然沉，但他的心情卻是稍稍輕鬆起來了。

徐大力掏出一盒菸，倒出一支抽了起來。他看見菸灰一點一點被他彈去，時間也慢慢一點一點地過去了，他看見天色在慢慢地暗下來。他的手不時習慣性地摸向腰部的手機。後來他的手機響了，李青春問他，去哪裡吃。徐大力開心啊，但他只會說，好好。李青春問他，那去哪裡吃。徐大力意識到問題來了，啞了片刻才說，等會兒我給你電話。

徐大力在海岸花園的門口徘徊了好一會兒，才和保全說他要進去，他說找林木根有事。他走到二棟的大門。他按響了305A的對講機。他站在對講機的面前等待的時候，心情複雜，忐忑不安。

過了一會兒，林木根問是誰。徐大力說是他，他是徐大力。林木根說他沒廢品要賣。徐大力說他不是要和他談買賣廢品，他想說吃飯的事情。林木根說他還沒吃飯呢。徐大力趕緊說，自己替他約了李青春。林木根興奮起來，說是不是真的啊。徐大力說，我是有信用的人。林木根問他約了什麼時候。徐大力說晚上。

林木根說哪天呢。徐大力說今天晚上。林木根激動起來，說好好，他一連說了幾個好字。然後說他要準備一下。徐大力問他到哪裡吃，他好告訴她。林木根有點語無倫次，想了好一會兒，才說，那就，那就去明華吃自助餐吧。徐大力終於舒了一口氣，說那就這麼說定了，六點鐘在那裡見面。

徐大力出來，撥了李青春的手機。他說，晚上六點，在明華中心的頂樓。李青春說我沒聽錯吧。徐大力又將剛才的話重複了一次。李青春還是有點不放心，問他是否就他們兩人。還有一個老朋友。徐大力說得有點吞吐。李青春說那好吧。

徐大力掛了電話，心情有了起落。他趕緊騎了車子回去。他看見路上的人多了起來。是下班的時候了。他一路上想像著晚上會是怎麼樣的情景。他路過一家商場，就鎖了車子進去。他在賣化妝品的貨架上徘徊。一個小姐走過來問他需要什麼。徐大力臉紅起來。他小聲說，男人用的。那小姐笑一下，帶他去了一個貨架。

上面有好幾種牌子的保險套。那個小姐問他要什麼牌子的。徐大力慌張說，就是——我要的是香水。那個小姐笑咪咪地又帶他去了另一個貨架，指了一個牌子，說這個挺好的。徐大力一看價格，嚇了一跳，說這麼貴啊。那個小姐好像明白什麼，就說那邊還有，然後走在前面帶路。徐大力挑了很久，才猶豫地挑了一瓶小的，但也要四十五元。

徐大力回到租屋處，趕緊洗了個澡，他翻了翻箱子，竟然沒有好點的衣服了。他只得又拿起剛才換下的T恤，他嗅了嗅，有一股汗酸味，這股平常他不在意的味道，此時好像特別刺鼻。他拿了香水，對著自己的腋窩噴了幾下。他反覆在鏡子前打量自己，後來看了看手錶，時間不多了，才匆匆出發。

徐大力有點忐忑地進了明華中心，他竟然發覺找不到上去的路。後來在服務生的指導下，才小心地上了電梯。他在餐廳門口見到了林木根。林木根穿得很整齊，都是名牌，他叫不上，但一看就知道做工精細。林木根一見他就喊，人呢人呢。徐大力喘了一口氣，說馬上就到的。林木根說，你沒跟她一起來嗎。徐大力說她會來的。剛說完這話，李青春就進來了。

林木根一見，就上前用蹩腳的普通話說，你好你好，李小姐。他伸出了手，想和她握手。李青春一時反應不過來，愣愣地望著徐大力。徐大力連忙說，這是林老闆啊，見過的，我說的朋友。林木根趕緊接了話頭說，是呀是呀，我和徐老闆是朋友。李青春這才釋然，伸出手輕輕地握了一下。

說了一番話後，林木根就喊，先吃點吧，李小姐怕是餓了。然後他端了盤子，去找自己喜歡吃的東西。徐大力這才覺得自己蠢，沒見過什麼世面，面對著豐盛的食物，竟然顯得茫然無措，他只得跟在林木根的後面，看他怎麼做，他就怎麼做。林木根殷勤地陪在李青春的前後，為她介紹各種風味的食物。

坐下來吃後，李青春吃得好慢。徐大力則吃得有點猶豫。林木根說想吃什麼就吃什麼，放開肚皮吃，反正吃多吃少都一個價錢。徐大力小心地問多少錢一個人。林木根笑著說，一百五十元。徐大力聽得張大了嘴巴，不知道拿什麼來答話。林木根說我們邊吃邊聊。

徐大力吃了一種魚片，說是鮭魚。林木根給他介紹說，日本人最喜歡吃，也很貴的，他還教他吃法。他拿起一管牙膏，往放醬油的小碟一擠，出來一條柔軟而青色的東西，他說那叫芥末，他用筷子將醬油和芥末和了和。

林木根夾了一塊鮭魚，往小碟裡蘸了蘸，放在嘴裡嚼了起來，說好味道呢。徐大力也照樣做了，沒想到辣得他眼淚汪汪的。林木根說，習慣了就好，他原來也不愛吃，現在特別愛吃了。

說話期間，林木根注意到，李青春說話有點鼻塞，就問她怎麼了。李青春說有點感冒了。林木根趕緊給他端了幾塊魚片，說這東西可以治療感冒。看李青春有點懷疑，就說他試過的，挺有效果的。李青春就照他教的吃法，夾了一塊，抹上那種叫芥末的，吃了起來。她辣出了眼淚，但她說還可以。

他們邊吃邊聊，吃到晚上的八點，他們都感到再也吃不下了。林木根提議一起去跳舞，說這樣有助於消化。於是林木根喊服務生結帳，就帶了他們往夕陽紅舞場去。徐大力邊走邊想，媽的，真是見世面了。

他們是散步過去的。一路上，林木根很有種幸福感，他邊走邊指了遠近的樓房，說些滄海桑田的故事。徐大力心裡記掛著一件心事。他問，林老闆，考慮好了嗎。林木根的談興正濃，但又不知道他指的什麼。徐大力就小聲說，是房子的事。林木根說，小菜一碟，你去辦就是了。

六

徐大力開始變得忙碌起來。他先去印些宣傳單。他跑了幾個街邊小店，問了價格，然後選了「新興」店，印了許多的小傳單，上面標有房屋的地點、價格、他的聯繫電話，他甚至還在上面畫了簡單的地圖，標好了幾條交通線。接下來的就是廣發傳單。

他還跑了幾家房屋仲介所、職業介紹所、汽車站等地方，和人家談了出租仲介的事宜。他遇見其他收購廢品的，比如老姚他們，也派上一張，說是幫朋友的忙，不過他說若介紹成功，就可以拿介紹費。

白天，徐大力照例去海岸花園蹲點，還是像擺攤一樣，有了生意就上門去做。只是他的手機響的頻率高了起來。這些電話搞得他情緒起伏很大。因為每當手機一響，他就想是不是有人要租房子。如果是他當然高興，但有時是老鄉或別的什麼人打來的，他就會趕緊讓人有事快說，說是電話費貴著呢。其實呢，他是怕真有人要租房子卻打不進來。

徐大力還記得他接的第一單生意。當初林木根和他談好了價格。單人房每間四百元。客廳公用。這是他給徐大力的價格。徐大力多少錢租出去他不管。他只要每月收四百就可以了，談好了價格，他在農行用十元開了個存摺，然後將帳號抄給徐大力，讓徐大力以後每月往這個帳號存錢就行了。

徐大力將宣傳單撒出去幾天了，還不見有什麼動靜。每當他的手機一響，他就迫不及待地接聽，結果不是老鄉就是打錯電話的，搞得他情緒低落起來。這天他接了幾個電話，都這樣，他變得不耐煩起來。

當又一個電話響起的時候，他粗聲粗氣地問，喂，你找誰？對方好像嚇一跳，沒馬上說話。徐大力提高聲音問，你誰呀，說話呀。對方這才說，請問是大力仲介嗎？徐大力一聽，心裡叫了聲媽媽的。他趕緊緩和一下聲調，討好地說，是的是的，沒錯，這是大力仲介，有什麼需要。他剛想介紹他可以提供的服務，對方就打斷他說，我想租房。

徐大力心裡喊了聲媽媽呀，真的等到了。他趕緊說，有，有，有房子出租。他問對方要什麼規格的。對方說他和幾個老鄉剛來這，要便宜點的。徐大力便將手上的房子價格、地點、樓層報給他。對方說能不能便宜點。徐大力想想，問他們是幾個人。對方說五個人。徐大力說，這裡的房子都是五百一個單間的。

對方說能不能再便宜點。徐大力說，夠優惠的了，不信你去打聽一下。對方猶豫了好久沒答話。徐大力說，客源是你帶來的，給你折頭，給你四百五十。你的老鄉五百。對方想了想，才說讓他和同鄉先商量一下，然後就結束通話了。

徐大力等對方收了線，還愣愣地拿著手機發呆。他有點懊喪，心想要是降點，可能就做成。他心情變得有點壞。他在門口的人行道上走來走去，身上也冒出了大汗。李青春給他打了個電話。他接的時候說，你好，大力仲介。

李青春一聽，就笑出聲來。說你不是自由撰稿人嗎，上班去了？徐大力有點尷尬，說對不起，沒聽出來。他趕緊解釋他在做兼職呢。李青春說看不出還挺勤快的呢。徐大力想了想，說我得賺夠老婆本嘛。李青春說，還單身漢呀。徐大力說是啊是啊。李青春問他晚上有空嗎。

徐大力還想著剛才的事情，說還不知道呢。李青春想了想，說那就算了。徐大力一聽，趕緊問她有什麼事情。李青春說沒什麼事情，想跳跳舞。徐大力想了想，說到時電話聯繫吧。

整整一個下午，徐大力的收穫還是不錯的。日落時分，他的三輪車是滿載而歸，但他沒有了以前的那份開心。他慢慢地騎著，想著剛才那個想租房的電話，他還想著李青春的約會，對是否去赴約會心情矛盾。

他將一車的東西賣給收購站後，就回到租屋處，他打算盥洗一下就去吃飯，然後去夕陽紅舞場跳舞。他在洗臉的時候，腰部的手機響了。他將毛巾搭在肩膀上，騰出手來接聽。他聽到對方喂了一聲。

徐大力趕緊說，你好，大力仲介。對方說，他下午打過電話的。徐大力高興起來，問他商量得怎麼樣了。對方說，他們都同意了。徐大力說那你們來看看房子吧。對方小聲說，你說的，我的四百五十的。徐大力趕緊說，好說好說。

徐大力騎了車子，在汽車站接到了那五個人。他們是四川來的，帶了簡單的行李，渾身都是髒兮兮的。徐大力將他們的行李放上車子，然後帶他們去看房子。他們進了屋，走了幾個房間，看來還蠻滿意的。徐大力介紹說，這都有煤氣爐、熱水器、電話，挺方便的。那個領頭的說，房子還可以，就是有點貴。

徐大力說，我也是外地來的，看在你們剛來的份上，才給的這個優惠價格。領頭的那個說，那就這麼定了吧。徐大力說明天他來收錢。那個領頭的說，能不能緩幾天。徐大力說他也是給老闆打工的。領頭的有點無奈，說那好吧。

李青春打電話來的時候，徐大力正帶了那五個人去看房子。徐大力說他正在辦事。李青春說，那就算了。徐大力趕緊說，我辦完就過來。李青春說，那好吧。

徐大力又將這裡的情況簡單介紹了一下，才將這幾個人都弄妥，之後他已經是一身大汗了。他趕緊騎車回家洗澡。換了衣服才往公園的舞場趕去。

徐大力趕到的時候，舞會已經開始了。他擠進熱鬧的人群，睜大眼睛找李青春。她已經在舞場跳了起來，和她搭檔的竟然是林木根。看情形他們跳得不錯，有點默契了。雖然林木根個子不高，也挺了個大肚子，但自我感覺不錯，他們還在邊跳邊說話呢。

徐大力趕緊買了票進去。等一支舞曲完，他才上去邀請她。李青春說你怎麼才來啊。徐大力說剛辦完事。林木根看見他，就高興地喊，你看看我有沒有進步。徐大力趕緊恭維他跳得大有進步。他說，你跳得好輕盈呢。林木根聽了很高興，說是嗎。徐大力說，換換，你歇歇吧。林木根喘著氣說，也好也好。

舞曲再響起的時候，徐大力和李青春舞進了舞場的人群中。徐大力此時的心情也十分暢快，所以跳得十分流暢。他們在裡面穿行滑動，跳得有如行雲流水。李青春說，你好像有什麼喜事啊。徐大力笑咪咪，說也算吧。李青春問他是什麼。徐大力說，老闆表揚我了。李青春聽到了徐大力開心的笑聲。

跳到晚上的十一點鐘，舞會才散。徐大力剛想帶李青春離開。林木根走過來。李小姐，賞臉一起吃個夜宵吧。他激動地用蹩腳的普通話發出邀請。徐大力還想說什麼，林木根就說，徐大力，一起去吧。徐大力就不好說什麼了。看李青春還在猶豫，就拉了拉她說，也好，還真是有點餓了。

他們穿過公園，經過一座橋的時候，不遠處有人在半空中啊地大喊了一聲。他們停住腳步，站在橋上舉目四望。斜對面有一幢大樓，燈火通明。有人站在樓上的陽臺上，啊啊地一邊尖叫，一邊朝公園張望。

林木根突然問李青春，有沒有男朋友。

李青春笑了一下，沒答話。

林木根緊著追問，說這也保密嗎。

要是還沒有，就嫁給我好了。徐大力有點唐突地開了個玩笑。

李青春咯咯地笑了起來，說你真會開玩笑。

徐大力臉上發燒了，他沒想到他會說出這樣的話來。但他這會兒聽了李青春的話，卻趕緊說，我是說真的呢。

李青春沒有正面回答他的問題。而是轉過身子，面朝向那幢高樓，指了說，誰給我買一套房子，我就嫁給他！她說得有點自言自語。

徐大力聽了，說你是開玩笑吧。

那間房他曾經去售樓處看過，那幢樓叫擁景樓，靠近公園，住在上面，每天一推開窗子，就可以看見公園的景色。它是這裡的地王，每平方公尺要賣到九千元上下，一般人幹一輩子也買不起。現在那樓正在做收尾工程，此時所有房間的燈都開著了，整幢大樓燈火輝煌，氣勢也壯觀。

林木根也嘿嘿地笑了幾聲，說李小姐開玩笑吧。

沒想到李青春卻一本正經地說，是你們開玩笑啊。

徐大力也嘿嘿地乾笑了幾聲，說那我得努力了。

七

秋天到來的時候，天氣開始轉涼了。風也颳得有點大了。這天快中午了，徐大力在海岸花園蹲點，那裡正好是風口，他被吹得有點發冷。他這個上午的收穫很大。因為有幾家新住戶搬來，有許多包家具用過的紙箱要賣。徐大力裝了滿滿的一車。

徐大力看了看手錶，於是騎上車子，去廢品收購站將車上的東西賣了。他從收購站轉出來，路過一家麵館，他停了下來，進去要了一碗麵條，呼呼地吃了起來。吃了一半，他腰間的手機響了。

他放下筷子拿了手機接聽。他說，你好，大力仲介。對方是個講普通話的，聲音很正，他說自己想租房。徐大力一聽，高興地問他想要什麼規格的。對方問他能否先看看房子。徐大力說沒問題。他於是約了個時間。徐大力別好手機，又呼呼地將剩下的半碗麵掃進肚子，然後騎上車子去碰頭地點。

徐大力等了一會兒，對方來了。他中等個子，臉卻曬得很黑，背了個黑色的背囊，有點髒兮兮的。徐大力猜想他也是剛來的。於是他開始賣力地介紹他手上房源，他說他這些房子，地點好，交通便利，生活方便，價格也便宜，最適合剛來創業的人士租住。

這個男人一邊聽他的介紹，一邊又問了許多問題。比如這些出租屋有沒有辦出租登記證什麼的。他問得很仔細。徐大力也照實說了。他覺得沒什麼好隱瞞的，因為他給的價格具有競爭力。

徐大力被他的問題搞得有點頭疼。有些問題他也沒想過。也不想去想。他的生活一直就很簡單。他後來有點被問煩了，就笑著問那個男人，說你不是我的同行吧。那個男人見他這樣問，有點尷尬，說他剛來深圳，什麼都不懂。徐大力說，還是帶你去看房子吧。

這個租客對房子好像很挑剔。徐大力帶他看了五處房子，他都不滿意。徐大力問他想要什麼的。這個租客想了想，但又說不出，只是說想都看看。徐大力沒辦法，只好帶他再跑了幾個地方的房子。

這時他在這行做出了一點名堂了，又有幾個村民找他做仲介，所以抓在手上的房源多了。徐大力覺得這個租客有點怪，一路上問這問那，與其他的租客不同。但他為了想做成這單生意，只得耐心地做介紹。

看過所有的房子，徐大力問他相中哪間。那個租客問他還有沒有了。徐大力有點洩氣了，伸手一攤，說看完了啊。那個租客問這裡還有沒有類似的仲介。徐大力有點惱火了，他沒想到忙了半天是這樣的結果。他沒好氣地說，沒了。又問他到底租不租。那個男人說，我再看看，然後給你電話。說完他就揚長而去。

徐大力目送那個租客走遠，罵了句髒話，然後往自己的租屋處騎去。他這麼一折騰，感到有點累了。他想回去睡個覺。他回去剛躺在床上，又起身打開行李箱，拿出一本存摺看起來。他手上已經有了兩萬元。

他細細地數了一下，最近有一個月的收入，竟然超過了萬元。他有點不相信，以為搞錯了，便又重新數了一遍。結果一點沒錯，是一萬〇二十三元。他有點忐忑起來。他這幾個月的確很努力。雖然累，但他開始感到有了希望。他相信這樣幹下去，他的日子會越來越滋潤的。

他將存摺拿在手上，輕輕地拍了拍，滿足地笑了，然後上床睡了。他做了許多夢，都是有關他未來的。凶險的，吉祥的，還有稀奇古怪的都有。他醒來過幾次，又緩緩地睡了過去。

徐大力起來的時候，已經是下午三點鐘了。他洗過臉，坐在床上發呆。他抓起放在桌子上的手機，反覆顛過來，顛過去，呆呆地看著。他突然開始想念李青春了。他馬上撥了她的手機，他想聽聽她的聲音。他們交往了一段時間，雖然覺得她對自己有點若即若離，但他這段時間好像有了自信心了，想做點突破什麼的。

李青春問他有什麼事。徐大力笑了一下，說想你了呀。李青春笑了一下，說肉麻，想幹嘛。徐大力一本正經地說，想和你說說話。李青春說就這事嗎。徐大力狡猾地說，你還想有事嗎。李青春就只笑不答話。

徐大力說，一起吃晚飯吧。李青春說剛才不是說就說說話嗎。徐大力急中生智地說，面對面，省了電話費。李青春口上雖然責備他小氣，但還是順手推舟地答應了。她說到海燕吧，她和客戶去吃過的。

掛了電話，徐大力輕鬆起來，他看了一眼手錶，離晚飯時間還早呢。他想了想，出門就往公園方向走去。一路上，陽光很好，就是風大了點。他想要是沒有風多好啊。天氣就不冷不熱的，適合四處走走。

他進了公園，竟然發現荔枝林裡面的石凳石桌子，有許多人在打牌玩。也有人站了旁觀。他想原來也是有那麼多像他一樣的閒人。他也站著看了一會兒，然後離開，走到湖邊坐了，看水中的睡蓮，水面滑動的蟲子，還有遊動的魚兒。

等到夕陽西下，他才慢慢地步行去海邊。海燕餐廳就在海上世界的旁邊。他看見下班的人流車流，從大廈和停車場湧出來，向四面散了開去。徐大力不急，他看了手錶的時間，慢慢地走進海燕餐廳。他坐了在那裡等。他也是第一次來，坐在那裡他很不自在，他不停地扭動身體，不停地看牆上電視機的節目。

李青春是六點進來的。她穿了身職業裝，因為沒有卸妝，所以十分養眼。徐大力瞪大眼睛看著她。她有點不好意思，說你幹嘛。徐大力說很好看嘛。他端起杯子，小心地喝了一口水。然後他讓李青春點東西。李青春點了西餐，她說她想吃石斑魚，不會發胖。徐大力將菜單看了幾個來回，最後才點了一個揚州炒飯。這個才二十五元。

李青春問他有什麼喜事。徐大力笑咪咪地讓她猜。李青春問他是不是發了個大稿。徐大力搖頭說不是。難道是發了一筆橫財。她猜了幾個都不對，就這麼開了個玩笑。徐大力還是搖頭。李青春說中了大獎。徐大力還是否定這個猜想。

這時點的東西上來了。李青春說她餓了。徐大力說再猜猜吧。李青春說猜不出了，要他揭開謎底。徐大力開心地笑了，自豪地說他成萬元戶了。李青春也笑了，差點將口中的飯噴了出來，說在這萬元戶有什麼稀奇的。徐大力說這不值得慶祝嗎。李青春咯咯地笑了起來。笑完了，她說吃飯吃飯，再說我就吃不成了。

後來，徐大力還點了兩瓶啤酒，兩個人喝了起來。等到他們離開的時候，兩人都有醉意了。走在路上，李青春還在談她奮鬥的目標。她說她可不想僅僅只做萬元戶。徐大力問她的目標是什麼。李青春笑嘻嘻地說，不告訴你。你猜吧。猜對有獎。獎什麼呢?徐大力問她。李青春說，隨你喜歡。徐大力說是不是啊。李青春說騙你是小狗。

他們一邊說笑一邊走。最後到了徐大力的租屋處。徐大力一直沒帶她來過，這是第一次。兩人搖搖晃晃地進屋子後，李青春將手袋丟在桌子上。然後四處打量房子。她哈哈地笑著，指著徐大力的鼻子說，這就是萬元戶的家呀，你是萬元戶啊。徐大力也哈哈地笑著，說我是萬元戶呢。然後他抱住了她。

李青春掙扎了一下，也抱緊了他。兩人的手開始在對方的身上游動起來了。徐大力慢慢地向床邊挪去。後來他將她弄到了床上，兩個人開始扒對方的衣服了。徐大力有點受不了了。他用力將李青春的腦袋往下面壓下去。他嘴巴還嘟囔著喊，我有錢了，我是萬元戶了，你再往下點就搆著了。李青春沒聽清楚，就問他想幹嘛。徐大力說，我要吹簫！李青春這才嚇得跳了起來，差點將徐大力掀下床去。

李青春滾下床後，急速地整理好衣服。她抓起桌子上的手袋，掉頭就往外走。這時徐大力已經爬起來，他說你幹嘛啊，你走什麼走。李青春氣憤地喊了起來，你當我什麼了，你當我什麼？！

徐大力看見李青春砰地將門帶上走了。他追到門口，說我沒當你什麼呀。但李青春早走遠了。

八

徐大力找了李青春幾天，但她都避而不見。他只得不斷地打她的電話。她煩了，就將手機關了。無奈中，徐大力試過到她的公司門口堵她，但被保全擋住了，還對他發出了口頭警告，說再這麼胡攪蠻纏，就要對他採取措施了。

徐大力折騰了幾天，人就像缺水分的樹葉，蔫了，幹什麼事都提不起勁來，即使接了租房的電話，也沒了以往的熱情和興奮。

這天上午，他出去轉悠了幾個地方，但收穫不大。回來他沒吃飯就躺下了。一直睡到下午三點，他才昏昏沉沉醒來。但他沒起身，還是躺著，天氣雖然悶熱，但他並沒有開啟電風扇。奇怪他並沒有感到熱得難受。

徐大力盯著天花板出神，一次一次地回憶出事那個晚上的所有細節。他找不到任何漏洞，那是一個氣氛很好的夜晚，整個晚上都洋溢著浪漫的情調。而且，交往的這段時間裡，他也沒讓她發現自己是幹收購廢品這行的。問題到底出來什麼地方呢?徐大力想得頭都發緊發疼，還是沒找到原因。於是他一把一把地揪著自己的頭髮。

當他的手機響起的時候，他轉過頭看了一眼，但沒有接。手機繼續響著。徐大力只好接起手機，沒好氣地問是誰啊。對方愣了一下，然後有點生氣地說，我是林木根。徐大力猶豫了一下，說對不起。林木根說你快來一下。徐大力問他有事嗎。林木根有點不耐煩了，說我在海岸花園等你。徐大力無奈地說，好吧，我這就過去。他爬起身，騎了三輪車過去。

這天是小田當班。他見了徐大力，正想說句什麼。徐大力就急急地說，我找林木根。他就匆匆地進去了。他在樓下按了對講機，然後是林木根將門開啟，讓他進來。

徐大力問有什麼事，這麼急。林木根說要終止他們之間的出租承包關係。徐大力一聽，不知道出了什麼事了，但這肯定是出個大問題了。徐大力一急，有點結巴地說，我們不是合作得很好的嗎。我有按時給你承包金的啊。林木根說這不能怪我，說完將一張晚報丟給他看。

徐大力接過急急瀏覽，原來是一篇揭露城中村房屋租賃內幕的報導。上面還配了幾張照片，其中有一張是徐大力的側身照，他身邊的是那個臉黑黑的小夥子。林木根指著他身邊的那個人，問他這個人是誰。徐大力回憶了一下，說是個想租房的租客。

林木根問他這個人想幹嘛。徐大力說想租房，找我去看房。林木根問他租了哪間。徐大力說他沒租，說是回去再想想，就沒訊息了。許是另找了。林木根說你真是豬腦子。徐大力有點不明白，問林木根讓他看報紙幹嘛。林木根說好讓你明白為什麼要終止協定啊。徐大力說這是兩回事嘛。

林木根說關係大了，那個人是個記者，他做了調查，將我們村的房屋租賃情況爆光後，凡是管得上這事的，都來找我的麻煩，我們村子其他村民也被找麻煩了。徐大力問找他們幹嘛。林木根說還問幹嘛？有說我們逃稅的，有說我們違反治安管理條例的，有說我們違反房屋租賃管理條例的等等，將我煩死了。

徐大力這才聽明白其中的關係，他急忙辯解說，我怎麼知道他是記者啊。林木根嘆了一聲說，算了，現在知道也太遲了。徐大力急忙問他那怎麼辦呢。林木根說只好我自己去辦了，該怎麼辦就怎麼辦。

徐大力從海岸花園出來後，心灰意冷地轉到了公園。他坐在湖邊，看夕陽緩緩地落下去。天色也慢慢地暗了下來，然後馬路上傳來了下班的車流和人流發出的嘈雜聲。也不知道過了多久，馬路上的嘈雜聲漸漸少了。

他看見月亮慢慢地升了上來。天空上也多了星星在閃爍。他沒有飢餓的感覺。他站起身，活動了一下有點麻木的下肢，他想四處走走。他往公園的西面走去，經過那座橋的時候，他又看見那幢燈火輝煌的擁景樓了。他站在橋上，呆呆地張望了很久。

這時過來一個小姐，小聲地問他，想不想找個人聊天。徐大力轉身一看，是個打工妹打扮的妹子。他本來想轟走她的，但一下子又有點不忍心。他說好吧。他於是帶上她去了公園對面馬路的名典咖啡屋。

他坐下來的時候，才開始感到肚子叫喊起來了。那個小姐坐在那裡，有點忐忑不安，看起來肯定是自做這行以來，還沒有人這樣對她過。徐大力說，你坐你坐。他喊服務生拿了菜單，讓她點。他還要了一瓶紅酒。

在等待的過程中，徐大力在柔和的燈光下，仔細地對那個小姐端詳了好久。他發覺她的化妝實在粗糙。徐大力嘆息了一聲，然後搖搖頭。那個小姐被他端詳得有點不自在了。徐大力問她叫什麼。那個小姐說，你叫我小清吧。徐大力說，叫小清，好那就叫你小清吧。東西上來後，小清就低頭猛吃，可能她也餓了，可能她怕來不及吃完就被他拉走了，浪費了一頓美食。徐大力呢，一邊吃飯喝酒，一邊講他的遭遇。小清也不知道是否在聽，卻是不斷地點頭。

後來徐大力有點醉了。他抬起頭，問小清吃好了嗎。小清說吃好了。徐大力手一揮，說那我們回家，談點更深入的話題。說完他就喊服務生過來結帳。他搖晃著出了咖啡屋，然後就摟了那個小清往他的租屋處走。

途中，他拐去自助銀行取了一把錢，路過一個保險套售賣機時，他還掏出幾個硬幣，弄了幾個出來。小清說她有帶的啊。徐大力說那怎麼夠呢。

徐大力進屋，就將口袋裡的那把錢抓出來，拍在桌子上，然後樓住小清，問她可以怎麼樣。小清的眼睛瞥了一下桌子上的那把錢，淫蕩地對他笑著說，你想怎麼樣就怎麼樣啊。

徐大力這個晚上沒放小清走，他將幾個保險套都用光了。他笑著對小清說，還是我有先見之明吧。小清渾身軟綿綿的背對他迷糊，聽了他的話，說你也太厲害了，我吃虧了，你要給多點錢啊。

徐大力說，那就獎勵一下你。小清高興地問獎什麼。徐大力說以後就包了她。說完，他也撐不住了，也軟綿綿地睡了過去。小清就搖他，追問他說，你說話算不算數啊。

一連幾天，徐大力都和小清待在一起。後來，挺奇怪的，他竟然發現自己不行了。任小清如何挑逗他，他都無法勃起，他越來越著急，但卻拿自己一點也沒辦法。最後他轟走了小清，整天躺在床上嘆息。

有一個夜晚，他在床上躺到自己餓得受不了了，他才爬起來出去找東西吃。他狼吞虎嚥塞飽肚子後，他離開麵館往回走。他走到半路，變得有點漫無目的地閒逛起來。他沿著那天和小清走過的路走。

他又看見那幾個裝在牆上的保險套自動售賣機了。他也不知道怎麼想的了，心裡突然冒起一股無名火，他撿起一塊磚頭，噹噹地砸了起來。後來被巡邏的聯防隊員抓獲，狠揍一頓後扭送到附近的派出所。

徐大力和一堆人關在一個屋子裡。汗酸味熏得他快作嘔了。他昏昏沉沉地待了不知道多久，才被人提了出去。他被按坐在一張椅子上。訊問他的警察坐在他對面。

知道自己幹什麼了嗎。那個警檢視了他一眼然後問他。

我，我就是，就是砸了機子。徐大力吞吞吐吐地說。

砸什麼機器了。那個警察問他。

砸了，砸了賣那個套的機器。徐大力低頭小聲說。

你說什麼套？那個警察瞪大眼睛疑惑地問他。

保險套售賣機。旁邊的聯防隊員笑嘻嘻地說了句。

你有病啊。那個警察被他搞笑了。你幹嘛要砸它呢。

是有病。徐大力臉紅起來。

什麼病啊。那個警察問他。

就是，就是，就是不行了。徐大力顯得十分尷尬。

旁邊的聯防隊員和那個警察一聽這話，都轟地笑了起來。

你不行了，幹嘛砸它呢。那個警察強忍住笑問他。

我也不知道。徐大力的確找不到理由。他只好坦白說他也不知道。

你是幹什麼的。那警察轉了個話題問他。

收購廢品的。徐大力是這樣回答的。

原來你是想弄下來當廢品賣了。其他人好像有點恍然大悟的樣子。

我從不幹這樣的勾當的。徐大力急忙大聲爭辯，說他從來沒幹過壞事。他說你看我這樣子像幹壞事的嗎。他對自己還是很有自信的，他的確沒幹過偷雞摸狗這類勾當。

屋子裡的人聽了他的辯解，都笑了，說一看他就不像幹好事的人。還問他為什麼被抓來了。還讓他交代以前還幹過什麼。你說！快點說都幹了什麼！再不說，是不是找揍？！有幾個人都威嚴地喊了起來。徐大力被嚇得渾身哆嗦起來。

我以前，我以前幹的。徐大力結巴起來，想不起該說什麼和該怎麼說了。

快坦白，以前都幹了什麼？那個警察拍了桌子大聲喝問。

我以前是幹，是做老師的，教小學五年級數學的。徐大力用了很大力才說出一句話來。

什麼？做老師的？那個警察和所有的聯防隊員都愣住了。

那幹嘛又幹收購廢品了？那個警察問他。

鄉政府都給我們下了招商引資的任務，不完成就不發薪資。沒辦法，所以——徐大力小聲談論著自己的過往。

是這樣啊。那個警察啊了一聲。

你哪裡的？過了許久，那個警察問了一句。

H鄉。徐大力說了一個地名。

呀，原來是老鄉啊！

那個警察笑了一下，臉上繃緊的肌肉鬆開了，他換上了另一種口氣，用家鄉話和他拉起了家常。其他幾個巡防隊員見這情景，都有點尷尬，就悄悄地離開了。

九

後來，徐大力在街上遇見了小田。當時小田騎單車，帶了他的媳婦去花果山菜場買菜。他們是在出來的時候，和徐大力打的招呼。小田說週末想加菜，買點骨頭回去煲湯。小田說好久沒看見他來海岸花園了。徐大力支吾了好一陣子，才說他回去了一趟，家裡有點事情。小田哦聲，說是這樣啊。然後帶媳婦離開。

徐大力突然想起什麼了，馬上叫住了小田。小田用腳尖支住車子，將頭從媳婦的肩頭上探出來，問他有什麼事。徐大力想了想，問他，林木根還去跳舞嗎。小田說不知道啊，他搬走了。什麼？搬走了？徐大力問了句。小田說是上個月搬走的，他買了新房。徐大力問買了哪裡的房子。小田說就在擁景樓，他說那裡好。徐大力哦了聲，沒說話。小田說，林木根好像說他也許要結婚了。徐大力說是真的嗎。小田說也許吧，但見他帶過那女人來過，梳了一根大辮子，現在很少人梳這樣的辮子了。

徐大力好像傻了一樣，站在原地發呆。小田問他還有事嗎。見他沒話，就說那他走了。他拉了媳婦，騎腳踏車離開了。

羅小米的新生活

一

我接到一個電話，令我的心跳慌亂起來。當時我百無聊賴，正就著深秋的陽光，拿了本小說《福爾摩斯探案集》翻看解悶，打發著午睡後剩餘的時間。我喜歡陽光，有就著陽光閱讀的習慣，小時侯被父親罵過無數次。

他對著我吼：羅小米，你想變成半個瞎子嗎！？對父親的警告，我通常採取陽奉陰違的做法。不過現在長大了，父親再也管不著了，我於是變得肆無忌憚。我半躺在椅子上，腳翹在桌子上，在閱讀停頓期間，喜歡張望窗外的景物，讓眼睛休息一下，順便做點白日夢，還時不時喝上一口咖啡，很有點小資的情調。

由於是午後了，陽光的熱力正漸漸減退。住宅區的房子大多已經人去樓空，上班族正在辦公室裡搏殺，所以這裡就顯得特別安靜。我正慢慢地鑽進書裡，走在另一條時光隧道。當電話鈴炸響時，我正讀到高潮處，心被揪到了嗓子眼上，低頭猛朝前衝，冷不防被突然響起的鈴聲扇了一記耳光。

我馬上打住，然後伸手去抓桌上的話筒，卻一時失去了平衡，從椅子上嘩地摔了下來。我嚇出了一身冷汗。爬起來抓住話筒後，我呼呼地喘著氣「喂」了一聲。那邊的人似乎是被我慌裝的語氣嚇了一跳，猶豫了片刻，終於沒出聲就掛了。

我有點失望地將話筒扣上。拍打身上的衣服，我看見灰塵在光線中飛舞。我又將掉地上的書撿起來拍打拍打，然後繼續接著看。不想才看了一頁半，該死的電話鈴又響了。

我抓起話筒大聲喊，喂，找誰？是個陌生的男人聲音，他說話猶豫，他說想找姓羅的先生。我說我就是羅小米呀。那男人還是有點不放心地問道，是羅偵探嗎？我愣了半天才回過神來，連忙說，你打錯了吧？這是私人電話。

那人挺自信地說不會錯的，他告訴的就這電話號碼。我有點糊塗了，就問誰告訴他這電話的。那男人說，老趙呀，他說你們是好朋友。我想了想就問，老趙？你說的是趙天陽吧。沒錯呀，我們是朋友。有——事嗎？那人說，我有點事。然後就停下不說了。

我等了好一會兒，心裡有點急了，就說，你——是有事需要幫忙嗎？那人支吾了一會兒才說，也可以這麼說吧。我說既然你是趙天陽的朋友，那你說說，看我能否幫上忙。他有點吞吞吐吐，說老趙說我是個私人偵探，所以就想讓我幫個忙。

我聽了這話真想笑，誰知道趙天陽那傢伙究竟說了些什麼呢，竟然弄出這麼個誤會來。我趕忙更正他說錯啦，我並不是個什麼私人偵探，現在只是個無業人士。他聽了好像還笑了一聲，說難怪老趙說我是這個朋友堆裡最謙虛的人，他一早就猜想我會這麼說的。我有點發急了，我說你別聽那小子胡說八道。

那個男人便問是否可以見面談。我說我真的不是什麼偵探呀。那個男人想了一會兒，緩了口氣說那也沒有關係。他問是否可以見個面，他將老趙約上一起聊聊。

這時我看書的情緒已經被弄沒了，我將手上的書丟在桌上。我想既然這樣，見就見吧，反正我也沒事可幹，也有些天沒見趙天陽這傢伙了，怪想他的。我費了點時間，克制住自己的慌張，和他商量好會面的地點。

夜晚走在赴約的路上，我才真正感到有種荒謬。為什麼會這樣呢？生活太平淡？太無聊？好像是，又好像都不是。我一時無法理清自己紛亂的頭緒。放眼望去，城市的霓虹依舊綻放著，但感覺上少了些許夏天的鼓譟，深秋夜晚的風吹在臉上有點冷，路上的人都有點瑟縮地走著。

我做了一次深呼吸，那涼冷而帶有汽車尾氣的有味空氣進入了我的肺部。我既感到頭皮有點發麻，心在打鼓，但又被一種新鮮的好奇所激動著，就像一輛新手駕駛上路的車子，猶猶豫豫，但又迫不及待地向著前面駛去，奔向目的地，奔向新生活。

我抬腕看了看手錶，離見面還早，我還有很多的時間。經過市博物館時，我忍不住在大門口前的空地流連了一會兒。我看大門兩旁擺放的盆花位置沒有挪動過，但花草的長勢還挺好，猜想羅大爺澆水挺勤快的。

在兩旁的石椅子上，幾個外地的拾荒者蒙頭睡在那裡，我的到來絲毫沒有驚動他們，他們不時說出一二句的夢話，就像在自己的家裡一樣優遊自得。

在一個月前，我還是裡面的一位員工，每天按時上下班，按月領取薪水。我們的工作輕鬆而毫無新異，要麼對著幾具頭蓋骨或碎陶片發呆，要麼在博物館搞些展覽，賺取些場租費。我是學考古專業的，以前一直幻想著能走出室內，走向某片沉澱了百千年文明歷史的土地，親手挖掘出吸取了天地靈氣的古物，然後擺放在這裡展覽。

原來我就想過，中國埋藏的文物何止千萬，肯定會有我一顯身手的時候。但分來博物館已經一年〇九個月了，我卻只能每天在辦公室裡呆坐著，翻翻有關考古的書籍或專業學術期刊，看看前輩或同行的挖掘研究成果，由此引發一絲思古的幽情，就差點沒被給活活憋死。後來說要進行機構精簡，大夥都人心惶惶的。誰走誰不走，成了讓員工和館長頭痛的問題。

我就留意到館長的頭髮在一夜過後白了許多。館長肯定是愁白了頭髮。因為有員工放出話來，說要麼自己留在這裡變文物古董，要麼就是讓館長變成文物。

後來館長不斷暗示我還年輕，出去闖蕩還來得及，不像他們這些老弱病殘的傢伙，就等著在這裡做古董文物了。我這人就是心軟，怕別人訴苦，聽不得好話，最後我被他說煩了，說心動了，因為他說遣散補償費挺理想的，再想想以後也不用再聽他們的牢騷和教訓了，我點頭同意了。

我看到館長的白髮下，臉上開出了久違的笑容。我感到自己終於為博物館做了一點貢獻。第二天，我就在被精簡的人員名單中，看到「羅小米」三個字，不過我的心情也沒有什麼大的起伏。當我抱著裝有私人物品的紙箱走出大門時，我只感到博物館外面的陽光十分刺眼而已。

我暫時還不用著急找工作，離職時公司補償給我的錢，足夠我在一段時間內衣食無憂。剛開始我是多麼的不習慣啊，因為事事都要靠自己，我需要練習過一種沒有組織的生活。以前我幾乎生活在一個寂靜的世界，現在要面對的是一個鮮活的世界，這使我有點徬徨，不知所措，度日如年，並且懼怕出門，整天關在房間裡踱步。

打發富裕的時間首先便成了問題。我試過連續在一個星期裡，不斷擦拭房間裡的每一件物品，桌子、椅子、廁所的馬桶、燈泡、電話機、電視機等等物品，我居然發現這些東西竟然可以被擦得發亮，可見我以前是多麼的懶惰，我又試過用睡得晨昏顛倒來消磨時間，但結果只會讓我心生鬱悶，百無聊賴。

在一個靜極思動的夜晚，我決定對房間進行一番清理，這時我才驚訝地發現，儘管離開學校已經快兩年了，但對自己從學校帶回來的東西，還沒有進行過一次徹底的清理，這個發現讓我有點興奮，我想這工作可以讓我打發掉一個沉悶的夜晚。

我興致勃勃拆開幾個紙箱，將裡面的東西翻了出來。有我以前被退回的三封情書、一塊去旅遊時買回來的蠟染、一疊用橡皮筋紮在一起的聖誕新年賀卡、夾在日記本裡的兩片銀杏葉標本、還有我去實習時帶回來的一片唐代碎陶片。而讓我驚訝的，是那束塑膠花也帶了回來，那是我過生日時，游曼妮送的，這束花勾起了我一連串的回憶，它讓我坐在書房裡發了好一陣子的呆。清醒過來後，我將這些「出土文物」清理歸類好，在房間裡尋找它們該去的位置。

最後我翻撿舊書時，竟然發現了我舊時的最愛，那幾本《福爾摩斯探案集》小說，那是我上課和課餘時最鍾愛的讀物。想當年年少，我是有過上警察學校的念頭，可惜體檢不合格，只好作罷。這一個夜晚的清理工作，讓我體會到一種考古的意味，這給了我一個好心情。

我將房間收拾好，就洗澡上床，躺著看起來了那些偵探小說。漸漸地我就像重溫舊夢一樣地陷了進去，迷戀於那些緊張的情節，我開始忘了時間對我的壓迫。我對書中描述的偵探生活有了一份新遐想，甚至幻想某一天，也能像福爾摩斯和華生醫生那樣過把偵探癮。以至於到了後來，走在街道上，我觀察別人的目光，好像也充滿了一種探究的意味。

這樣的目光讓我的朋友們心裡發虛，比如趙天陽和盧嘉，就鄭重宣告過，自己真的沒有什麼幹壞事，讓我別用那樣的眼神看他們。他們認真的態度讓我有點不好意思。

那天趙天陽來電話問起我的近況，我說我有點煩啊。當時我是這樣回答他的，我沒有撒謊，我真的是煩。你煩什麼呀？趙天陽一聽哈哈大笑了，說我是一人吃飽，全家不餓的人，有什麼可煩的。

我嘆了口氣，說懶得和你說了，我和你不同啊。趙天陽說，我們好久沒見面，一起吃個便飯吧。於是我們又對盧嘉說，速速到「老地方」碰頭。於是我們來到了「天天見」小飯館聚餐，那是我們三個經常碰面的老地方。

在聊天的過程中，盧嘉問我忙些什麼。我說無聊之極，每天看福爾摩斯破案度日。趙天陽就笑了說，媽的，還說無聊，誰有你逍遙啊。盧嘉說你乾脆去街道治安辦幫忙算了。我說你想去就能去啊？

趙天陽說，要不就幹私人偵探好了。他說他看見街邊的牆上寫滿了私人偵探的電話，他提議我不妨也幹幹那消磨時間。說實話，趙天陽這話是說到了我的心坎上去了。

以前我一坐在公共汽車上，腦子裡就盡是些稀奇古怪的想法。有時我還看到路邊的牆上，有一行紅色的塗鴉：私人偵探請電 138XXXXXX。這行字會將我的目光拖散了幾公里，然後是一道閃電在我的腦裡炸響。在閃光中，我好像看到了一幅新生活的景象，找到了一條通往新生活的入口。

於是不久後，這城市裡的某些建築物上，也留下了羅小米的聯繫電話。於是我的生活從此拐入了一個新路口。哈哈，多美妙的新生活呀！不過，這些只是我的虛無飄渺的幻想而已，我從來就沒有那樣的決心，否則我怎麼會甘心在博物館耗了快兩年呢？

所以我當時聽了趙天陽的話，也只是打哈哈說，好啊好啊，你做我的經紀人接案子吧。本來是一笑置之的玩笑話，沒想到那傢伙還是當真了。現在我不知道我的一種漫遊是否真的就呈現在面前，我的生活，是否就真的從此拐入了一個新路口。

我在十字路口被紅燈攔住了，另外還有一對衣著土氣的夫婦，他們背著簡單的挎包，還帶了個小孩。他們站在我身邊說話，他們說找老鄉沒找著，盤纏用光了。我知道他們的意思，翻了翻口袋找出十元，說給小孩買個麵包吧。然後趕在綠燈熄滅前匆匆走過路口。我看見他們在對面的馬路走著，和我平行走著，後來又站在某個行人的面前。我想他們可能又說著剛才的話。

在「有茗堂」茶館的五號桌子，靠牆角的那張桌子，我沒有見到趙天陽，但見到了那個自稱是他朋友的男人，他自我介紹說他叫呂遊。這個四十歲左右的男人，身穿一身休閒裝，鞋子也是白色的休閒鞋，他腦門寬闊發亮，看不出有什麼晦氣。

我坐下後問，老趙呢？他說他被公司派出國出差了。這訊息令我有點失望什麼的。我來之前想給他打個電話問個究竟的，但他的電話一直說無法聯繫上。後來我一看起書來就跌了進去，把這事就給忘了。

這會兒我並沒有立刻開口發問什麼，事實上我也不知道該如何進入自己的角色，畢竟我們是陌生人，而且我是半路殺出來的新手，又或者說我還沒有弄清楚自己的角色。所以我只是喝著茶等對方開口。

兩個男人默默無言地坐角落裡喝著茶，這樣的局面有點尷尬。呂遊也許和我一樣，不知道該如何進入自己的角色。喝茶的過程其實就是找路的過程。幾杯茶過後，呂遊終於打破沉默的局面，他有點嚴肅地問道，你學過刑偵嗎？這話讓我猶豫了一下，我放下手中的茶杯說，沒有啊。

呂遊似乎有點失望，又有點不甘心地問道，那——你？我只好如實說大學學的是考古專業，畢業就分在市博物館。呂遊聽了竟然笑了一聲，他說，那你是——研究死人的，過去的。這話說得我的臉有點燒，喝掉第二杯茶後，我終於找到了自圓其說的說法：舉一反三嘛，死的都能弄，還怕弄活的嗎？都是講究邏輯思維，再說又不是要殺人。呂遊低頭想了想，也笑笑算同意了這一說法。

呂遊從手提包裡掏出一個信封，取出一張照片，他要我找一個人，並了解這個人的日常生活。我本來想說自己真的不是幹偵探的，但見他遞過一張相片，就暫時打住了，我對照片產生了一種期望。就著柔和而黯淡的燈光，我看了一眼照片上的女人，那是一個漂亮的女人，尤其是她微微上翹的嘴唇，顯出一種俏皮來。在一陣的恍惚中，我覺得那個女人輪廓，好像自己熟悉的某個人。

我突然一改自己剛才的冷淡，變得熱切起來。我指了指照片問，那她的——？呂遊好像知道我要問什麼，就說地址寫在背面了。我翻過照片來，就看見一行用原子筆寫的字：丁琴（南區解放路碧玉樓南座 1508 室）。地址的下面還有另一行字：呂遊 139XXXXXXXX。我就問了一句，呂先生？那——我們就？呂遊咧嘴一笑說，看來你是我想找的人。我這才看到他的牙齒滿是菸垢。

二

在面前的桌子上，擱著一枝斑馬牌原子筆、一本新的小日記本、一架佳能傻瓜相機、一個小旅行背囊，一冊本市街道地圖。對著這些剛整理出來的必需品，我在想還缺什麼。

我抬起頭，視線與牆上的那張照片在同一水平線上。我看見了游曼妮。她頭戴著一頂絨線帽，帽簷下是大而黑的眼睛。那雙發亮的眼睛讓我若有所思起來。那是一張生日聚餐時的合照，就是用桌子上的那架傻瓜相機拍的。

當時拉滅了燈，大家在唱生日歌，而羅小米正在吹生日蠟燭。很明顯閃光燈還沒來得及充電，照出來的照片效果很差，但我卻最喜歡，因為照片中游曼妮的眼睛閃閃發亮，也許是蠟燭的反光吧，總之有一種神祕的特殊效果，所以我一直保留到現在。

想起那些陳年舊事，我嘆了一口氣，伸手撫摩了照片上游曼妮的臉，然後將視線移開。游曼妮從我的視線走失了。其實她一早就從我的視線走失了，留給我一個至今還沒法解開的巨大的謎團。當然，也許是我自作多情，因為我們之間什麼也沒有發生過。我們只是校友，只是大學時代一起玩耍過的朋友而已。

我動手將桌子上的相機、筆、日記本、地圖等裝進了小背囊裡。一陣興奮夾雜著疲累頓時席捲了我的全身。目前發生的事情，讓我在靜下來時感到生活充滿了荒謬。我沒想到自己要做的，居然是去為另一個男人尋找他的女人，幫助他揭開另一個謎團。當然不可否認，尋找一個美麗的女人，這對一個充滿了好奇心的年輕人來說，這也有著非凡的吸引力。這有著未知過程和結局的故事，讓我對它的發展充滿了遐想。

這注定了我會有一個失眠的夜晚。這是一個被水草纏住的夜晚，羅小米艱難地折騰著，卻無法進入到想沉入的淵面之下，整夜在黑暗聽著河兩岸的風雨聲嘩嘩響。當然，最後我在黎明前墮入了黑暗的淵面之下。

羅小米又看到黑暗中一朵蒲公英在風中越飄越遠。游曼妮的出現就像出土的陶罐，與羅小米面對面相持卻一言不發。最後我累了，就咕咚一聲倒在一條河流上，隨波逐流地漂流起來。然後是陶罐碎裂的聲音讓我驚醒過來。

我渾身是汗水。窗外駛過的消防車的警笛漸遠了。我還聽到浴室的水龍頭在滴水。我拿起手錶一看，懊喪地發現睡過了時間。看來我近來養成的惡習，一時還難以改正過來。我趕緊起床收拾好自己，匆匆吃了塊三明治，喝了一盒牛奶就出門了。

外面已經是個熱鬧的世界了。人潮車流在城市的街道上製造了無數的波峰浪谷。在搖晃的車上，我從背囊掏出地圖又看了幾遍，儘管昨晚已經在上面用紅筆標注過了，爛熟於心了。我換了幾趟車，才到了要下車的地方。

我下車後按圖索驥找了過去，這才發現手上的地圖是有點過時了。這個城市的特點就是：變變變就是生命力，一切都是日新月異。新生的東西長得比新筍還快，讓人有士別三日，刮目相看的感慨。

馬路對面的一片老城區正在拆遷，四處都是工地。那些原先在地圖上標注的建築物，有的拆了，還砌上了圍牆圈住空地；有的原址正在打樁，泥頭車進進出出，哨聲陣陣，工地上一片繁忙，正在建四十層高的大廈。更讓我心慌的，是好多地圖上所標注的標誌性建築物，已經不復存在。我要找的「碧玉樓」好像從地上消失了一般。面對眼前出現的景象，我有點措手不及，我已被另一種生活所遠遠拋離了。

正在沮喪間，我聽到不遠處有人高聲喊道：我行！我可以做到！我抬頭望去，一隊穿著黑色西服的年輕男女，高聲重複喊著那幾句話。等到了跟前，才弄明白是新入行的保險從業員在進行心理訓練，他們旁若無人又自信的神態讓我有點慚愧。

我迅速擺脫掉剛才產生的沮喪感，振作起精神，不斷地在心裡默唸「我行我可以」！邊走邊向路邊商店售貨員、擦身而過的路人、報攤的賣報人、大廈門口的保全等等打聽，一步一步地穿越迷宮般的地段，慢慢向目標地點推進。

可最後的結果卻有點出乎意料。碧玉樓還在，但它已被一片殘牆斷壁所包圍，看起來就像是一座孤島，孤零零地聳立在那裡。已經有水滲痕跡的一面外牆上，依稀有寫著「碧玉樓」三個大字，一不仔細看肯定看不見。看來這是一幢年久失修的舊樓了。

我打起精神躲閃著往來的車輛，走在那條通向碧玉樓的泥濘馬路。接近一看，碧玉樓的另一面外牆有一半被爬山虎所覆蓋，從這判斷可能有不短的年月了，在一片喧鬧的工地裡，顯出一副幽雅風範來。

我加快腳步摸到了大門口，然後站在光線不好的大廳喘氣。奇怪啊，怎麼沒有門衛或保全之類的人向我查問呢？也許是快要拆遷的緣故吧。我又掏出筆記本翻開，確認地址沒有錯。

我乘電梯上到十五樓，然後找到了 1508 室。對於怎麼面對可能出現在眼前的目標，我有點拿不定主意。我不停地從走廊的一端，走到電梯門口，然後再走回來。偶爾有人從電梯口出來，就會用審視的眼光打量我。

我當然有些不自在，也有點慌張，但如果是女人，我也會在對方離開自己的視線前，認真地看著對方，我要肯定對方是否就是我要找的人。我的目光通常讓對方走得有點慌亂，屁股扭動得挺性感的。

後來我感到腿軟，頭有點發昏。抬手看了手錶，已經是中午了。我打起精神，知道目標可能在中午進出，是呀，該是下班或者吃飯的時間了。不錯是有零落的人進出電梯，但目標沒有出現。後來有個老伯拎著一把菜，顫顫巍巍地從電梯出來，見我心神不定在那裡徘徊，就轉身過來問我找誰。

我有點支吾，看見老伯警惕的眼睛，才說是從外地來的，找同學的。老伯問，那姓名呢？我說她叫丁琴。老伯將右手拎的菜換到左手，想了想說這裡沒有叫丁琴的。我聽了心一沉，掏出日記本，將丁琴的地址指給他看。老伯看後像發現了什麼一樣高興起來，說這裡是北座呀。我的心又上來幾尺，說原來是這樣啊。

我上到南座的十五樓，心情複雜起來。又重複徘徊了許久，才下定決心按響了 1508 室的門鈴。我準備好了撒謊的話，就說是找同學何憶蓮的。等了許久門才開。門後伸出一張男人的臉，挺瘦長的，而半截身子藏在門後面，警惕地看著我。

我頓時失去了主意，我指了指裡面，沒有說出話來。那個男人問我想找誰？我才說找，找住在這裡的小姐。那個男人說死啦。我嚇了一跳，說死啦？什麼時候？那個男人說，應該是三個月前吧。這樣的結果令我頓生挫敗感，站在門口許久沒有說話。那個男人將頭縮了回去，門就砰地關上了。

剛走出碧玉樓南座的門口，我突然心有不甘，返身回來又按響了門鈴。那個男人扶住開啟的門問我還有什麼事。我嚥了口口水，問那個小姐姓什麼？那個男人說，我怎麼知道啊。不知道？我心裡生起一線希望，問那小姐長得怎麼樣。

那個男人說不知道，但聽人說是個半老的徐娘。我急忙說那她不是我要找的人。那個男人就說，那你究竟要找誰？我說她叫丁琴，就住這裡。那個男人說自己不清楚，現在就他一個人住這，房子是他從房東那租來的。原來是這樣！看來事情還有一線希望。我終於鬆了一口氣，問起那個房東的姓名。但那個男人說不知道。

我問有他的電話嗎？男人說沒有。我有點失望，就問那你們怎麼聯繫？那個男人說，他每月第一個星期來收房租，不過那人可是個男的。我想了想，說那我再找他吧。臨離開前，我還打聽了那個年輕人的長相。那個男人在關門前說，你，找的不是小姐嗎？我想不出話來，只好打個哈哈。

我在附近的一家桂林米粉店坐下。這小店在距離碧玉樓兩百公尺左右的路邊，是去碧玉樓的必經之路。等我要的米粉端上來，才發覺自己餓過了時間，肚子是似餓非餓，所以吃起來也似飽非飽，一頓午飯吃得十分沒意思。我問老闆怎麼這片就剩那幢樓不拆。老闆說聽說還在談拆遷費，拆是遲早的事。我坐在店裡，慢慢地吃著碗裡的米粉，望著那幢孤樓若有所思。

我吃完後，就要了罐可樂，坐在靠門口的臺子，和老闆有一搭沒一搭地聊，一直坐到日落西天。老闆對我的枯坐有點奇怪，而他的生意也不好，舉著蒼蠅拍子在店堂裡來回走動，停下來時便和我聊幾句。

他說自己是廣西人，來這裡開店好些年了。前幾年，這裡是旺區，生意好得他要到午夜才能關店門。可惜半年前這裡要搞舊區重建，樓房拆得七七八八了，人也走得差不多了，自己的生意一落千丈，目前主要靠工地上的建築工人來維持。

廣西人對我嘆了口氣說，一時還真不知道搬哪裡好。廣西人問我是不是來找工作的。我說自己是來找人的。廣西人說常見到有人來這找老鄉投靠。

天一入黑，那幢樓的窗口便次第亮了起來。我在心裡估摸著哪扇是1508室的窗口，然後盯了一會兒，那裡是漆黑一片，有點像自己的心情。我有點累了，折騰了一天也就這結果。後來夜色漸濃，秋寒漸起，我有點瑟縮，和廣西人打了個招呼，起身離開了。

這時正有幾個建築工人進來，和老闆打招呼，看來他們已經有點熟悉了。那廣西人臉上露出了笑容，丟下蒼蠅拍開始忙了起來。

在回去的路上，我偶爾看到那些留在牆上的塗鴉，再想到今天的際遇來，便忍不住發出一絲笑聲來，惹得旁人莫名其妙地瞥我幾眼。但我並沒在意，在想著該如何向呂遊彙報一天的成果呢。

回到家裡，我將身上的東西卸下來，然後進浴室洗了個澡，出來人就舒服多了。我去廚房燒了壺開水，衝了杯咖啡，慢慢喝了起來。看著那攤開趴在桌子上的《福爾摩斯探案集》，我有點想發笑，我開始懷疑幹偵探是否真的如書中所述的那樣好玩。

我翻出呂遊的電話號碼撥號。電話響了很久才有人接聽，帶著警惕的語氣問我找誰。我說找呂遊先生。那個男人又問，你是誰？我說我是羅小米呀！那個男人有點猶豫了，說，什麼羅小米？我有點來氣了，說你不是讓我替你找人嗎？那個男人才說，啊？對不起，羅先生，事情有進展嗎？

我喝了一口咖啡，將今天的事情說了個大概。呂遊說，那就是說她不住那了？我說她是不住那了，但她是現在房客的房東。呂遊聽了半天沒有說話。我等了他半天，忍不住說，那事情你看——？呂遊良久才說，你是說還有一半的希望？我說，應該是這樣吧。

呂遊考慮了一會兒，讓我有什麼需要就說，他說自己就要出一趟遠門。那天我們臨分手時，呂遊塞給我一個信封，說是請我喝茶，說老趙說我是個熱心人。我給人戴了高帽，差點連路都看不清了。

我開始死活不要，推搪了一番，看他態度堅決，我想他是怕我不盡心，所以就只好接下，現在還丟在我的書桌上呢。我說那我就繼續跟進這件事吧。

放下電話，我覺得呂遊這人真怪，接個電話警惕性也那麼高，就像也被人跟蹤了。我邊想邊踱進書房。我將杯子的咖啡喝光，將背囊裡的東西拿出來，先在地圖上劃掉一些建築物，添上一些標記，又翻開日記本寫了起來，將有關聯的人和事件排列起來，理順他們之間的關係。

等弄完這些，我想休息一會兒。站起身，又看見了游曼妮睜大兩隻眼睛，似乎在問我：今天的事情好玩嗎？我搖搖頭，走進了臥室，將自己放倒在床上。

三

在那家米粉店守了許多天，我沒發現任何可疑的目標人物，倒是和廣西人混熟了，他給我的米粉分量挺足的。觀察了一段日子，只看見偶爾有搬家的車輛，駛到碧玉樓的門口，然後裝載著家具什麼的離開。

我覺得乏味極了，便觀察起爬過牆壁，或落到桌子上的蒼蠅。由於灰塵大，店子裡的桌子上，牆壁上，全都蒙上了一層黃色的粉塵，一有蒼蠅落下或走動，就會留下痕跡。

我看到廣西人舉著蠅拍，將一隻蒼蠅拍爛了，不禁說了句，可惜了。廣西人聽了，就問什麼可惜了。我說蒼蠅被拍爛了。廣西人聽了不覺笑了說，可惜呀？我沒聽錯吧？我聊起小時釣魚的趣事，那時釣魚用的餌，就是蒼蠅或蚯蚓。廣西人說現在沒有人用這東西啦。說完他就轉去廚房了。

我決定再去問問那個男住客。上去按響了他的門鈴，卻半天不見人來開門。我失望地下來，繞著碧玉樓轉起了圈子。我發現，那些牆上的爬山虎葉子，已經蒙上了一層厚厚的塵土，近看是有些煞風景。

樓下的的停車棚裡，有幾輛鏽跡斑斑的腳踏車，東倒西歪地靠在那裡，看來已被人棄置了一些日子。在大樓的轉角處，我甚至還聞到了一股尿臊味。我用手扇了扇鼻子，趕緊離開。我開始對丁琴是否住在這裡產生了懷疑。

那樣一個美麗的女人，會住在這裡嗎？當然，也許以前這裡是個好地方。但也是從前的事了。我再轉到南座大門站住了，沒有上去，我想那個住客可能是上班了。看來只好再等等了。

我突然想起了什麼，就從背囊裡掏出那本小說，靠在車棚看了起來。一連幾天沒有收穫，我想到了解悶的法子，就是當自己一無所獲時，那去看看別人的收穫，我也算是早有準備了。站著看累了，我便回去米粉店坐著看。廣西人見我如此著迷，便要過來翻了翻，然後問我是不是警察。我反問他像不像。廣西人將書還給我說，你手無束雞之力呀。

後來遠處的工地上，響起了噹噹的鐘聲，我也還在看得津津有味。不久進來幾個人，吆喝著讓上幾碗米粉，我意識到是午飯時間了，我想自己得走一趟了。我闔上書放進背囊，向碧玉樓走去。

我按響了 1508 室的門鈴。那個男人伸出一張臉，問我找誰？我說那個年輕人來過嗎？那個男人一臉的茫然，說什麼年輕人呀？我不得不做些提示，說自己前些天來過的，找的就是那個向你收租的。那個男人「哦」了一聲，像想起什麼來，說剛走啦。我聽了懊惱不已。心想事情就壞在那本書上。我問那他什麼時候再來。那個男人在關門前嘟噥了一句，我怎麼知道啊。

那個廣西人見我低頭走回來，就提醒我還沒有吃午餐呢。我說那就來一碗吧。我在吃飯時手機響了。我一看是個陌生的號碼。我猶豫了片刻才接聽。那是個男人的聲音，他問是羅先生嗎？我問他是誰。

那個男人自稱是來自湖南的民工，在一處建築工地幹活，前幾天挖到了一罈像是金子的東西，想找人鑑定一下。我正為剛才的事心煩，就說那你去找警察局吧。湖南人說，另外還有幾件文物，像是唐代的，挺值錢的。只是他因為有急事要馬上搬家，所以找人想低價脫手。

我心想什麼唐代文物呀，這個新興的城市，不像會有那麼久遠歷史的古物埋在地下。但我還是來了興趣，心想看看又何妨呢，正好解悶吧，就改口問，什麼文物？那個男人說可能是青銅器吧。我說那好吧，問他在什麼地方見面。

湖南人高興地說，我在市南區解放路工地附近一幢樓的門口，碧玉樓南座，很好找的，那裡就只有一幢完整的樓房了，遠遠就可以看見了。我聽了樂了，事情怎麼那麼巧啊，都與那幢樓有關聯，我笑了出聲來。湖南人聽到我的笑聲，連聲說，快來吧，一起發財。

剛才放下電話，我就有點後悔的，剛才已經被看書誤了事，現在又來了另一樁事，我本來想就此作罷的，但我的好奇心占了上風，我想還是去看看吧，就一會兒的事情，而且就在目標樓的門口。我將碗中所剩的米粉吃掉，然後付錢起身離開。

我重新走向碧玉樓，遠遠就看見一個人在門口徘徊。地上放了個紙箱。走近看了，原來是1508室的那個房客。他看見我也有點詫異，就問你又來了，他說那個收租人真的走掉了。我說自己是在等一個人，說完也就門口徘徊起來。

那個男人慢慢地就有點著急了，一連抽了好幾根菸。

久不見人來，我慢慢地也有點不耐煩了。我正想走開，經過那個地下的紙箱時，從開啟的一角看見是幾件糊滿泥的器皿，我頓時明白了是什麼回事。

我盯著那個住客看了很久。那個男人被看得很不自然，就將嘴上的香菸拿開，問我看什麼。我笑了起來，說你等的人就是我呀。那個男人說誰約你了？我得意洋洋地說，剛才啊，我就是羅先生啊，快讓我看看你的寶貝。

那個湖南人趕緊抱了地上的紙箱上樓。我也跟了上去。湖南人說你跟著我幹嘛？我說讓我看看你的寶貝啊。湖南人說我這裡沒有什麼寶貝，你走吧。他最後將我擋在了門外。

我按了很久門鈴，但毫無反應。於是大聲說，那我去派出所報案，說你進行詐騙，說你倒賣文物。我剛說完，湖南人就拉開門說，你說話能不能小聲點！然後讓我進去了。

這是一套三房一廳的房子。一間鎖上了。湖南人住一間大的房間。還有一間看來沒有人住，裡面只有一個床架而沒有床墊，看來是那個自殺的女人住過的。客廳裡所擺放的都是些舊的木製家具，角落裡散放著一些瓶瓶罐罐，桌子上還有些手鐲、珠鍊之類的東西，看來就是些古董，整個房間透著一股陰鬱。

湖南人給我倒了杯茶。我開始端在手上不敢喝。湖南人見了便說，怕我放毒呀？我只好裝做不客氣，端起就喝，然後就說看看他的古董。湖南人有點尷尬，說也沒什麼好看的，但見我態度堅決，只好將那個紙箱打開。

我放下茶杯，彎下腰端詳起來。看了一會兒，我就笑著說，你這也算古董嗎？撒了幾泡尿，再埋在地裡，發點綠鏽，就拿來糊弄人了！湖南人見被拆穿，尷尬地乾笑了幾聲，說想不到羅先生還是行家呢。我沒搭腔，進廚房洗過手才回客廳繼續喝茶。我問湖南人怎麼知道我的手機號碼的。

湖南人嘿嘿笑了幾聲，反問說不是你自己寫在牆上的嗎？我聽了有點臉紅，我想大概是趙天陽那傢伙又順手塗鴉吧，沒想到竟會讓我與莫名其妙的人扯上關係。我忙將話題轉到有關古董的鑑賞上面來。

湖南聽說我是學考古的，更來了興致，滔滔不絕地說起了他的生意經，還說兩人不妨合作合作。原來湖南人是個古董小販，真假古董都賣，就看買家是否識貨了，偶爾還能賺點小錢的。湖南人還講了幾個做生意的小故事。

其中說的有個小科長，是個官迷，一心想向上爬，千方百計想討好頭兒，可頭兒好像對金錢和女色沒興趣，這讓他犯難了，後來才打聽到頭兒喜歡古玩，於是滿世界找古董玩意。因為頭兒是行武出身，他便別出心裁地從他這裡弄了一把古劍去。湖南人就這麼囉嗦地叨著，根本就不管我是否聽進了耳朵，我懷疑他是否生活中缺少可以傾訴的人。

我端著茶杯環視房間，打斷他的話問其他人呢。湖南人說就他一個住這，只租一個房間，客廳是公用的，隨時可能有人住進來的。他說月租才五百元。不過，說不定又要搬了。他邊說邊走到窗前，望了望外面的工地。

突然有人按響了門鈴。湖南人本來不想開門的。我定定地看著他，笑笑說，又幹了心虛的事吧？他只好開啟門。

一個男人就衝了進來，將手上拎的長條形包裹擱在沙發上，氣呼呼地喊道，胡鄉農，你敢用贗品來糊弄我？湖南人趕緊將門關上，一臉的委屈說，劉科長，你怎麼這樣說話呀？我從來就不賣贗品的，我們也不是第一次交易啦。

那個被稱作劉科長的人說他的一個朋友看了說是贗品。被稱作胡鄉農的湖南人去倒了杯茶給劉科長，然後說這樣的話不能隨便說的。又說可以讓行家給鑑定一下。他邊說邊捧著那個包裹走到我的跟前。那個男人這才注意到我的存在。

胡鄉農理直氣壯地說，他就是搞考古的，你問問他是真是假。我有點不知所措地望著胡鄉農。劉科長用手指捋了捋油光發亮的頭髮，挑釁地看定我。胡鄉農說，人家行家都跑我這買呢。他說著還不停地向我打眼色。

我本來就有點著急的，剛獲得了一點有用的資訊，沒想到又被突然出現的人所打斷。他這一嚷，讓我心裡挺煩的。我想這傢伙肯定就是湖南人所說的那個小科長。我一向就討厭這種人，他這會兒看著我的目光，讓我更不舒服，我希望這個男人快點離開。

我解開那個長方形包裹的布，裡面是一個木盒，開啟盒蓋一看，裡面躺著一把長著綠鏽的青銅劍。我用手指試了試鋒刃，彈了彈劍身，發出錚錚的聲響。我當然知道不是真傢伙。但我想讓這傢伙盡快走，於是就說，是真傢伙。那個男人用懷疑的目光盯住我問，你憑什麼說是真的。

我有點不耐煩了，就說我是市博物館的。那個男人眼睛一亮說，那你認識彭晉德嗎？我對他的囉嗦有點火了，說那是我們的館長。又對湖南人說，這劍我要了。那個男人著急地說，我可是先付錢的。他搶過我手上的劍，滿意地離開了。

胡鄉農嘿嘿地乾笑幾聲，讓我考慮考慮，說要是我們合作，肯定能賺大錢。聽了他這話我有點不舒服，好像我成了他的同謀。我笑笑，沒有搭上他的這話頭，反問他怎麼會租住在這裡。

胡鄉農說是另一個古董小販介紹的，他說這房子是個漂亮女人的，他見過一次。搬走後房子就出租了，每次都是那個男的來收租。我拿出那張照片，問是不是這個女人。胡鄉農一看就說是她了，沒錯，並說她的丈夫從前好像也做古董生意的。又問我怎麼會有她的照片。我只好說我們是同學。

我心裡在想，那個年輕人是否是丁琴的情人。胡鄉農聽了哦了一聲，然後壞笑著問我，是否念念不忘啊？我懶得答他。我想還是盡快找到那個收租人。後來，他又問我為什麼會學考古專業。我還是沒有答他。

四

我給盧嘉打了個電話，問他趙天陽什麼時候回來，我說想找他問清楚一些事。盧嘉顯然對我的來電有點不解，他說你給趙天陽打個電話不就得了嗎？看來盧嘉也不知道趙天陽出國了。我說他現在在國外。盧嘉說這傢伙走也不打聲招呼，回來一定狠宰他一頓。

看來我只好一邊幹一邊等了。現在整理一天的收穫，成了我每天必做的功課了。我也習慣了在地圖上，或者是日記本上，寫寫畫畫，希望在紛亂的人和事中找出有用的線索來。我想什麼事情都會有它的邏輯性的。只要找到了線頭，一拉就成了。

我大學時曾去一家蠶繭加工廠參觀過，當時驚嘆於那些看似一團亂絲裏就的蠶繭，竟然能源源不斷地被抽出一根很長很長的繭絲來，最後被織成了柔軟的絲綢布料。這個過程讓我有種痴迷。

梳理數據的過程是挺累人的。但也是個讓人亢奮的過程。我一站起來休息，視線便又和游曼妮的眼睛處在一條水平線上。我的耳朵就像聽到了兩個人說的話。湖南人說過了，游曼妮也問過我為什麼會報考古專業，她說擺弄過去的東西有什麼好玩呢。

我當時在生日派對喝高了，但人還是清醒的，我嘻嘻地笑著說，因為羅小米是個浪漫的人呀。游曼妮聽了尖聲地笑了起來，肩膀還像外國人那樣一聳一聳。外語系的女生都喜歡說話誇張。說實話，我不喜歡她這樣笑，這樣顯得太放肆了，沒有一點淑女風範。還好她的眼睛大而黑亮，笑起來不至於埋沒了眼線。我喜歡她的微微上翹的厚嘴唇，儘管我是個木訥的人，我還是覺得性感啊。

當時游曼妮高聲說，天呀！你是個浪漫的人？我明白她為什麼會這樣好笑，因為羅小米在別人的眼裡是個木訥的人。我等她笑好了，就反問她為什麼會選外語系。游曼妮又笑著回答說，因為游曼妮是個浪漫的人呀！接著她兩眼放亮，談起了她閱讀過的三毛作品，並說自己也想像三毛那樣周遊世界。

她說不學好外語，到了外面不就成了啞巴嗎？的確，游曼妮的書包裡，除了外語書，還常年裝著一本小開本的世界地圖冊，我見過她時不時翻看它，她在那一刻，臉上總顯出一種對遠方神往的神色來。

我們兩個對浪漫的看法簡直就是南轅北轍。這也就不難理解為什麼我們最後沒有走到一起。不過，游曼妮還是讓我念念不忘，這可能是我們兩個個性相差太大了，就顯得很特別，所以就這樣記住對方了吧。當然啦，我沒有吻過她那兩片性感的嘴唇，也是讓我念念不忘的一個原因。

後來畢業，她往南走，這一點也不奇怪。但奇怪的是我也鬼使神差地也分來了這座南方的城市。當時游曼妮在校園的路上遇見我，聽說了我的去向，就驚訝地說，你去那裡幹嘛？你該去西安那些地方啊！去南方？幹嘛呀？她的高聲尖叫將路人嚇了一跳。

當時我還沒來得及回答，她說聲還有事就匆匆地走了。畢業前夕有些人總顯得很忙碌，像游曼妮，我還沒來得及問她去什麼公司；而另一些人則顯得無所事事，唯一需要做的，就是等著將打好的包裹送到學校的託運處，比如像我這一類人。

後來我們就失去了聯繫，偶爾問起其他人，也都說沒有她的消息。她隱沒在時間裡了。我想，如果不是離開博物館，或者不去清理從學校帶回來的那堆舊物，她可能就一直埋在了時間或者我的記憶的泥土裡了。我現在想起來還是有點心痛的。

我第二天就去了市東區的那條古玩街。我和胡鄉農約好在那裡碰面。我的目的是希望能在那條街遇見那個年輕人，也就是向胡鄉農收租的那個人，或者找到與他或丁琴有關的線索。我是這樣想的，既然丁琴的丈夫做過古玩生意，那麼丁琴多少也會和這裡扯上關係吧？當然我對這一點沒有什麼把握，只是憑一種直覺而已。如果不是胡鄉農提起，我還一直不知道這裡有條古玩街，想想自己真是孤陋寡聞了，看來書齋裡的書生就是書生。

胡鄉農並沒有在約定的時間出現。我等不見人影，便一個人瞎逛起來。在第一間店子，我問老闆是否認識一個叫丁琴的人。店老闆說沒聽說過。我還想問點別的，這時進來一個老外。店老闆便丟下我跟老外搭訕起來。

那個老外看中了一個大海碗，便跟店老闆討價還價，普通話十分蹩腳，那個店老闆也許聽不懂，便嘗試用英語說明，無奈水平也很差，老外也不懂。兩人只好拿了東西比比劃劃。我聽了一會兒覺得十分費力，便離開了。

我又逛了幾間店，結果有點失望。只有那些雕花的窗戶，和一套明代的家具，稍讓我看得過去，大都是些不怎麼值錢的東西，而且年代不會很久。有的陶器雖然有些年代了，但品相不好。

後來我才發現，原來好多店子擺賣的，竟然是些工藝品。也許要靠賣些其他的東西來幫補，店子才不會虧損，畢竟生意不旺。我也看了街邊擺攤的，小販們都挺熱情地招呼我過去看看，可我看了，大都是些贗品。但也有人在講價。我又問了好幾個攤主，是否認識一個叫丁琴的女人。但得到的答案都是令人失望的。

我打算離開，剛走了五十公尺不到，我就聽到後面有喧鬧聲響起。有人朝這邊跑了過來，有人在躲閃。我站在街邊朝後看，看見胡鄉農正撒開腳，向我這邊飛奔過來。等他快到我跟前，我就大聲問他怎麼這時候才來呀？胡鄉農並沒有在我跟前停下來，而是氣喘吁吁地飛跑過去，在我面前一閃而過。我還沒搞懂是什麼回事，又有幾個人朝他的那個方向飛奔過去了。

等他們消失在街口，我就繼續朝前走。往前走了一段路，就看見剛才追過去的人折了回來，嘴上還罵罵咧咧的，說抓到那個狗東西，就敲斷他的狗腿，看他下次用什麼跑。

我走出古玩街後，剛到了另一條街的路口，就看到胡鄉農扶著牆壁喘氣。我從後面過去一拍他的肩膀，他嚇得魂飛魄散，「啊」地喊了聲，幾乎癱在地上。等他扭頭見是我，就用手撫著胸口憤怒地喊道，你幹什麼？嚇死我了！

我笑著問他，被警察追呀？胡鄉農揮了揮手說，什麼警察，屁！我說你沒幹虧心事，大白天怕什麼呀？他警惕地朝四面看了看。我說你小子肯定是被仇家追殺了吧？胡鄉農的臉色是蒼白的，他擦了把額頭上的汗水說，你不要胡說八道。我說那你幹嘛心虛？胡鄉農沒有回答我，急匆匆地朝前走，一邊還不時四處張望。我只好追著他趕。

胡鄉農躲回家裡就沒有再出門。我因為不知道幹什麼好，也就窩在他那裡和他聊天，都是些有關古董方面的話題。我注意到他抽的菸都不是好菸，也不講究牌子，但抽得挺凶的，地下丟著幾個牌子的菸盒子，屋子裡很快就煙霧瀰漫。我被嗆得咳嗽了好一會兒才習慣。

胡鄉農原來在家鄉是收購廢品的，都是些爛銅攔鐵的，並沒有什麼稀奇。後來從一個農民手中收購了一隻銅鼎，挺完好的，就放在院子裡做了幾天餵雞的盆。沒想到被一個穿村走巷的古董小販花高價買去了。臨走還說以後要有這一類東西，價錢好商量。

胡鄉農搞清楚後，一思索做這生意比收購廢品合算多了，便改行做了古董生意。後來還從家鄉跑這裡來發展。當然偶爾會有好賺頭，但做這行的人太多了，競爭激烈，再說城裡的花銷也比鄉下貴，所以日子也是過得一段寬裕一段緊縮，但習慣了城裡的生活，不想回去了。

我沒想到這傢伙雖是半路出家，許多東西還是能說得頭頭是道，看來實踐出真知。當然他還說了許多做生意的趣事，有的挺刺激的，也是我愛聽的。我試過問他，今天的是否也算是一件。胡鄉農有點不高興地說，你別掃興好不好。我只好不再說什麼，聽他繼續胡說。

門鈴聲突然炸響了。胡鄉農像是個驚弓之鳥地跳了起來，丟掉手上的香菸，還從沙發底摸出一根壘球棒，天知道他怎麼會有這樣一件東西。我不知道他想幹什麼，是否針對我，便也跳了起來。他對我擺了擺手，示意我不要出聲。

門鈴響了一會兒，然後響起了咚咚的拍門聲。外面那人在高聲叫喊，胡鄉農，快開門！我知道你在裡面！胡鄉農聽見叫聲臉色放鬆起來，他走到門口將耳朵貼在門縫聽了聽，然後走回來將球棒放回沙發底下。他將門開啟讓那人進來。那人也被屋子裡的煙霧嗆得咳嗽了幾聲。他連忙走過去打開窗戶透透氣。

胡鄉農問他怎麼知道屋裡有人。那個年輕人不滿地說，菸都從門縫冒出來了。他還以為失火了呢。這下胡鄉農這才恍然大悟。胡鄉農問他什麼事這麼急。那個年輕人說是來收租。胡鄉農叫了起來，說還不到月頭呢。那個年輕人說臨時有點急用。

胡鄉農說他手上暫時沒有錢。然後那個年輕人突然看見了我，就像是發現了什麼，對胡鄉農說，你現在住了兩個人，房租得交兩個人的，他有吧？胡鄉農搖搖頭，說他不住這裡。那個年輕人用懷疑的眼光看著我。胡鄉農說，這裡都快要拆了，誰願租這裡呀！這下那個年輕人似乎變得手足無措了，連聲說，那怎麼辦呢？怎麼辦呢？胡鄉農對我努努嘴說，他，就是你要找的那個收租的。

我這下認真地看了看他，這是一個十分秀氣的小夥子，怎麼有點像一個熟人呢？那個年輕人看我盯著他看，就問我是誰。我是誰？我是羅小米。我是這樣回答他的。他又問我找他有什麼事。我只好說我是丁琴的朋友的朋友，有點事找她。

沒想到那個年輕人沒好氣地說，她不認識你！我驚訝地問，你怎麼知道她不認識我？他態度堅決地說，我就知道！我說那帶我去見見她吧。他不高興地喊了起來，說有什麼好見的。然後就不說話了。

我們三個尷尬地站在屋子裡不說話。後來不知道怎麼，窗戶砰地被風打開又關上了。那聲音讓我們身子都顫抖了一下。我掏出口袋裡的錢塞給他說，這五百元，你拿去救急吧。那個年輕人的臉紅了紅，好像對剛才的態度有點不好意思，他推搪了一番才接下，然後急匆匆地離開。沒幾秒鐘他又折返回來，對我說他姓游，名叫東俠。丁琴是他的姐姐。他還從口袋找出菸盒，撕了一角寫下了一個電話號碼。然後說告辭了。

晚上整理檔案，我展開那張夾在錢包裡的紙條。我突然感到有點困惑，那個年輕人說丁琴是他的姐姐，那他怎麼會是姓游呢？也許一個跟父親姓，一個跟母親姓？要不他倆就是表姐弟了？當然也可能是互相認的乾姐姐乾弟弟。總之看來事情有點頭緒了。

我有點興奮，找出呂遊的電話撥號，想告訴他我的收穫，但總是被告知暫時無法聯繫上機主。

我想了想，便按游東俠給的電話號碼撥號，我想和他約個時間見面。過了很久，才有人接聽。是一個男人的聲音，他說你好康寧醫院，有什麼需要幫忙？我嚇了一跳，我知道康寧醫院是一家精神病醫院。我愣了幾秒鐘說，什麼，是醫院？那個男人說沒錯，是醫院啊。我猶豫著說，那，對不起，可能我打錯了。我將電話掛了。

我坐在椅子發了一會兒呆，還是有點不甘心，又找出那張紙條，按上面的電話號碼又撥了一次。還是那個男人的聲音。我只好說，我，找，找丁琴小姐。那個男人說，她剛服過藥，現在睡了。

我拿著話筒想了好一會兒才想到話，突然問道，那，你是丁琴的什麼人？那個男人打了一個哈欠，說他是值班醫生。我又問那游東俠在嗎？值班醫生說，病人的家屬都回去了。你要不明天打來吧？我說，她住幾號病房？值班醫生說他要查一查。我聽到他那邊翻動紙張的聲音。過了一會兒，那個醫生說她住東區 208 病房。

剛才發生的事情，讓我有點惶惑起來。我感到疲倦，腦袋也像塞了團亂麻。我雙手用力地搓著臉頰，想使自己變得清醒起來。我從指縫看見游曼妮的那雙眼睛，閃閃發亮，靜靜地靠在牆壁上和我對視。

我進浴室洗了澡，然後就倒在了床上。我希望順水漂流，但總被水草纏繞，動彈艱難。而水中游動的魚兒，甚至是游曼妮，或者丁琴，都不斷地從我身邊遊過，我努力向她們伸手，但無法抓到一條，她們渾身都是滑溜溜的。光怪陸離的夢境讓羅小米驚恐萬分，即使在水中，也渾身汗水。

五

早上我還在睡懶覺，該死的電話卻突然響起。天氣已經有點冷了，我不想離開舒服溫暖的被窩。我想睡個回籠覺，我要補補眠，這段時間經歷的事情攪得我寢食不安。

昨天和盧嘉一起吃飯聊起這些事。盧嘉卻不以為然，說沒有那麼撲朔迷離吧？不就是找個人嗎？我說可沒想到是個病人，我說還沒想好是否去醫院見她呢。盧嘉說那你告訴呂遊讓他去不就得了。

我說一直無法聯繫上他，他不久前說過要出一趟遠門的，可能還沒回來吧。盧嘉就笑著問我，你是說開始有點意思了吧？我說天知道會是個什麼結局。

最後我們都帶點醉意走出飯店。盧嘉和我分手前，開玩笑說，寫部刺激的偵探小說吧，讓我們也過過癮。我心裡想接著該幹什麼好呢？這些天我一直想著這件事。昨晚好不容易藉著那點醉意睡了個囫圇覺，又被這該死的電話鈴給攪了。

電話鈴還在響個不停。我煩了，拿了手錶看，是八點〇五分。我想誰會這麼早啊。我只好披了毛毯摸到客廳。我拿起話筒問，找誰呀？那邊說找小米呀。我緊接著打了個哈欠，問他是誰？那邊笑了起來，聲音洪亮，中氣十足地說，我是你羅大爺呀！我一聽火了，嘶啞著嗓子喊了起來，我才是你羅大爺！那邊的人有點嚴肅了，說小米呀，才走了多久呀？就不認人啦？我是博物館的羅大爺！

我的媽呀，是博物館傳達室的羅大爺，以前對我挺不錯的，每逢有我的信，他都不辭辛苦，走上五樓我的辦公室，親自送到我的手上，搞得我挺不意思的。他倒說客氣什麼啊，我們是一家嘛。他說喜歡和我聊天。

這下我徹底清醒過來，我趕忙說，哎呀，是羅大爺，不好意思，我沒聽出是您的聲音！羅大爺說，睡死了吧？都幾點啦，忘了大爺告訴你的，早睡早起身體好。我說我是沒睡夠啊。

我感到有點冷，就將自己捲緊在毯子裡，哆嗦著嗓子問他這麼早來電話有什麼事。羅大爺說，有你的幾封信撂這了，有上海來的，有北京的，還有西安的，還有——看樣子他還想繼續唱唸下去。我趕忙打斷他說，那，我抽空去取吧。快撂電話了，羅大爺突然說，好像還有什麼人來問起過你。

我就問誰呀？我以為是我一些舊同學，有的還不知道我離開了原公司。羅大爺說好像是姓劉的，認識館長。羅大爺還想說什麼，我身子打了個冷顫，上下排的牙齒咯咯打架，便想趕緊結束通話，就說，啊知道了。然後撂了話筒，飛快地竄回被窩，但再也睡不著了。羅大爺人真好，可就這份好心意，把我的睡眠給攪沒了。

我在被窩裡賴了一會兒，想想還是起床去取信吧。我差不多與這個城市以外的朋友斷絕了音信。他們肯定在唸叨著我，都什麼時代了，他們還有心思給我寫信，實在太難得了。我這樣一想，心裡就有點激動，於是就恨不得馬上翻閱那些信。說不定還會有份意外的驚喜呢，比如說其中會有游曼妮的信。這些美好的遐想讓我穿衣的速度比平日快了許多。

我到了博物館的傳達室，羅大爺一見我，就笑著問我近來過得怎麼。我說還可以吧。羅大爺認真地看著我說，不騙大爺，晚上沒出去鬼混？我尷尬地說，大爺你說我會嗎？羅大爺說那你的眼袋怎麼像個豬尿泡。我說是嗎？我倒沒注意，看書看的吧。他拉開抽屜，拿出一疊用橡皮筋紮好的信交給我，還笑著問我這裡面有沒有情書。我說我希望有啊。然後我翻了翻那些信，猜測是誰的來信。

羅大爺一邊將信報分類，一邊和我叨起了博物館裡的人和事。比如說館長正和副館長的鬥爭情況；辦公室主任某晚去參加沙龍，衣領不知怎麼抹了口紅，回家被夫人掌嘴了；又或者是某老男人想老牛吃嫩草等等。這些雞毛蒜皮的事情，與我已經沒有多大的關係了，所以我嘴上偶爾搭理一句，心裡是在想著自己的心事。

聊了一會兒，我對博物館近期的天氣變化情況也大致了解了。後來羅大爺說要去各個辦公室派信報了，說著便往裡走。我說那我就告辭吧，有空再聊。說著便往外走。

我去醫院見到了丁琴。她的弟弟游東俠不在。我遠遠就看見她坐在院子草地上的一張長椅子，抬頭望著天空，神情淡定安靜，又充滿了一種神往。走近後我第一眼見到她，我有點驚訝和困惑，她除了眼含憂鬱外，並不是我想像中的那種病人，由於身穿白衣，甚至給我一種飄逸感，似乎非凡人。

我注意到椅子上放著一本三毛的《撒哈拉沙漠》。我說自己是受朋友之託來看她的。她聽了臉上顯出笑意來，說很高興我來看她，因為來的都是客。她說話思路清晰，只是顯得有些亢奮而已。

剛開始聊天，她顯得有點陌生感，但很快就消除掉這種障礙。我發覺我們挺談得來的。我說我以前學的專業是考古，在市博物館幹過。丁琴眼睛放著光，說她以前的一個校友也學這專業。她說還為此嘲笑過他，因為他說自己選這專業是因為自己是個浪漫的人。她說這話是說得毫無顧忌，也很隨意，但正是這句話，一下子將我擊中了。

我一時口張結舌，一動不動地看著她。她睜大眼睛問我怎麼突然不說話了，是否她說錯了話。我緩過勁來說沒什麼啊，只是我覺得她像我的一個校友。丁琴笑了起來，說那就將自己當是她好了。

後來我說我是呂遊的朋友。丁琴就問我誰是呂遊。這時我才意識到她是個病人，就沒有將下面的話說下去。我將自己提來的袋子打開，給她削了個蘋果。但她拿了蘋果不吃，似乎在想心事。我問她幹嘛不吃。她說突然想起了一件事，問我能否幫個忙。

我說你說吧，我試試。她認真地問我有沒有理想。我說當然有，要是在從前，我必定會說做個出色的考古學家是我的理想的。但現在我卻說是想做個出色的私家偵探。丁琴聽了居然大聲說好啊好啊。

旁邊巡視的醫生說，你們說話小聲點。

我於是壓低聲音問她有什麼理想。丁琴一臉的嚮往說，我想去撒哈拉沙漠旅行，還要去看看金字塔，看看歐洲的其他古蹟，比如羅馬鬥獸場之類的偉大古蹟。我看著她的放光的眼睛，恍惚看見她遠遊的身影。我說這是很好的理想啊。

丁琴說著說著聲音就低了下去，眼睛裡的光黯淡了下去。我趕緊問她是否不舒服？她慢慢地抬起頭說，可惜他消失了！本來說好賺夠五百萬就開始周遊世界的。但他卻突然消失了。她說這話的時候，目光飄忽散亂，還似乎有閃閃的淚光。

由此我覺得談理想總不是一個好話題，特別是當我們已經長大成人，到了漸懂人事的年紀。想想以前年曾經少無知，意氣風發，想要指點江山，而若干年後卻發覺自己蹉跎歲月，到頭來一事無成，一腔熱血，最後只化做了一聲嘆息。所以一談起理想來，必定會感嘆世事無常，最後是傷心收場。

丁琴收回飄遠的目光，對我說，能幫個忙嗎？我說你說吧。丁琴說，替我將他找回來。我問找誰回來。丁琴說，我丈夫。哦，是這樣，我想她又有點清醒了。我說我試試吧。我試著要他的資訊。丁琴回憶起一點的細節，那就是家裡堆滿了古董。其他的無論我怎麼引導她，也記不起來了。

丁琴說起家裡的古董，神情有點亢奮，說那是他們的財富。她還說起他們開過的一個玩笑，是她對丈夫說的，她說那些古董簡直就像是陪葬品。丁琴說當時丈夫給了她一個耳光。後來她的耳朵就有點背了，聽人說話常常會斷章取義。她說可能與那個耳光有關。

在談話的過程中，丁琴有次突然停下來，問我看沒看過三毛的作品，她說自己看了許多，打發消磨閒暇時間。我說喜歡偵探小說，我說喜歡其中的刺激。丁琴想了想，好像是做評價，她說自己是用腳思考的人，又說我是用腦子思考的人。我聽了張口一時沒話，這可能是一個病人能說出來的話嗎？

後來醫生走過來對我說，到服藥的時間了。我想該是離開的時候了。丁琴眼含期待，依依不捨。她問我什麼時候再來看她，她說自己早就畫好了出遊的路線了。我說下次我會帶好訊息來的。我還說想和她的弟弟聊天，我們見過一面。丁琴說她弟弟真是個好弟弟，也喜歡三毛的故事。她說著離開了草坪的長椅子，對我揮揮手，拐彎上了樓梯口。

當我離開那安靜的醫院，走在城市喧囂的街道，我的耳朵立刻就嗡嗡作響。我感到自己的耳朵在某些時刻是聾的。好像被什麼人扇過耳光。我趕在綠燈轉紅燈前匆匆走過路口，對那些忽有忽沒的聲響充滿了恐懼，因為它讓我的判斷失誤。我微弓著腰，匆匆地趕往碧玉樓，我想找到胡鄉農弄明白一些東西，他也許能夠幫忙。

我看見他門上貼了一張通知，內容是告知住戶，碧玉樓不日內就要拆，請住戶在十天內遷出。我按了門鈴很久也沒有人來開門。我又咚咚地猛拍門，還是沒有人應門。我在門外兜了幾個圈子，又打給胡鄉農，但也沒有回電話，我最後無計可施，只好順著原路出來。我雙手插著褲兜，垂頭喪氣的。

路過桂林米粉店，廣西人和我打招呼，說很久沒見我來坐了，問我是不是找到同學有吃飯的地方了。我停下腳步。他正拿了蒼蠅拍子站在門口，叼了一支菸在看著我。我正想答他，卻意外地看見胡鄉農坐在店裡。他正端著一碗桂林米粉，低頭吃得起勁。

我走到胡鄉農跟前，他剛將碗裡的米粉吃光，正端起碗準備喝湯，就看見了我。他問我不用去上班嗎？我沒有告訴過他我現在是個無業人士。我問他怎麼不回我電話。胡鄉農咕嘟咕嘟地喝光了碗裡的湯。他抹了抹嘴角說沒聽見，可能沒電了。他又問我有什麼事，他正忙著找地方，碧玉樓就快要拆了，他正找地方搬呢。

他說話時，下巴一處油跡正隨他說話一動一動地閃亮。我說想找丁琴的丈夫。胡鄉農說，我怎麼知道啊？我說你不是說他幹過古董這行嗎？胡鄉農說那是以前，況且我只是聽人說而已。看來事情陷入了僵局。

廣西人進了店裡，舉著蒼蠅拍子啪地消滅了一隻蒼蠅。他將眼睛湊近拍子，檢查自己的滅蠅成果。他還問我要不要來一碗米粉。我一時沒有胃口，不知道是否剛才也被他啪地一聲消滅了。胡鄉農正想掏錢付帳，卻被衝進來的一個人的斷喝打住了。他喊道，胡鄉農，你媽的敢矇騙我？我一看，原來是上次見過的劉科長。

劉科長還是背著那個長方形木盒子。他將木盒子擱在桌子上，指著胡鄉農的鼻子臭罵。他說就因這件東西，害他損失慘重，什麼名譽、地位、信譽全沒有了，還被同事和主管嘲笑諷刺。他還說簡直沒臉見人了，不想活了。劉科長憤怒地叫罵著，還揪住胡鄉農的衣領讓他還錢。

胡鄉農一邊掙扎，一邊說，沒有人強迫你買！劉科長淒厲地喊，可我要的是真傢伙啊！我呆了一會兒，便上前想拉開他倆，說有話好好說嘛。劉科長嚎哭著說，你們唱雙簧害慘我啦！等會兒再跟你算帳！

拉扯了一會兒，胡鄉農用力一推，甩掉了劉科長的手。被推得倒退的劉科長摔倒在地。他的狼狽樣讓廣西人竟然笑了一聲。胡鄉農整了整衣領，喘著氣，哼了聲說，我沒錢，要命有一條！劉科長可能覺得摔得很沒面子，臉紅紅的。他衝過去，開啟那個擱桌子上的木盒子，拿出那把劍握在手上。

胡鄉農還有我和那個廣西人，都驚呼了一聲。劉科長也站定在屋子的一角，呼呼地喘著氣。好像突然又對自己的這番舉動顯得手足無措起來。他握劍僵在那裡，舉棋不定，不知道如何收場。胡鄉農這時鎮定下來了。他走過去對劉科長說，要就殺了我，否則滾蛋！他最後一句突然大聲起來，將屋子震得嗡嗡響，我的耳朵在一剎那好像聾了。

我看見劉科長的臉一會兒紅一會兒白，當然間中還變幻著其他的顏色。我看見他握劍的手在發抖。而胡鄉農則用勝利者的眼光鄙夷地看著他。最後胡鄉農說了一句，我最看不起你這類人！

劉科長突然大喊一聲，將手中的劍插進了胡鄉農的肚子！我和廣西人都驚呼一聲。只有胡鄉農抱住肚子說不出話。那個劉科長將劍抽出來後，又瘋狂地揮劍砍殺胡鄉農。一邊還淚流滿臉，嗚嗚地哭著。胡鄉農已經沒有力氣說出話了。當劉科長揮劍衝到我跟前，我哎呀一聲驚呼，怕得將眼睛閉上，一下子縮倒在牆角。

我聽到黑暗中廣西人也驚叫一聲，只聽到「啪」的一聲響，然後是咕咚的一聲，就沒有了聲音了。等我睜開眼睛，就發現胡鄉農渾身是血，躺在地上抽畜。而劉科長則倒在地上，抱住寶貝一樣抱住那把插在身上的青銅劍，嘴角不斷流出血。

而那個廣西人正舉著蒼蠅拍子渾身發抖，嘴裡在叨唸著，沒想到沒想到啊！我不知道他在說的是什麼回事。我感到十分的睏，很想睡覺，只是地上很冷，我的牙齒在咯咯地打架。

六

丁琴再次見到我，就說我的臉色有點不對勁。當時她弟弟游東俠也在，正和她說著話。見我進來都和我打招呼。我想讓氣氛好點，就開玩笑問她是什麼顏色。她開心地說是五顏六色。她的話讓我苦笑起來。游東俠怕我誤會，就接了她的話頭，解釋說姐姐知道要出院了，所以十分開心。

丁琴今天穿了件紅色的毛衣在白色的病服裡，顯出一種醒目的暖意來。她的臉頰紅潤豐滿，她笑起來，左臉就顯出淺淺的酒窩，我上次沒有注意到這點。我沒有對丁琴說起不久前發生的那件事。

我見丁琴的床邊放了一個旅行包，就問游東俠忙些什麼，上次沒有見到他。他說自己剛出差回來，這段時間老出差。他說剛從外地回來，準備過幾天來接姐姐出院的。但他說著臉上露出憂慮來，因為碧玉樓就要拆了，正為找房子犯愁呢。游東俠說自己住公司宿舍，幾個人合住的，沒辦法。我想起游東俠找胡鄉農要房租情景，大概是手頭有點緊吧。

也許是因為有游東俠在場，我的話少了。我看見他說話猶豫，又小心翼翼，像總想避開一些話題，那我就更放不開了。我於是聽多說少。聊到快中午了，聽見護士過來讓大家吃藥，游東俠和我才對丁琴告辭。

從醫院出來，游東俠對我說，你說話好直爽啊。我不知道他是稱讚我還是暗示我說話隨意。我說你說話還沒有你姐姐爽快。游東俠臉上蒙了一層灰，她是病人啊，他說了一句。我嘆了一口氣說，奇怪，我怎麼就沒當她是病人呢？一說到這個話題，游東俠邊便和我說起了丁琴得病的原因。

丁琴大學畢業就來到這個城市，並和一個古董商人結婚，生活也算過得幸福吧。他們對未來有憧憬，打算籌夠錢後周遊世界。後來不知道怎麼回事，有一天，呂遊突然威逼丁琴與他離婚，他們以最快的速度辦好了手續，房子留給了丁琴，古董給了呂遊。後來他就在一筆古董生意交易中失蹤了。

不久就老有人上門找他，不見人就老是恐嚇丁琴，說要殺了呂遊和她。後來她因為受不了不斷的驚嚇，得病住院了。據行內人的說法，是呂遊在交易中做了手腳，得了一大筆錢跑了。但丁琴至今還不知道到底是怎麼一回事。我邊走邊斷斷續續地聽游東俠講他姐姐的事。

到了分岔路口，本來該分手了，游東俠突然對我說想去看看碧玉樓。我說我陪他走一趟吧。

我們在離碧玉樓最近的車站下車。三分鐘熱風過來，就一陣灰塵刮過來，我們都被弄得淚流滿臉。我們經過桂林米粉店時，廣西人還是拿了蒼蠅拍子，坐在門口抽菸。聽說我們要進去，就說那邊封路了，那樓正在拆呢，不准人過去了。

我不想進去，就站在米粉店門口遠觀那幢樓。游東俠動情地說他剛來投靠姐姐時，他也在那幢樓住過一段時間，所以對那幢樓有感情，現在要拆了，姐姐就無家可歸了。他說這話時顯得很傷感。

廣西人問我們吃過飯沒有。我說還沒有。他說來兩碗米粉吧？游東俠就拉我進去，並放下旅行包說，一說就真的餓了，來兩碗吧。我感到有點噁心頭暈。我說就一碗吧。游東俠一臉的不解看著我，問我，你不餓？我說自己有點不舒服，沒有胃口。我一直站著，並沒有坐下來，我看見凳子上和桌子上蒙了厚厚的一層灰。

一進到店子裡，我的確有點反胃。我沒有告訴游東俠發生在這裡的一樁血案。我不想讓那天的情景再在我腦子裡過一遍。廣西人給游東俠上了一碗米粉。我看到上面漂著鹹菜、蔥花、花生米、蒜頭薑末和青菜葉子。

游東俠說再加點叉燒和紅辣醬。廣西人說了聲好好就來。我一看見那暗紅的叉燒肉，紅色的辣椒醬，胃裡馬上風起雲湧。我跑出店外，哇地吐了出來。

游東俠說我可能是肚子著涼了。我掏出衛生紙抹了抹嘴沒有說話。和廣西人告辭時，我問他什麼時候搬。廣西人嘆了口氣說，等這裡的工程完了吧。他將手中的拍子揮了幾下。

在車站和游東俠分手前，我又多嘴問了句房子的事。游東俠的臉又轉陰了，一臉無助樣。我也不知道怎麼就隨口說了句，要不暫時可以住我那裡。我說出這樣的話，後來我也覺得不可思議。

游東俠聽了臉上顯得開朗些，說這樣可以嗎？我只好安慰他說，暫時的嘛，等你姐姐拿到房子拆遷的補償金後，問題不就解決了嗎？游東俠說那就多謝了。他握得我的手有點痛。

過了幾天，丁琴出院了。她來到了我的住處，竟然沒有多少的陌生感。游東俠將她的行李搬進了我的書房裡。他一看見牆上的那張照片，就問我上面的她是誰。我說是我的一個校友，叫游曼妮。

丁琴進來後，也盯住看。後來游東俠說，和我姐姐很相像啊。我半真半假地開玩笑說，說不定她就是你姐呢。游東俠也說那也不一定呢，現在整容技術那麼高明。

丁琴出去參觀其他的房間。我突然想起某些事情，就問游東俠怎麼和姐姐不同姓的。游東俠說他好像聽姐姐說過，以前她還有一個姓名。我心裡有個想法，就馬上急著問她以前叫什麼。游東俠說那是她得病前用的，可現在她也不知道了。我只好不再問下去了。

有一天，趙天陽突然打了個電話過來，告訴我他從美國回來了。他說要約上盧嘉一起喝個痛快。我們又在「天天見」小酒館裡碰面。趙天陽叫了很多酒菜，他說在美國期間，不但想吃中餐都想瘋了，還差點完蛋了。外面的正宗的中餐太貴了，而不是正宗的又太難下嚥了。

他痛罵了一通，而後大碗喝酒，大塊吃肉，還連聲說痛快痛快！酒到酣時，趙天陽說那天他剛參觀完世界貿易中心大廈，離開不到一個小時，那樓就給恐怖分子的飛機撞了。

我也喝得渾身暖洋洋的，輕飄飄地想飛，腦袋根本就管不住嘴巴。我說起那天的冒險經歷，就問他們能否猜出是誰救了我。盧嘉和趙天陽都猜了好幾種可能，都沒說中。我說後來在警察局錄口供才聽廣西人說的。

當時劉科長撲向我時，他手中的蒼蠅拍子本能地一揮，「啪」的一聲，正中劉科長的眼睛，那傢伙哎喲叫著捂住眼睛，又被地上胡鄉農的身體拌了腳，摔了一跤倒地，手中的青銅劍插進了他的心臟位置，就一命嗚呼了。胡鄉農也因失血過多死了。

後來才搞清楚，原來那個劉科長將青銅劍送給頭兒後，那頭兒是高興了幾天，後來拿出來炫耀時，被一個行家當面拆穿，搞得頭兒顏臉掃地，所以總在尋機會收拾他。後來碰上機構精簡人手，劉科長不但丟了烏紗帽，還被掃地出門。

他越想越氣，他一生的前途全毀在一把青銅劍上，仕途是完蛋了，於是便想找胡鄉農討回那筆錢。沒想到事情卻發展成不可收拾的局面。

我指著趙天陽的鼻子說，都是你小子的朋友惹的。趙天陽莫名其妙地說，怎麼又關我的事呢？我問你認識呂遊嗎？趙天陽想了半天，拍著腦門說想不起有這麼個朋友。我也就懶得說了，趙天陽生意場上的所謂朋友有千千萬萬，他哪裡記得全啊。再說，那件事情我也說不清楚了。

聽完我的故事，盧嘉舉杯說要為我和趙天陽的新生乾杯。我們當地碰了杯，將酒一口乾掉了。我們將桌上的菜和酒乾掉後，已經是午夜了。大家都說不行了，下次再喝過吧。三人同意然散了。

我東倒西歪地走著，半路我對著一堵牆撒尿。路上的車子經過時，雪亮的車燈讓我看見牆上寫著「私家偵探 139XXXXXXX」的字樣。我笑了，哈哈地笑了起來，竟然連眼淚都笑了出來。

突然我被人按住了脖子。我聽見有人在背後冷笑，說看你高興呢！我反抗著說，我笑關你什麼事啊？那幾個黑影揪住我的衣領問，快說呂遊在哪裡？我一手提著褲子，腦子昏昏地問，呂遊是誰？你告訴我！哈哈，你想去旅遊？那你得有錢啊，誰不想周遊世界啊！

一個黑影的拳頭捅了我的肚子，還喊了聲說，看你貧嘴！我應聲彎下腰，掙扎了一下，然後吐得一塌糊塗。我聽見有人叫罵說，他媽的，吐我身上了。然後又是一頓拳腳。我實在累了，趴在地上吐著。

我搖搖晃晃回到住處。我掏了半天鑰匙，又捅了半天的鎖孔，才將門打開。我看見丁琴坐在沙發上發呆。我就對著她嘿嘿地傻笑，問她怎麼還不睡覺。丁琴一見我的模樣就大驚失色，渾身發抖問我怎麼啦。

當時我的臉肯定很難看。我還是笑笑對她說不要緊，喝多了摔了一跤。她趕緊問我有沒有藥油。我用手指了指，說就在抽屜的紙盒裡。她過去拿了準備給我上藥。我說想先進浴室洗了個澡。我身上黏滿了嘔吐物，那股味道讓我又想作嘔。出來後她小心地給我上藥。後來我就倒在床上睡著了。

我一覺睡醒來過來，已經是第二天的中午了。據她說她看著我睡了一個晚上。我有點不好意思地對她笑了笑，因為我發覺自己身上沒有穿衣服。

由於丁琴的到來，我的生活起了許多的變化。剛開始我還一直有打呂遊的手機，想告訴他事情的發展，但一次也沒有打透過，慢慢我也就懶得打，甚至忘了這件事情，好像一些東西一樣，被埋在了地下久了，就變成了古董文物，不過我也懶得去挖掘了；還有某天，我看到一張舊報紙上的一篇報導，說的是警察局偵破了一樁文物走私案，報導還提到，一個叫李友的古董商也涉及在案，目前警方正在追尋其下落，我就覺得和某個人有關。

有一天羅大爺打來電話，聲音洪亮，中氣十足地告訴我，有人從上海給我匯來一筆錢，讓我轉交給丁琴。後來，這種好事還有，是不定期的，匯款人不是張三就是李四，錢還是寄到博物館的。我和羅大爺時不時就會在一起聊聊天，他又會告訴我前東家的爛芝麻瑣碎事。在這過程中，我也是一邊聽他講，一邊猜想匯款人是否就是呂遊。

我想自己是該找個什麼工作了，總不能坐吃山空。比如我正在考慮，自己是否學習做個古董古玩商人，我有這方面的專長啊，再說幹這行也挺能賺錢的，就看自己的眼光了。

諸如此類的事情，讓我的生活發生了翻天覆地的變化，也讓我應接不暇，我慢慢地學著習慣這種變化。

本來，趙天陽和盧嘉老來我這裡蹭飯吃，這不是什麼奇怪的事情，他們都是單身漢嘛，但讓我奇怪的是他們第一次見到丁琴時，就驚訝地喊了起來，原來幾天不見，小米就金屋藏嬌啦，是游曼妮呀？我們羅小米終於找到你啦？他經常向我們提起你啊。丁琴聽了笑得很甜，連我都看見她的酒窩了。她興奮地問我，是這樣嗎？我只好也笑著說，是啊。

後來，「游曼妮」這個名字被他們叫習慣了，也就沒有人叫她丁琴了。連我有時在廚房做飯，一看鹽或油沒有了，就會衝客廳喊，曼妮，下樓去到小店買點油鹽。她就會愉快地應聲，好咧，然後咚咚下樓去買回來。

緩慢

一

江小魚的家鄉在粵北的一個小鎮。那裡冬冷夏熱，春暖秋涼，年中或還可見到瑞雪豐年的景象，和人們印象中的南方有點不同，可謂四季分明，山清水秀，一派田園風光。他的少年時光就是在那裡度過的。

他的父親是個沉默寡言的人，這可能與他的職業有關。他是鎮上合作社的會計，在他嚴謹的作風裡，難得有丁點兒的浪漫細胞。所以從遺傳學的角度看，江小魚並沒有丁點兒的藝術天份。

從童年記事起，在江小魚的記憶裡，母親總有忙不完的家務和工作，絕少閒待著，她總是不見人影。而父親則經常將工作日裡未做完的活，帶回家裡加班。他將自己關在房間裡，和堆在面前的一大堆數字遊戲，將算盤打得啪啪響，有時從早到晚，屋子裡都是這種聲音。

江小魚的耳朵都聽出老繭了。他不知道這些數字有什麼好玩，後來，他甚至對這種單調的聲音，產生了一種神經質的恐懼。

江小魚每次從外面回來之前，都渴望父親能陪他做做遊戲。他一路走，一路想，我一進門就說：爸，今天和我做個遊戲吧？！但離家近了，他的耳朵就會響起嗡嗡的聲音，這種幻覺隨著他靠近家門而大了起來。等他艱難地捱到家門，一推門，他立刻就被算盤的聲音擊得暈乎起來了。

他艱難地張口，半天才囁囁地說出半句話：爸，我——我——他的聲音小得只有自己能聽清楚。接著他就被那種聲音擊出屋外，一個人在外面浪蕩。

他在鎮上那條簡陋的街上閒逛，在房前院後的土路上遊走著。樹上單調的蟬鳴，更讓他感到百無聊賴。累了的時候，就走到河邊歇著。他坐在河岸邊的那棵老柳樹下，看著將小鎮劃成兩瓣的小河悠悠地流著。船家在其上撒網打魚，魚兒在其下悠游覓食。

船兒逆流而上時，船家在使勁地撐篙、搖櫓，古銅色的肌肉，在陽光下，閃爍著汗珠的光澤；順流而下時，船家逍遙自在，立在船頭，神情輕鬆地，用船篙輕輕一點，打打方向。這兩幅不同情景的圖畫，江小魚是印象深刻。

但家鄉四季變幻的景色，對他來說已經是視若無睹了，沒有什麼值得大驚小怪的。他相信今年的花草枯沒了，來年還會再生長開放。即使他跑到春天的油菜地裡，對著滿眼金燦燦的油菜花，他想到的也只是蜜蜂和蜂蜜。對於色彩一點也不敏感。

後來江小魚家搬到了鎮子的對岸，和一家照相館做鄰，他的生活才開始有了點色彩。那個姓黃的照相師傅有五個女兒，其中二女兒黃芳紅和他年歲相仿，很能說到一塊去。江小魚慢慢和她們混熟後，得以有機會觀看黃師傅工作的情景。那時還沒有彩色照片，清一色黑白照，要用人工手繪上色。江小魚驚奇地發現了色彩的神奇作用。

那些黑白世界，經過黃師傅的巧手描繪，變成了彩色世界，讓江小魚驚嘆不已。黃師傅身材瘦高，人也長得清秀斯文，很有白臉書生的氣質。由於手藝好，他很受愛美的姑娘青睞。她們一來到照相館，屋子裡便充滿了喳喳的說話聲。在照相前，她們會花不少的時間來化妝，擺弄姿勢，簡直就是在搔首弄姿。

而黃師傅則滿臉春風，像蝴蝶或說是蜜蜂，圍著那些花朵忙上忙下，在旁邊品評指點。他的手在那些姑娘的頭髮上，衣服上飛上飛下，惹得黃師傅的妻子臉色十分難看，但為了飯碗，也只好無可奈何地頻繁進出，臉拉得老長的。

那些姑娘照好了相，臨走前，她們都朝黃師傅拋媚眼，指著臉蛋說，黃師傅，臉上要看不見雀斑；她們又指著其他地方說，這裡要濃點，那裡要淡點。黃師傅則頻頻點頭說好好好。

那時江小魚已經上初二了，在他的眼裡，照相館裡的那一幕，黃師傅像和姑娘們做遊戲。他從他們臉上的神采可以看出，他們非常的愉快。他很羨慕黃師傅。那時的人們特別愛談論理想這樣的問題。

有一次，江小魚和黃芳紅唱完了那首《讓我們蕩起雙槳》的歌後，黃芳紅也問過江小魚類似的問題。她說自己想做一個演員。然後她一本正經地問江小魚想做什麼。當時江小魚看著黃師傅低頭工作的背影，臉帶著羨慕說，你爸爸的工作挺好玩的。黃芳紅聽了，掩口嗤嗤地笑。

後來新學期開學，他也被政治課老師問到同樣的問題：將來的理想是什麼？江小魚站了起來，不假思索地大聲回答說，我想做一個照相師傅。這樣的回答，當然讓老師很不高興，他批評江小魚不上進，說他從小就沒有樹立起崇高而遠大的理想，他接著解釋說，即使做個攝影家，也比照相師傅強。

同學們更是哄堂大笑起來。江小魚當時委屈得滿臉通紅，坐下來後，再也沒有說話。放學後，他就一路小跑離開學校，來到河岸邊的那棵柳樹下，他對著河流想了許久，得出的結論是他的理想沒有什麼不好的，於是他便愉快地跑回家去。

從此他往照相館跑得更勤快了。甚至還瞅準黃師傅離開的片刻，拿起畫筆在自己的小人書描上幾筆。在學校裡，江小魚和黃芳紅同級，但不同班，但他們碰見也很少說話。等放學回來後，他們才說個夠。不知從什麼時候起，他熱衷於和黃家女兒玩起了照相的遊戲。他笨拙地模仿著黃師傅在擺弄著她們，當然，她們也是嘻嘻哈哈地配合。

有一天，他們正玩得得意忘形，黃師傅的妻子買菜回來，撞見了。面對熱鬧的場面，她勃然大怒，將掛在手上的菜籃子丟在地上，大聲斥責說，什麼好學不學，竟學狐狸精！還狠狠地抽了黃芳紅一個耳光，遊戲於是在嗚嗚的哭聲中結束了。

後來，江小魚再去照相館玩時，她就擺臉色給他看，搞得江小魚忐忑不安的，不知道問題出在哪裡，這樣的情形次數多了，他也就漸漸不去了。

有很長的一段日子，江小魚又常常坐在那棵老柳樹下發呆。後來學校來了一位美術教師，才改變了江小魚孤獨的童年生活。這位美術教師很年輕，剛從師專美術系畢業，朝氣蓬勃的，上課很有生氣。第一次來上課，同學們在他踏進課室時，還在打鬧。

他先不說什麼，而是一言不發地拿了粉筆，用簡練的幾筆，就將坐在前排的江小魚的形象，在黑板上勾勒了出來，讓同學們吃驚不已，發出啊啊的驚嘆聲。大家一下子就服氣了，都喜歡上他教的美術課。

江小魚到過他的的宿舍，發現牆上掛了不少的畫，他發現有的像他班上的女生。事實上是有許多女同學，都喜歡給他做模特兒，讓他畫像。畫者和被畫者凝神屏氣的情景，常常讓江小魚看得浮想聯翩。於是他開始在這方面用功了，美術老師先是教他練習素描的基本功，然後才教他水彩畫的基本技法。他還經常跟老師到野外寫生。

老師對他說，這樣山青水秀的地方，很適合用水彩畫表現。他還教江小魚觀察黃昏時光線的變化，稻黃麥熟葉子變化的區別，河水深淺顏色的變化，等等有關色彩的千變萬化。江小魚驚奇地發現，那些一直被他忽略的，變幻著的色彩世界，原來是那麼的千變萬化，美麗動人。

有一天，他遇見黃芳紅，他已經有些日子沒見到她了。黃芳紅說她媽讓她在家裡做沒完沒了的活。坐在那棵老柳樹下聊天時，江小魚發現了她小小的變化，她皮膚上的光澤，使那些細細的絨毛生輝起來，讓他有點激動。他認真地對她說，我很快就能給你畫像了。

當然黃芳紅也驚訝地發現，江小魚的皮膚曬黑了許多，便問他幹什麼去了。江小魚挺神祕地說，暫時保密。她臨走時，充滿希望地問，什麼時候給我畫呀？江小魚很肯定地說，就快啦！

二

江小魚最終沒能給黃芳紅畫像，這成了他埋藏在心裡的一份遺憾。因為不久他家就遷居到了經濟特區，父親依舊幹他的老本行，在一家大公司做會計，每天是早出晚歸，在家裡的時間，也大多是在加班趕報表。江小魚感到生活中缺少了一種溫情，後來他住到寄宿學校，情況才有所改善。

江小魚上高一後，就很少回家，因為回到家裡，他眼前所見的情景，和以前並沒有什麼不同。所以沒有什麼事的時候，江小魚寧願待在學校，這樣他會自在得多。此時他的繪畫水平有了很大的提高，除了繼續畫水彩畫，他還開始學習油畫的技法，因為他周圍的高樓，天天都在長高，包圍他，擠壓他，他漸漸覺得原來周圍的那種田園的詩意，正在漸漸地消退。江小魚在觀看了一些油畫作品後，認為油畫比較適合表現城市題材。

他此時已是學校興趣小組中美術組的組長，他有學校繪畫室的鑰匙。他在那裡，打發掉許多青春寂寞的時光。在寂靜的畫室裡，他感到身體內有股東西在生長。在夜深人靜的時候，他甚至聽到了那種呼呼生長的聲音，似乎有股力量要在身體上，尋找一個出口噴發出來。在早上照鏡子時，他翻看臉上討厭的青春痘，讓他更相信自己的懷疑。

有許多個夏天的夜晚，江小魚夢見自己又回到了小鎮。黃芳紅在河裡出浴，她就像一條銀光閃閃的魚兒，在月光下濺起嘩嘩的水花。江小魚坐在柳樹下，一邊在欣賞，一邊在畫板上落筆。他常在一個個甜蜜的春夢中驚醒，大汗淋漓的。由於是睡在高架床上鋪，他不得不小心翼翼地，一手握住他那脹滿青春激情的寶貝，一手攀著床架往下，既怕摔下來，又怕其他人醒來後發現，這情形有點狼狽。

站在空無一人的宿舍走廊，江小魚將緊握的手鬆開，他看見一道銀色的光線，瞬間穿過了欄桿的空檔，盡力射向幽藍的夜空。之後他看見一二點的螢火，刺進了夜的深處。還有月亮的光，也是銀色的。之後，他感到了襲來的夜露的涼氣，他的皮膚起了疙瘩。江小魚感到了滿足後的空虛。

有一次，半夜回來的周俊，將站在走廊上的江小魚嚇了個半死。他一臉疑惑地問，睡不著呀？江小魚慌忙回答，說，熱啊！

那個時期，江小魚許多畫的主調，都是藍色和銀色。他認為這兩種色調，能很恰當地表現他對青春期的印象。雖然他性格不很活潑，但他其中的一幅畫，在參加省青少年繪畫比賽中，獲得了一個二等獎，這使他在學校有了一定的名氣，許多學生都知道二班有個江小魚，畫畫了得。

同學韓小美問過他，青春期為什麼是這種調子？對她的疑問，江小魚解釋得很不到位，但他又不能明明白白地說出他的故事。昨天在班級大會上，教務主任就花了很多時間，來批評同學之間出現的早戀現象。

教務主任漲紅了臉，樣子有點氣急敗壞，他說有些同學不思上進，不在學習上花時間，淨想些亂七八糟的事。他說有個同學，居然能寫七八頁紙的情書，但卻不見他肯在寫作文時花力氣！聯想到自己夜裡的那些行為，江小魚聽得耳朵在嗡嗡作響，覺得好像是說自己，彷彿別人發現了他的祕密。

小美是班上美麗的女生，她像男孩般自信，又有點傲氣。她說話時聲音不大，帶點羞澀，帶點緊張似的顫抖，這讓江小魚想到滴落的夜雨，輕輕打在樹葉的聲音。班級裡有許多男生私底下偷偷給她寫紙條，周俊就是其中的一個。

教務主任所暗指的那個學生，就是指他，但他對那些嚴厲的批評，表現得滿不在乎。在我們宿舍夜晚熄燈後的臥談會上，小美的話題仍是他談話的焦點。而小美對來自男生們的追求，則一律表現得客氣。

小美不時來看江小魚畫畫。次數多了，江小魚看著她輪廓分明，剛柔兼備的臉，就問她是否願意做他的模特兒兒。她說，我行嗎？江小魚讓她一動不動地坐上幾個小時，將她累得夠嗆的。她嘴上雖然說一點也不好玩，但她最終還是讓他將畫完成了。

在畫裡，背景是幽藍的夜晚，在銀色的星星和月亮下，小美微微仰著臉，仰望著流動的天空，像在聆聽遠處飄渺的歌聲，夜風吹起了她的頭髮，纏在她髮梢上的螢火在閃動，風還掀動了她那輕盈的裙角。江小魚給他的畫起名叫《月夜下的小美》。

小美呆看了半天，有點驚嘆又有點疑惑說，真美啊！這是誰呀？江小魚肯定地回答說，當然是你呀！小美說，你可是在白天給我畫的肖像呀。江小魚說，你不覺得月夜有多美嗎？小美若有所思地想想，說——好像，大概是有點⋯⋯是神祕吧？江小魚便稱讚她聰明，說這種感覺就對了。

江小魚給小美畫了許多肖像畫，有水彩畫，也有油畫。畫上的小美，一概置身於充滿神祕氛圍的月夜。他在畫室裡和小美度過了許多美妙的時光。在那樣的時間裡，他很自然地想到了黃師傅和他的照相館，還有黃芳紅，以及他從前的美術老師。

不過，只有眼前的小美才是真實的。江小魚可以很清楚地看到她耳垂上的那顆黑痣。當他在翻看那些人體畫畫冊，他對那些飽滿的女人胴體讚嘆不已。這使他甚至有種衝動，想開口對小美說，讓我畫你吧！

有一次，他打開一本畫冊，喊了聲，小美！你看——韓小美看了他一眼，說了句，你——紅著臉轉身就走出了畫室。江小魚懊悔不已。雖然一個小時後，小美又一聲不響地回來了。但從此，當他面對小美，再也沒有勇氣提類似的話題。

在文理組分班前的暑假，江小魚和小美參加了夏令營的活動。那段日子裡，江小魚和小美都玩得十分的愉快。在活動結束前的那個晚上，他們在海邊紮營，開了個篝火晚會，大家在一塊邊燒烤，邊唱歌，閉營儀式還是挺熱鬧的。大家唱《金梭銀梭》、《年輕的朋友來相會》等等歌曲，當唱起那首老歌《讓我們蕩起雙槳》時，江小魚既激動又有點傷感，預感到自這一夜後，這樣的時光難再有了，因為高考的鼓聲在遠處漸漸響了起來。

篝火熄滅後，營友們並沒有馬上就進帳篷睡覺，要好的三三兩兩走到一起，躲到黑暗的角落裡說話了。江小魚和小美也坐在沙灘上聊到了很晚。後來海風大了起來，他們都感到有點冷，但誰也沒提出回去。

小美說，你一定是到文組班的吧？江小魚笑笑說，你知道我討厭數學嘛。他想到了伴隨父親一輩子的那些帳冊，還有那單調的算盤聲，雖然現在普遍都使用電腦了，但他還是覺得頭疼。

小美說，知道是知道，當然念文組也可以，現在經濟類的專業正吃香。江小魚說，那你為什麼選擇了理組班？小美說她的理組成績比較好，而且她喜歡數學。江小魚嘆了口氣說，那我們以後就不能同班了。小美安慰他說起碼還同校嘛。

他們有一陣子沒話，望著漆黑的海面，任海風呼呼地吹。江小魚將腳用力地插進沙裡，他想探究沙的下面，是冷的還是暖的，他發覺是冷涼的。後來還是小美先開腔，問江小魚，你爸爸怎麼給你起這個名字呢？

江小魚聽了回答說，哎呀，我自己還真沒有想過這個問題呢。接著他解釋說，可能是因為家住河邊，天天見河見魚的緣故吧，所以就想到這麼個名字吧。小美也笑了說，要是你姓何的話，那你爸肯定給你起何小魚了。江小魚也就跟著樂了。

這時周思敏從遠處走過來，手上電筒的光劃過來，她說，你們聊一陣子就回去睡吧，別太晚了，注意安全！

三

江小魚在大學讀的是經濟學專業。對他報讀這個專業，他的班主任沒有想到，許多同學也感到意外。他們都以為他會報讀美院一類院校的。事後想起來，江小魚對自己的選擇，也感到不可思議。但他也相當程度上，是認同了父親的意見。高考填志願前，老師讓同學們回家也問問家長的意見。

江小魚回到家裡，也象徵性地向父親徵求意見，他心裡早就有了主意。父親抽了半支香菸後，才有話從煙霧裡鑽了出來：他說具體的情況，自己也不了解，但他始終認為，人要有飯吃後，才有力氣去幹其他事情。江小魚沒想到父親的話，竟然會有如此的力量，最終影響到他一生中重要的選擇。

初進大學校園的江小魚是愉快的，他感到一切是那麼的新鮮，每天有那麼多的活動，布告欄上的海報讓人眼花撩亂的。在寫給小美的信中，他很詳細地向她描述了H大的校園風光，他說這裡的樹木，比他們中學裡的多得多，樹木高大，那草地真闊，整個校園裡的建築物都很有歷史感。

他說校園真大，為此他還說了個笑話，自己報到時正好是晚上，走在校園裡，迷路了好幾次，差點找不到宿舍。但對自己學習的情況，他只是蜻蜓點水，一筆帶過。他希望小美能分享自己的快樂。

過了很久，小美才給他回信。進入小美的敘述裡，江小魚像游在一條憂愁河裡。小美恭喜他考上了重點大學，她說自己一定要努力，她也相信透過自己的努力後，一定能夠繼續讀上大學的。她在後來的許多信中，總是談到她近期的學習情況。江小魚看了信，才發覺自己忽略了一些東西。小美對自己在高考中失敗，是多麼的失望，耿耿於懷和不服氣。

自從文理組分班後，小美就很少來畫室了，就是有時碰見，也只是行注目禮，他只是間或聽到有關男生追求她的傳聞，讓他心裡有些不痛快。江小魚倒也怪，即使臨近高考，他去畫室的次數也不見減少。

後來過了許多年，同學們聚會時談起那段高考的日子，大家都說，簡直就像要上戰場似的，每天都像拉滿的弓。他們說就江小魚顯得胸有成竹，都快要上戰場了，他還有閒情逸致畫畫。江小魚一聽就笑起來，他說那是天大的誤會，其實那時他心裡也一樣是很緊張，因為他的數學成績一直不穩定，總是處於中下游水平，很可能影響他的總分，所以他總去畫室，畫上幾筆來發洩發洩，以舒緩自己緊張的情緒。

當時他心想只要能考上大專，就算是個滿意的結果了。江小魚沒有想到，自己竟然上了大學最低錄取標準，而小美卻只考上了大專。當然她還是有機會的，因為S大規定，本校的大專生，畢業後可以接著參加大學升學考試的。

江小魚在回信時，總勸她別那麼在乎一次失敗，大學生活是那麼的豐富多彩，除了學習以外，還有更多有意思的東西等著我們去發現呢。其實，江小魚是多麼地想和小美談談除了學習之外的東西呀，比如談談情，說說愛什麼的。更何況他一直就愛慕著小美的。

他曾經在畢業考試結束後，鼓起勇氣給小美寫過一封信的，希望小美能和他有個應和。但小美在信上說，我們還年輕，應該將精力放在學習上。那些話讓他既沮喪，卻又在內心充滿了等待的希望。

他本來想，高考一結束，特別是上大學後，是到了該享受愛情的甜蜜的時候了。沒想到小美還是那樣的口氣，所以他也不敢重提那些話題。江小魚想，那就等吧！他甚至還試著用英文給小美寫信，以示他對待學習的態度也是認真的。

其實自從進了大學，江小魚花在畫畫和參加社會活動的時間，遠比花在本專業學習上的時間更多。他不知道自己這樣做，是想藉此沖淡對小美的相思呢，還是想向小美表明自己多才多藝，又或者是自己本來就不喜歡這個專業，用畫畫做為逃避的方式，或者說得嚴重些，就是他對讀書感到了厭倦。

江小魚選修了藝術系的課，雖然抱著好玩的心態去選的，但態度卻比上其他課更認真，他還和藝術系的學生混得很熟，但很遺憾，他沒有能夠去上人體寫生課。藝術系的許多學生，進校前大多已經在社會上混過多年了，所以幹什麼事，都顯得很老練成熟，這讓江小魚羨慕不已。

他經常跟他們出去玩，看他們如何在給小飯館搞裝修或者給飯店畫裝飾畫時，和業主討價還價，這種經歷對他以後從商，應該有一定的幫助。此外，江小魚的身影，還活躍在校園的許多角落裡，他不是忙著給社團的刊物畫插畫，設計封面，就是忙著給晚會設計舞台背景，等等。以至於不明白真相或其他系的同學，都將他看作是藝術系的。江小魚也不多做解釋。他就這麼像魚兒得水般，游移在經濟系和藝術系之間。

四

江小魚再次見到小美時，已經是他上大學後的第三個暑假了。之前由於彼此總在假期去外地旅遊，或者說，江小魚在進大學後，不可能不受到來自身邊的愛情的誘惑，畢竟小美總給他一種飄渺的感覺，就像那很難抓住的空氣中的那股芬芳似的，所以他難免不時時傷感失落，在身邊尋找些安慰。或者說他們好像總是缺少點緣分似的，總是沒有機會見面。

江小魚簡直就不敢相信，站在面前的，就是他過去所認識的小美。她的穿著打扮，和他比起來，是多麼的時髦，身材也顯得是那麼的豐腴，人也成熟多了，顯得落落大方。相比之下，自己是顯得土氣了，這也許是特區大學生，和內地大學生的一個明顯區別吧。這使江小魚自慚形穢起來。

小美說真沒想到他會這時來看她。江小魚說這是他一直就想做的事。小美低頭沉默了一下，然後問他吃飯沒有。這時正是午飯時間。江小魚說剛看過周俊和幾個老同學，但還沒有吃飯。小美就讓他等著，自己去打飯。

那頓飯江小魚吃得很不自在，因為小美已經吃過了，就坐在床沿看著他吃，而江小魚內心是多麼的激動，很想和小美說話，他是有許多話要跟她講的，此前，他們只是在書信上交談。

有一段的時間了，他發現小美的信來得漸漸疏落了，而他也不敢在信上寫自己最想說的話。現在能坐在一起了，他當然覺得內心那些憋著的話，就要炸開自己的胸膛了。江小魚將那個荷包蛋吃完後，就沒有胃口了。

江小魚看了眼屋子裡的兩張床，他嗞著口水說，你們的宿舍條件真好。我們一屋住了八個人。小美說，可惜不是重點，新學校嘛。歷史哪有你們學校久啊。又說過了一些同學的事後，他們覺得怎麼那麼快就找不到話題了呢？

小美後來從抽屜拿出一封信，說，這是我男朋友給你的。江小魚聽了腦袋嗡地一聲響，血就衝上了頭，他的眼睛一下子模糊了。他像被人猛擊了一棍，整個人都懵了，這是怎麼回事呀？！當然，最後他還是接過了那封厚厚的信，當時就打開，十分艱難地看了一遍。

那個叫何大龍的男孩，將信寫得很理性，也很有邏輯，他分析了江小魚和小美為什麼沒有成功的可能性。當然在這之後，他也帶點驕傲和謙卑，論述了自己為什麼能和小美過日子。江小魚過了許多年後，仍然記得其中的一些細節。

何大龍花了很長的篇幅，詳細地描述了他們日常生活的情景，談他照顧小美的的趣事。他說連小美的飯都是他給打的。他問江小魚：試問，一個藝術家，可能做得到這些嗎？何大龍說自己最清楚小美要什麼，她像個公主般，需要無微不至的關懷，而這些，只有他才能做得到！

江小魚記不清自己是如何將那封信看完的。他不知道事情怎麼會變成這樣的。後來江小魚從老同學周俊那，才對小美和何大龍的故事略有所聞。說是有一次，小美從宿舍樓下走過，被上面扔下的啤酒瓶砸暈了，是何大龍送她進醫院的，其後一直在照顧她，再後來他們也就好上了。周俊說這叫近水樓臺先得月，誰讓他們是同班呢？！

江小魚看完信後，頭低垂著，不知道該說些什麼好。他有點恨小美，他覺得這樣的事應該由她來解釋，而不應該由另一個男人來做，而且態度有點居高臨下。他本來驕傲而脆弱的心在流血，但這是一種內傷，從外面當然是看不見的。小美不知道江小魚在看信的過程中，他在想些什麼，她顯得忐忑不安，被動地等待著將要發生的事。

當江小魚將信還給她時，她有點愕然和不知所措，因為信是寫給他的，小美本來是想江小魚帶回去看的，沒想到他當時就打開看了。她小聲說了句，小魚，對不起！江小魚輕嘆了一聲說，沒什麼，事情都這樣了。

對江小魚如此的表現，小美是有點失落的，她一時倒找不到話答他。過了好一會兒，她才說，希望以後還是好朋友。江小魚有點艱難地抬起頭，凝視著小美，笑笑說，為什麼不呢？他說出這話時，他心酸得五臟六肺都抽搐起來。

五

整個暑假，江小魚獨自黯然神傷，度日如年。他避開老同學，想一個人靜一靜，他對許多事情感到迷惑。小美說過的許多話，都在他的腦子裡攪動，他覺得腦子裡灌滿了漿糊似的。

小美不是說在校只言學習嗎？怎麼事情的結果正好是相反的呢？為什麼呢？江小魚的腦袋像被許多的問號鉤子，鉤拉得疼痛欲裂。

爸，你就不能換電腦打嗎？江小魚心煩意亂地對父親說。

江小魚將自己關在屋子裡，本來想逃避什麼的，但他被父親打算盤的啪啪聲，追得無處可逃。他不明白，都什麼年代了，還不換換手上的計算工具，他提過不少次了，但父親總是說，都幾十年了，習慣啦，不就是件工具罷了，能用就行了。父親將算盤打得出神入化，確實不比電腦慢。

他父親奇怪兒子怎麼整天愁眉苦臉，待在家裡哪也不去。就對他說，年輕人還是多出去走走，以前暑假不是都去旅行的嗎？讀書萬卷，也需行萬里路嘛！怎麼這個暑假——江小魚無精打采地說，我——累啊！想睡覺。他父親搖搖頭，轉過頭去忙他手頭的活了，他手頭上的活好像總那麼多，永遠也忙不完似的，他不累和厭倦的嗎？江小魚看著父親伏案的背影，嘆了口氣，又倒在床上，望著頭頂上的那片小天空發呆。

後來江小魚煩了，他覺得待在家裡怎麼比外面煩呢？就忍不住跑去找了周思敏。她拉開門見是他，先是一愣，然後開心地笑了：哎呀！是小魚呀，還以為你失蹤了。

江小魚在家裡憋了那麼多天，是想找人聊聊的，他也想揭開謎底，他本來是想去找周俊了解更多的情況，周俊儘管上大學後放棄了追求小美，但對她的情況肯定會關心了解的。但江小魚思前顧後地想了許多天，最後還是打消了這個念頭，因為大家都還不知道他對小美動過心。

最後他想到了周思敏。江小魚還記得這個夏令營營友，她比他高一屆，當時是他們那組的組長，做事幹練，十分會照顧同組的其他營友，像個大姐姐。那時他倆雖然各自都留了彼此的地址，但自散營後，自高考後就沒再見面了。他自己也不知道怎麼會想到她的，找她能幹什麼呢？說說話嗎？

其實江小魚這麼些天來，就一點也不想說話，連父親問他話，或者母親催他出房吃飯，他都覺得煩，懶得應話。但大家吃了一半的時候，他就會突然打開門出來。這時飯菜已經涼了，母親嘮嘮叨叨地要去廚房重熱，他倒馬上一把攔住說，天熱，涼的正好！

他按響周思敏家的門鈴時，突然又希望她家裡沒有人，或者說周思敏不在家。

周思敏讓江小魚進門後，倒了水給他，然後問起了他的近況。江小魚喝著水，環視周圍後，說，還好吧。周思敏問，還好是什麼意思呀？江小魚有點累的感覺，就說，我也說不清。周思笑笑說，你們畫畫的什麼事都搞得那麼神祕。

她帶江小魚參觀她的閨房，還翻開一疊相簿讓他看，其中有他們夏令營時的照片。江小魚心不在焉地開啟一冊，後來發現其中有許多本是風光攝影。就問，你對攝影有興趣？周思敏不好意思說，隨便玩玩的。看了一會兒，江小魚有點認真地談了自己的看法，從角度、色彩、意境等等方面。

周思敏說，沒想到你還挺能說的，夏令營時，你好像很少話的，啊，對了對了，好像就和一個叫什麼美的女孩有話說。江小魚聽她提到那個女孩，心抽搐起來，他的臉色立刻就變得難看起來。周思敏問，你好像不舒服？

江小魚馬上掩飾說，沒什麼，昨晚畫晚了，有點累。接著他說，其實自己對攝影也不精通，也許藝術是相通的吧，所以能觸類旁通地談談而已。周思敏說，大畫家，你就別謙虛啦。

江小魚轉頭環視了她的閨房，說，你真有心思，將房間布置得那麼有氣息，你不搞室內設計倒是可惜了。周思敏笑著問，很有什麼氣息呀？江小魚也許是真的累了，所以他不假思索地說，你這閨房的設計布置，營造的氛圍，讓人一進來，就有種睡眠的渴望。

周思敏聽了，她的臉紅了紅，沒有馬上接著說什麼。江小魚也是慢了半拍，才意識到自己剛講過什麼話，所以也臉紅起來。

屋子裡一下子靜了。江小魚聽見一陣嗡嗡的聲音，一隻蚊子飛過來，繞著他倆飛。江小魚看著蚊子飛向她裙下白皙的小腿，他感到空氣熱起來了，他開始流汗。周思敏等那蚊子叮她的小腿時，她伸手啪地消滅了牠。

周思敏抬起手看了看，找了衛生紙擦乾淨，然後說，這屋子的位置挺好的，鬧中取靜，就是樓層太低，夏天蚊子多。江小魚說，我們學校的蚊子也多，夏天在外面談戀愛同學，可要夠勇敢餵蚊子才行。

一說到這樣的話題，江小魚心裡不免又難過一陣子，他對自己感到沮喪，他並不想涉及到那些話題，但總是會情不自禁地越界。周思敏說，小魚，你的臉色不好，你要是累了，就在這睡一會兒吧。她說完就走了出去，將門帶上。

江小魚望著空了的房間，發了一陣子呆，就感到是有點睏了累了，他不知道自己真的是累了，還是房間的布置讓他感到睏倦。他想了想，就爬上床，睡了，懷裡還抱了一條白色的熊貓抱枕，發出了輕輕的鼾聲。

有那麼一段日子，江小魚躲在角落裡，悄悄暗自療傷。後來，他感到自己已慢慢恢復起來了，漸漸有了力氣，這使他想，是得開始幹點什麼才行，所以他答應了周思敏的邀約，一起去郊遊。他背了畫夾到野外去寫生，她也帶了照相機去拍照，她甚至還拍江小魚寫生時的情景。她開玩笑說，日後江小魚成了大畫家，自己就是名人的攝影者了，擁有第一手的攝像。

有時坐在河邊，面對明晃晃的水波，江小魚恍惚想起一些事來，心情難免在起伏。他感到了搖晃，他回憶起了小時候坐船的感覺，他就將眼睛閉上了一會兒。周思敏見了，就問他剛才怎麼了。

江小魚將眼睛張開，說，我像在河流上。周思敏笑吟吟地問他，是順流而下，還是逆流而上，兩岸的風景如何？江小魚說，掉水裡，暈乎了，搞不清楚。

江小魚還給周思敏畫肖像畫，畫的主調還是那種藍色，只是顯得更幽深，更濃稠了，在那些充滿神祕的月夜，天空上有烏鴉或蝙蝠隱隱飛過。周思敏說，畫得好，就是這些顯得怪異。她指著上面的烏鴉和蝙蝠。

江小魚找不出什麼合適的話來解釋。他想自己只是將看到的世界呈現出來。那段日子，江小魚和周思敏在一起的時候，許多夏令營的情景，就會浮現在江小魚的腦海裡，讓他忽而陷入痛苦又忽而甜蜜的漩渦。在靜靜的屋子裡，他畫著畫著，此情非彼景，讓江小魚感慨萬千，有時難受，竟然熱淚盈眶。

靜靜坐著的周思敏見了，就會認為他多愁善感，忙將衛生紙遞給他，安慰他，這讓江小魚很不好意思。但總的來說，江小魚覺得比他獨自待在房間裡的日子，好過多了。而且，周思敏在許多問題上，讓他看到了另外一種角度，另外一種的方法。

暑假結束後，江小魚和周思敏開始了通訊。他們在信上，談得最多的，一是攝影，二是繪畫，當然還有日常生活中遇到的趣事。對於將來的發展，周思敏問他有沒有什麼想法，江小魚說，真是煩死了。

周思敏回信說，先別去想這些，學校生活，就像時光的流水一般，一去不復返的，好好珍惜剩下的時間。這些話，使看信的江小魚，突然想到了一幅圖畫，那就是家鄉的那條河流，在其上生活的船家。

他和她談了許多的人和事，但他始終沒有談及和小美的事。

後來周思敏告訴他，自己現在訂購了不少室內設計雜誌和書籍。

六

畢業前的半年裡，小美的信，突然漸漸地又來了，多起來了。江小魚反覆只看到了其中的那一句話，隱隱的不肯明白說出的話。自從江小魚那次見過小美後，就漸漸失去了聯繫了。

現在出現的這些信，就像許久以前迷失了方向，不知流落到何方的信鴿，突然又在某個晴朗的春天，出現在江小魚的天空上。他愣然地抬頭望去，那些飛舞的羽翅的影子，讓他整個人都恍惚起來。

小美說，小魚，你就要畢業了，你總是那麼出色，你在學校的事，我已經從別的同學那裡聽到了。可我！小魚，我總是那麼倒楣。我這段時間心情糟透了。江小魚安慰她說，小美，剛出來做事，開始都是這樣的，適應了就會好的。

小美說，小魚，你還沒有出來，當然是很難明白的，外面和學校是兩個世界。在公司我看不慣同事之間的勾心鬥角，和男友的日子也似白開水似的平淡無味，可生活除了吃飯穿衣，還有其他的東西啊。可是現實的一切，簡直都快讓我發瘋了……

江小魚當時的確不很明白小美的處境。他還有半年才畢業，而小美已經工作了一年了，她當初想繼續上學的計畫沒有實現，這對她的打擊特別大。畢業後還是透過男友的關係，分在一家商場做財務工作，日見同事之間的勾心鬥角，和自己抱負的不能實現，使她對眼前的現實日漸失去信心。和男友的爭吵也成了家常便飯，她開始懷疑自己的選擇了。

江小魚問，如果換了別人，還會這樣麼？他知道她明白問的是什麼。

小美是迷亂的，她說，可是時間，時光啊！它還能倒流嗎？

江小魚被火燒一樣，疼得跳了起來，他隔山隔水地大喊：會的！小美！你不知道我一直就愛著你嗎？！從中學到大學，我一直就等著你的這句話？！

小美說自己快要瘋了，她說，小魚，我已經不是從前的那個小美了，現在的我，是個看破紅塵的人，我現在就喜歡吃喝玩樂。你知道嗎？我可以花一千元買一隻裝飾名錶，衣服要穿名牌，出門就想坐車。同事們都說我瘋了，無可救藥了。這樣的人，值得你愛嗎？！你不要自欺欺人了！一別多年，我們還能理解對方嗎？

江小魚看了信，他感到心在流血，他疼得喊起來：為什麼不呢？！

小美說，我為什麼這麼幸運呢？總能得到優秀男孩的愛呀？小魚！你不要讓我失望啊！

江小魚畢業回來後，分配在一家大公司裡做財務工作。當然，他還是比較受到上級的重視，除了本職工作外，公司裡出刊物，或搞什麼文藝晚會之類的活動時，江小魚就有機會一顯身手了。另外，他還是市美術家協會的理事。所以他總是活動多，很忙。

但沒有什麼能比和情人約會更美的呢。江小魚和小美在一起時，他抓緊時間和小美親熱，他想將這些年來失去的時光打撈回來。在這個城市的黑暗角落裡，他和許多的戀人們一樣，搞些親熱的小動作。

那時江小魚擁著懷裡的小美，顯得手忙腳亂的，說來好笑，他還不知道如何接吻。他最喜歡的，還是將手伸進小美的胸部，握住她的乳房，他痴迷於感受小美乳房的膨脹，乳頭的伸縮，這種感覺使江小魚熱血沸騰。但他不敢太出格，一是他還不知道小美能讓他深入的程度有多深，二是江小魚和小美還住在公司的宿舍，外來人員來訪需要登記，還要限時離開。

後來……

小美說，何大龍還是不肯相信分手的事實……

小美說，晚上別回去吧……

小美說，……

每次約會，江小魚總是那麼的匆匆忙忙，他要穿過整個城市，從東邊，趕去西邊，往來於他和小美的住地。他感到有點疲倦不堪，因為他剛回來，還剛出來社會做事，對許多東西還不能適應，他要花很多的時間和精力，來應付日常生活中的瑣事。但他還是樂此不疲地想像著和小美的未來。

小美那天來宿舍找他。這是她第二次來找他。一般情況下，都是他去找她的，他不想她累著了。小美那天是吃過晚飯後來的，可能還是洗過澡了，總之她的頭髮是溼的。江小魚擁著他坐在床沿時，他嗅著了洗髮香波的清香，他有點陶醉，情不自禁地將小美摟緊。

小美掙扎了一下，說，熱！江小魚忙起身，將吊扇開啟。風從上面吹了下來，江小魚覺得那清香一下子消失了，他想也許是風將那味兒壓到地下去了。

江小魚重新回到床沿後，將小美抱緊，用嘴唇壓住小美。小美在掙扎中倒在了床上，翻滾著。江小魚的身子一下子覆蓋在她的身體上，他被那種漂浮的水體鼓脹著，之後感到被火烘烤著，身體快要著火了。他還沒與和小美這樣相處過，現在的情形讓他變得不能自已，他感到有必要用一種更熱烈的方式，來表達對小美的感情。

瞬間，江小魚突然感到自己的身體，和高中時代那些幽藍的月夜重疊在一起……

小美坐起來後，理了理頭髮說，小魚，何大龍天天打電話來……我爸我媽也輪番找我……還有我哥也……她沉默了幾秒鐘，接著說，記得你和我說過和周思敏的事，現在呢？

江小魚感到她問得突然，正要回答，突然門衛石師傅咚咚地敲門，在外面喊，小魚，注意時間啊！江小魚抬腕看看錶，是晚上的十點鐘了。

江小魚等門外的腳步聲消失後，才對小美說，以前她家裡不同意，開始是說我的年紀比她小，後來思敏鬧得凶，差點出事，才改口又說，一切順其自然。江小魚不知道小美怎麼突然會和他提起這些事。他和周思敏是差點好上的，如果不是後來小美的那些信，讓江小魚重新產生了希望的話。

小美說，那就和她多聯繫吧……晚了，我該走了。

江小魚上前想把小美抱住，但沒有抱到。小美閃滑過去了。

小美走後，江小魚感到頭上的風吹得他有點涼了，內褲裡的那種涼冷滑膩的溼，讓他感到沮喪和失落。他走到走廊，抬頭望著天空，月亮在在雲海裡穿行，忽明忽暗地，在地上畫著院子裡的斑駁樹影。

七

江小魚最後和周思敏結婚了。江小魚離開了原來的那家公司，財務工作的枯燥無味，使他忍無可忍，他對父親幾十年如一日地面對它，感到不可思議。他在幾家廣告公司幹了幾年後，自己出來和朋友合夥開了家廣告公司。

開始的幾年，幹得十分的辛苦，每天早出晚歸的，人累得一黏床就睡著。經過幾年的奮鬥後，公司的效益日漸喜人。江小魚現在出門，終於也有豐田車代步了。不過，他已經有許久沒有畫畫了，偶爾畫，也只畫油畫，他覺得這是種對當下景況比較適當的表達方式。他對周思敏抱怨說，水彩畫是最有意境的，但自己再也找不到那種空靈的詩意了。

周思敏後來也辭職了，在江小魚的公司裡幫忙，十分得力。回到家裡，也將家裡弄得很有生活氣息，這讓江小魚感到舒心。他感到一種苦盡甘來的幸福。後來江小魚看公司的業務已經上了臺階，預感到隨著人們生活水準的提高，將來室內設計裝修行業，將會有很大的發展潛力和空間，便讓周思敏去國外進修兩年。

周思敏剛走的一段時間，江小魚還好，但不久，他就有點不習慣了，以前他有什麼煩惱的事情，回來會有個人商量開解。現在看見空空蕩蕩的房間，他就想起初次到周思敏的閨房的情景。這時公司的業務已經上了正軌，不用他像以前那樣操心了，所以他晚上也不能很好地入睡，周思敏有電話來時，他好過些，否則，他倒在床上就會胡思亂想。

不久，公司來了個剛從美院畢業的女孩，大家叫她小媚，打扮十分的前衛，板寸頭髮染成了金黃色，十分的酷。江小魚看到了一幅行走的現代派油畫。

更讓他感到心顫的是，小媚說話的聲音像極了小美，初時他還以為她是剛來，有點緊張才那樣的，後來發覺不是，如果不看見人，只聽聲音，江小魚肯定會以為就是小美。由於是新來，對業務還不是很熟悉，所以她幹些輔助性的工作，大夥小媚小媚地叫她跑這跑那的。在江小魚聽來，都聽成了是小美小美了。

江小魚在公司上班時，總顯得心神飄忽。他看著小媚跑來跑去的身影，就忍不住猜想小美現在的情況怎麼樣，他聽周俊說，她還是嫁給了何大龍。他很衝動地抓起電話給她打電話，但以前那家商場告訴他，小美早就離開了。

以前小美留給他的父母家的地址，也被丟失了。他本來想將這件事放下的，但他怎麼也做不到，一聽見別人喊小媚小媚，他就快要發瘋了。本來他想將小媚辭退的，那樣也許就會結束這種難受又甜蜜的日子，但他又覺得不妥，因為小媚是一個大客戶的聯繫窗口，另一個原因就是，他好像在潛意識裡，也希望每天聽到小媚的聲音，那帶略緊張顫抖的聲音。

最後江小魚還是從周俊那裡，得到了小美父母家的地址，因為周俊家就與他們住對面樓。當然，這時小美已經不和父母住了，但信是肯定可以收到的。周俊告訴他地址時，還開玩笑問他，是不是對小美動心啦，可惜晚了。江小魚搪塞說有點事找她幫忙。

江小魚給小美寄了封簡訊，只寫了幾個字：小美，給我電話！他寫下了自己的電話。從此他開始了等待，有時他有事在外，小媚有事找他彙報或請示，他一聽電話，就以為是小美，等弄清楚後，自己難免會感到尷尬和失望，而小媚則弄得莫名其妙。這樣的事發生過幾次後，江小魚也被搞得挺緊張的。於是心裡便希望那封信小美不能收到，或者是丟失了。

過了很久，小美也沒有來過電話。江小魚舒了口氣，但心裡也暗暗地有種失落。

小美的電話是在一個月後來的，那是一個週日的下午。江小魚打完網球回來，洗了澡正在睡覺。他的手機吵醒了他，週末他一般是要將手機關掉的，今天忘了。他意識迷糊地拿起手機喂了聲，那邊沒有馬上應答他。江小魚又喂了聲，問誰呀？對方聲音猶豫著說，是……我！江小魚有點不高興，說小媚，有事明天說吧，啊？那邊說，小魚，我是小美啊！

江小魚一下子醒了，他坐了起來，大聲問，是小美嗎？對方說，還有另一個小美嗎？江小魚哆嗦著問她，還好嗎？小美那邊是沉默的。江小魚後來讓自己平復下來，說，小美，我一個人，過來吃晚飯吧。

但那邊還是沒話。江小魚急了，說告訴我地址，我去接你。小美終於說，別，我自己過去，你告訴我地址。他們約好了時間。

江小魚以最快的速度去市場買好菜。弄好後，離約定的時間還差五分鐘，他將清蒸桂花魚放進蒸籠。小美進來時，一桌簡單而豐盛的晚餐擺在了桌上。江小魚一時找不著合適的話說，就舉起盛著紅葡萄酒的高腳杯說，小美，乾杯！

小美喝過酒後的臉真的很好看。江小魚說，小美，要不是你，今天這頓飯就只能去餐館吃了。接著，他講了小美離開後，他有過一段日子是自己做飯的，所以才練就這一手藝。小美聽了，眼淚掉了進杯子。江小魚一見慌了，說，小美對不起，我不是故意的！

後來他們談了各自的一些情況，但不包括對方的另一半。最後江小魚將嘴唇壓住了小美，他可以感到她顫抖的身體在燃燒。他看到小美的身體了，也撫摩著小美的身體了。雖然她的乳房因餵乳變小了，不再有那種應和的膨脹感了，乳頭伸縮力量也變小了，但她的身體的力量和豐饒，仍讓江小魚痴迷不已。

最後，他進去了，終於進到了小美的時間隧道，他終於可以那麼從容不迫地完成了一段，漫長而短暫，充滿激情而浸透著傷感的旅程。這是一次，也是唯一的一次，他和小美一起呼喊著跑過終點，共同完成一段生命中的旅行。

江小魚在小美的耳邊說，小美，你不知道，那麼多年來，我多麼想好好看看你的身體，畫畫你的身體！這麼多年來，我是多麼地渴望能和你做愛啊……

小美一直就在流淚，說不出聲來。

後來小美問他，那晚說的那些話，從前為什麼不說，現在一切都晚了。江小魚苦笑著說，那時我是多麼的年輕啊！多麼的無知啊！有研究稱，女人比男人成熟早，現在想想，這是很有道理的。那時我除了擁有所謂的才華外，在生活的其他方面，根本就談不上擁有比別的男人更有魅力的東西，我根本就不懂得女人需要什麼。江小魚說他現在才明白，為什麼他在大學校園見到的小美像個少婦。小美聽了他這番話，一陣黯然神傷。

經過一段時間的接觸，江小魚也覺得，是晚了，時間真的是會改變一個人，環境也會改變人。它讓他們之間生長出那麼多的陌生感。當初小美比他早看到了這點，現在他看到了。小美問他，是不是覺得她以前好俗氣？江小魚說，沒有。當初如果我成熟點，事情或許又會是另一個樣子。但現在——

小美說，習慣了就好……

江小魚望著遠處說，多麼像我父親說的話……

後來，江小魚在秋天獨自駕車回了一趟家鄉。他沒有驚動任何人，他的車子慢慢駛過小鎮的街道，他開啟車窗，讓風吹進來。他只是想靜靜地看看過去，並不想帶走什麼。眼前一切已經變得面目全非了，那間照相館的舊址，現在是一家日雜店了。

江小魚想想，和黃芳紅已經有二十多年沒有聯繫了，聽說他們一家後來搬到廣州去了。現在眼前小鎮的景物，和那些腦海裡童年的記憶，只能依稀重疊在一起。

停好車子後，江小魚走下河灘，發現河水變得那麼的淺了，岸邊的那棵老柳樹，早就沒有了。問了路過的上了年紀的人，都說發洪水時，連根拔起了。江小魚放眼望去，河上不見一隻魚船。他默然地在岸邊坐了會兒，抽完一支菸後，有點失望地上了路。

車子轉過一個彎時，江小魚的手機響了，思敏問他在幹什麼？江小魚說自己正在家鄉的路上。他又問她在幹什麼？思敏說，在想你呀！這話讓江小魚視野模糊起來，他趕緊將車子停在了路邊和她聊。電話結束通話前，思敏叮囑他開車慢點。

江小魚重新上路時，他想到了黃芳紅，想到了小美，當然還有遠在國外的思敏，他覺得人生追求愛情，多麼像逆水行舟呀，不進則退；而婚姻生活，又是多麼的和順水行舟相似。從前的那幅圖畫，又浮現在江小魚的腦海：船兒逆流而上時，船家在使勁地撐篙、搖櫓，古銅色的肌肉，在陽光下，閃爍著汗珠的光澤；而順流而下時，船家逍遙自在，立在船頭，神情輕鬆地，用船篙輕輕一點，打打方向。這兩幅不同情景的圖畫，江小魚是多麼的印象深刻啊。

當江小魚開啟收音機時，前方的視野再次模糊起來，他聽到了一陣熟悉的歌聲：

讓我們蕩起雙槳
小船兒推開波浪
……
我問你親愛的夥伴
是誰給我們幸福的生活

……小船兒靜靜，漂盪在水中
迎面吹來了涼爽的風
……

夏天的奔跑者

一

馬力喘著氣回到家裡，先扒了被汗水浸透的衣服，丟到椅子的靠背上，開冰箱拿了罐可樂，然後在客廳裡踱來踱去。室內的空氣十分悶熱，馬力就像置身於一個蒸籠裡，身上的汗水呼呼地湧流不停，真像是享受免費的三溫暖，但這滋味實在不好受，特別是順著脊背溝流下的汗水，都一古腦積聚在褲頭，讓他感到難受。

但馬力在這樣大汗淋漓的情況下，並不敢開空調，風扇也只是對著窗口吹。他媽媽叮囑過，這時候吹風扇或空調，極容易落下風溼關節炎的毛病，或是會得感冒發燒之類的病。馬力以前不相信，後來得了幾次重感冒之後，便也覺得「不聽老人言，吃虧在眼前」這話是有道理的。

馬力走到電視櫃前，按下提取電話錄音留言的按鍵，又聽到蘇北晨沙啞的聲音，意思是說他的事情有希望了，讓馬力找個時間喝兩杯，當作是祝賀或餞行都好。馬力在聽完其餘的留言的同時，也將一罐可樂乾掉了。他進浴室拿了條毛巾出來，反反覆覆揩著身上的汗。

過了半小時，馬力感到身上的汗水稍稍收斂了些，就迫不及待地開啟浴室的水龍頭。當然，馬力洗的是熱水澡，只不過水溫稍低罷了。幾分鐘後，可能是溫水的作用，體內外的溫度達至了平衡，他全身有一種運動過後的舒服勁。

揩乾身子出來，馬力撥通了電話。蘇北晨在那邊問他哪去了。馬力很響地打了個飽嗝，一股可樂的味道嗆得他大聲咳嗽。蘇北晨問他是不是剛喝過回來。馬力說喝什麼呀，剛跑步回來。蘇北晨笑了，跑步？和蓼蓼一起嗎？馬力說蓼蓼出差了。

蘇北晨說馬力你也真夠浪漫的。馬力說有什麼奇怪的，白天去，你想變烤肉呀！蘇北晨問馬力有沒有聽到他的留言。馬力問是哪次的。蘇北晨有點不滿地說，什麼哪次，不就是今天的嗎？馬力哦了聲說，你都說了多少次了，我怎麼搞得清呢？

蘇北晨問他現在有沒有其他安排。馬力想了想，說好像是沒有吧。蘇北晨說什麼好像不好像的，沒有就沒有，有就有嘛。馬力無可奈何地說，就算是沒有吧。一說話，馬力身上又開始冒汗。

海濱浴場邊的露天酒吧，九點鐘正是生意興旺的時間，這早坐滿了休閒的人，其中有些是在蛇口工作生活的外籍人士，他們給這裡添了些許的異國情調，恍惚間，會讓人有種置身於異國某個海濱小鎮的錯覺。

馬力和蘇北晨選了個靠邊的位置，就坐在一棵大榕樹下，頭頂的樹冠就像一柄撐開的大傘，很有點自然的韻味。他倆要了兩支小瓶裝的金威啤酒，一碟零食，慢慢地喝著。天氣雖然熱，但這裡的海風還是很大的，呼呼地從海面上吹過來，夾雜著夜航船隻輕微的突突聲，揉揉著人們的頭髮；從潮水淹沒沙灘和月亮豐滿的程度來看，今夜該是農曆十五吧。

常有人問，蛇口有什麼好啊？你不出去，待在家裡當然體會不到的。馬力每當被問及這樣的問題時，就會說，你到房子的外面多走走，就會感覺到這裡的妙處的，依山傍水，小巧精緻，但又不失氣魄。人們都說有山有水方為好地方，蛇口就符合這樣的條件，馬力不明白蘇北晨為什麼想著要離開。

馬力喝了口啤酒，問蘇北晨這次有什麼新進展？蘇北晨說他算了算自己的積分，已經夠去見移民官了。馬力笑著說，這你也讓我給你餞行呀？蘇北晨說就當是給他打氣吧。馬力說這樣的餞行都有七八次啦。馬力指著身邊的老外說，你不要眼花了，這是蛇口，不是澳洲。蘇北晨被說得有點沮喪。

馬力自己好像從來都躲著這些亂七八糟的瑣事，希望生活因此變得簡單而充實。在馬力的印象中，蘇北晨一直都在不停地折騰著，好像有種燃燒不盡的熱情似的。大學畢業分配在一家待遇不錯的報社做記者，幹得不錯的。可他只待了兩年，覺得沒勁，辭職跑深圳來，也幹得不錯。

有天跑來蛇口看馬力，又覺得蛇口不錯，就從市區挪了過來。才待了三年，出去旅遊了一趟，現在又為澳洲之旅折騰著，他永遠都在途中。

蘇北晨乾掉三瓶啤酒後，說話的語調變得興奮而緩慢，將他日後的宏偉藍圖描繪了一番。馬力饒有興趣地聽著喝著，還開玩笑說以後去澳洲旅遊，就請他做導遊。

蘇北晨說過一輪後，又變得心事重重似的，老望著遠處海上月光下的船發呆。馬力不知道他是不是沉醉在美麗的想像裡，也不忍打擾他的好夢，只是很快就將那碟零食一掃而光。

突然，蘇北晨猛一抬頭，說，能借點錢救救急嗎？馬力被嚇了一跳。

二

等車的時候，馬力擦了把汗，望了一眼鑲滿鑽石的天空，自言自語地說要是來一場雷雨就好了。鼕鼕沒聽見他的話，她人走出了劇院，顯然心還在戲裡，此時一副意猶未盡的模樣，還拿著劇目表欣賞。馬力看她那幸福樣，偷偷地嘆氣。鼕鼕是有理由興奮的，因為她剛要到了偶像的簽名。

等上了車坐好，鼕鼕將手中的劇目表，往馬力手裡推了推說，他不但戲演得好，字也寫得漂亮，她的話題又滑回到剛才看的話劇《雷雨》上。談到裡面的角色，馬力調侃地說，那個大少爺的眼睛總是色迷迷的，不出事才怪呢。

不想鼕鼕聽了，馬上衝了他一句，說你妒忌人家罷了。馬力一聽壞事了，鼕鼕一直就很欣賞那個男演員的，當然不會讓別人詆毀他的。其實馬力的本意是說那個演員的眼睛生得小，看人時總是瞇著眼，總之就那意思吧。沒想到鼕鼕會那樣聯想。

馬力趕忙想解釋他說的意思。鼕鼕卻堵住他的話頭說不許他狡辯，她知道馬力的心裡想什麼。馬力見情形不對，趕緊閉嘴，避其鋒芒，將視線轉向車窗外，欣賞夜景。

鬈鬈可是不依不饒，認為馬力是以沉默對抗，非要他說個明白不可。馬力心想，天呀，女人鬧起來可真是沒道理可講的，但嘴上不敢說出來。他無奈地對她使了個眼色，意思是別人在看著呢，注意影響。鬈鬈這才翹著嘴，不理他。

馬力只好趁熱打鐵，指著外面的夜景，小聲問她還記得不記得，以前他追她的那段日子裡，一共跑了多少的路才成功的。馬力曾對人誇口說沒人有他那樣對深南大道熟悉。幾年跑下來，現在這條大道變得越來越漂亮了，他對鬈鬈的了解，當然也越來越深了。

看見他擁得美人歸的朋友，都一致認同他的成績。這一招還真靈，鬈鬈果然不再生氣了，馬力看得出她有點感動了，她的身體在車子的不斷晃動中靠緊了他。

回到家裡已是十點鐘了。進了家門，燈光下的鬈鬈變得有點情意綿綿了，她本想將擱在門口地板上的行李包收拾收拾的，可一看馬力也一副情意綿綿的樣子，登時身子就有點發軟，停了手腳。她今天晚上是剛出差回來的，一丟下行李，匆匆地扒了幾口飯，就和他趕去戲院的。

這時馬力感到渾身躁熱，呼呼冒汗，眼蒙了層水蒸汽，視野模糊，便將眼鏡取下，看她的時候只好瞇著眼了。鬈鬈纏上來時就像一條水蛇，柔軟而有力，不過這是條熱血的美女蛇，馬力早就做好了光榮犧牲的準備，他甘願呢。

當兩人的身體纏在一起時，他們好像聽到燒紅的鐵在水裡淬火的聲音，哧的一聲。馬力咬著她的耳垂說要將她吞下肚去。鬈鬈聽了只是醉笑著，吱吱嗚嗚地用著力。馬力只好閉嘴，忙自己該忙的事。

一陣大汗淋漓過後，地板上積了一灘水。馬力和饕饕擁抱著，躺在地板上不想起來。過了一會兒，馬力振作起來，用手刮了刮在饕饕乳溝流淌的汗水，對她耳語說這幾天想死她了。

饕饕說不騙人吧？馬力狡猾地說，騙你難道會有獎嗎？饕饕說她買了北京的特產小核桃，是核桃仁，剝好的，她知道馬力怕麻煩，懶得敲敲打打，所以特意強調是核桃仁。馬力故作不高興，說還不是為了自己。饕饕急了，說這話從何講起？馬力說那核桃吃了補腎壯陽的。饕饕聽了眉開眼笑，一把擰住他的耳朵。

馬力裝模作樣地齜牙咧嘴，直喊疼死啦疼死啦。饕饕說美不死你呢，她湊近馬力的耳朵說他好久沒像剛才那樣含情脈脈看她了。馬力頓時心裡好氣又好笑，忍不住嘀咕了一句：還不是我脫了眼鏡看——瞇著眼睛。他一不小心又重提路上爭吵的事。話一出口馬力就慌了。不過還好，饕饕還陶醉在眩暈裡，並沒往心裡去。

躺了一會兒，饕饕說去洗澡吧，這是他們的習慣，運動後洗個澡，是一件很痛快的事。馬力一用力，將她拉進浴室。可一開水龍頭，花灑沒像平常那樣開出一朵水花來。又擰了幾次，還是沒有一瓣水花，洗臉盆的水龍也沒水。

真見鬼！馬力嘀咕著，光著身子，給管理處掛電話問原因。得到的答覆是停水，原因是今年天氣炎熱，雨水極少，有的水庫都乾枯見底了，早年建庫時淹掉的房子，現在又露出來了。馬力埋怨說停水怎麼不提前通知呀。

管理處的人說不是貼在大門口了嗎。馬力還真沒注意，只好放緩了語氣問何時恢復供水。管理處說明天早上六點鐘吧。天呀，這怎麼熬呀！

馨馨倒一反常態，並不生氣，只是將身體擦乾，開了空調來看電視。女人真奇怪！馬力還未感嘆完畢，馨馨突然轉過頭來說，房款下星期就要交了。馬力一激靈，吱嗚了半天，不得不坦白交待，蘇北晨借走了五萬。

馨馨一聽跳起來，什麼？借給人啦？她用纖纖的玉指，點著馬力的額頭數落他：馬力呀馬力，你何時成了大款，充起大頭鬼來啦？其實她的手指可能正點中了馬力頭上的穴位，怪舒服的，但他不敢聲張，只是小心爭辯說，本來說好就借一個星期的嘛。馨馨替他把後面的話說了：只是沒想到至今沒還。馨馨說你也不問問他借來幹嘛。

馬力說聽蘇北晨講是用來周轉周轉，你也知道他是個生意人嘛。馨馨說就是這樣才不能借，你不問問他為什麼不找他商界的朋友借，偏找你？馬力信口開河回答說，可能是一時借不到吧。馨馨說真是個木腦瓜，他的那些朋友怎麼會借給他呢，人家的錢一分一毫都是要賺取利潤的。借你的最合算。馬力被說得啞口無言。

當初馨馨讓他管錢，也是看在他是個幹財會的，想他理財應該不成問題，沒想到他竟讓她失望。馨馨說你忘了深圳人的原則嗎？馬力怕她的教育工作沒完沒了，馬上答說沒有忘記沒有忘記，不就是「一不借別人的錢，二不借錢給人」嘛。

馨馨說他就會紙上談兵。見他垂頭喪氣，也不忍再說他了，嘆口氣說要是他不好意思催，她自己去好了。馬力聽了自尊心有點受不了，趕緊說自己就行了。

你去行嗎？鼕鼕對他的話表示懷疑。馬力給自己打氣，說今天他已經上過天堂也下過地獄了，還怕什麼呀。鼕鼕看他嬉皮笑臉的樣子，擰了擰馬力的耳朵，說下星期她可能又要出差。馬力讓她放心去，回來等好消息吧。

三

下班鈴響過之後，辦公室裡的同事一會兒就走光了。馬力坐在椅子上，看著窗外西沉的夕陽，正想著如何解決晚飯的問題，要麼回去就叫外賣，要麼在路上的某家食店隨便吃點。他想了一會兒，還是猶疑不決。

起身往外走時，房管科的何主任喊住了他，問他怎麼搞的，不來交房款。馬力有點為難地說，手頭有點緊，正想辦法。冷氣關了，室內熱了起來。何主任擦了把額頭的汗，說也不打個招呼，找人借點吧，就剩你一個了。

馬力說真是抱歉，自己也正火急攻心呢。何主任搖搖頭走了。走到門口，馬力想了想，又折回辦公桌，站著給蘇北晨打電話，說他馬上過去。

馬力趕過去，進門時已是一身的汗水。郭清湖也在，正叼了支菸抽著，見了馬力就說正要給他去電話呢。郭清湖是他倆的朋友，在廣州一家報社當記者。蘇北晨連聲對馬力說，坐坐，又從果盤上拿了個芒果給他，讓他等等，說他手上的活馬上就忙完。

馬力趕緊躲開那股果香，說他對芒果過敏，碰不得。說完就將手中拎的公事包丟在沙發上，但他並沒有坐下，他在屋子裡走來走去，嘴上喊真熱呀。衣服因汗水貼緊肌膚，就像長了第二層皮，怪難受的。馬力用手指將衣服拉起，可剛才拉起一處，另一處又重新貼回肌膚上，所以他只得不斷努力。馬力問郭清湖是不是出差。

郭清湖說馬力真沒有口福，他正剝開一個芒果吃著，那果肉金黃，誘人口水欲滴，果汁在他手指間流著，滿屋都飄著芒果那種特有的清香。聽了馬力的問話，郭清湖笑著做個一本正經模樣，說，我代表上級組織看望你們來啦。

馬力故意皺了皺眉頭，說半年不見，怎麼就變得油嘴滑腔了呢？蘇北晨說他本來就這樣的，馬力以前肯定被矇蔽了。

慢慢地，馬力感到身上像澆了冰水一樣，冷颼颼的，大概是空調的作用。馬力趕緊坐在沙發上，用手抱了身子，吞了一口口水，對郭清湖說，來蹭飯的吧？正好，我也沒飯吃。郭清湖笑了，哈哈，我還說去你那嘗嘗嫂子的手藝呢。

蘇北晨問，又出差啦？馬力點點頭，說我們只好吃你的了。蘇北晨邊將桌上的文件收拾，邊問他們想去哪裡。馬力也想不出去哪裡好。蘇北晨問他們想吃特色呢，還是想吃情調。郭清湖將手中的芒果核丟進垃圾桶，用衛生紙擦擦手和嘴，一臉的詭祕轉過身來，說芒果核要是小些就好了，我們去找點素材吧。蘇北晨說，老郭，你小子別將私事變成了公事。

郭清湖說公私兼顧最好不過了。馬力因為心裡有事，有點焦躁不安，站起來說，走吧走吧，先辦私事，填飽肚子再說吧。

在一家名叫「滋味館」的酒家，他們點了六菜一湯，每人兩瓶啤酒，邊喝邊敘舊，交換其他朋友的訊息。由於郭清湖在旁，馬力心裡雖然想著那件事，但也不好提，只得說些不著邊際的話。

沒過多久，才喝了一瓶啤酒，馬力的胃就有點堵了，他讓蘇北晨和郭清湖隨意，他就不奉陪了。酒至半酣時，郭清湖就醉眼朦朧，講起了黃色笑話，馬力和蘇北晨當然也是陪著笑。郭清湖突然很認真地說，馬力是有家室的人了，我就不問了，蘇北晨呢，怎麼搞的，還是孤零零的一個人？

按一般人的標準來看，蘇北晨也算個成功人士了，但身邊卻少了些蝴蝶似的女人，真讓人覺得不可思議。有時馬力正好與䰐䰐來好事的時候，這傢伙的電話就找上門，說想找人聊天。再這樣子下去，你不憋壞才怪呢！馬力有時怒氣沖沖地對著他喊。甚至跟他上生理衛生課，說這樣會陰陽不調的，會傷身的。以前蘇北晨對馬力的話不予置評，現在也只是咕嘟咕嘟地將啤酒乾掉半瓶。

郭清湖說話的興致很高，話題甚至涉及到了國際問題。他對蘇北晨介紹那邊的情況，說那邊找老婆可不是件容易的事，那邊的資源很貧乏。為了說明這個問題的嚴重性，他舉例說他們公司原來就有幾個老姑娘醜姑娘，三十七八也嫁不出去，後來紅顏一怒跑到國外，你猜結局怎麼樣？

馬力瞪著眼睛問怎麼樣？蘇北晨問結局如何？郭清湖一拍飯桌說，立刻就成了搶手貨！隨便就嫁了個什麼博士博士後。最後他警告蘇北晨說，你不要忘了，你是——有小雞雞的呀！蘇北晨聽過這一番的高論後，還是一副天高雲淡樣。馬力猜他要不是身體有問題，就是意志堅強，目標遠大。

蘇北晨說老郭真不愧為記者，見多識廣。馬力笑罵著說，他媽的也不知道你們是怎麼辦報的，每天都採訪些什麼東西呀，每天翻看報紙，沒十分鐘就翻完了，整版的垃圾。蘇北晨說所以他要辭職，想想看，幾十年後，再翻開自己寫的東西，都一堆狗屎！

郭清湖說自己可不考慮那麼多，只求得過且過。他拉過桌上生果盤，拿了一根香蕉說，這就是我的生活模式，他輕鬆地扒拉下皮，很香地吃了起來。馬力也撕開一條，吃了起來，他覺得香蕉吃起來挺方便的。

最後，三人面前剩下一桌殘席。蘇北晨打著飽嗝上洗手間。郭清湖突然湊過來，對馬力說，我們去洗個頭吧，一臉心懷鬼胎的樣子。馬力實在是沒什麼心情，對這個提議不感興趣，他說沒意思，回家兩分鐘就完事了。出門時，郭清湖又在不斷地鼓動蘇北晨。

一站到街上，馬力就聽到太陽穴的血管，在卜卜地跳動，酒精的火焰好像燒灼了空氣。他媽的，真熱！他嘀咕了一聲。郭清湖滿眼通紅，像狼一樣四處搜尋什麼獵物。路過一家髮廊時，郭清湖直往裡面瞅，裡面的小姐見狀便熱情地招呼他們進去。

郭清湖就喊著要進去洗頭，說是跑了一天，頭皮癢死了。蘇北晨笑罵說怕是心癢吧。兩人只好跟著也進去了，後來覺得坐著也沒勁，郭清湖還在勸，那些小姐也在熱情地遊說，兩人便也坐上了椅子，將頭交給那些小姐的玉指擺弄了。

剛開始那小姐並不說話，等上了洗髮水，抓了一會兒，就拿話問馬力是幹什麼的，哪裡人。馬力的頭被抓得一仰一仰的，開始有點慌，胡亂編了些話答她。聽那小姐的口音是江西的，一問果然是。

馬力得意了幾秒，一想這問答可不對勁呀，要是剛好不巧搭上了同鄉，也真麻煩的。馬力只好盡量少說話。慢慢地，由於酒力、加上那小姐的纖纖玉指，馬力給弄得有些暈乎，那種舒服勁讓他有睡過去的危險。

等洗好了頭，郭清湖又吵著要接著做全身按摩。馬力好像失掉了意識，也糊裡糊塗隨他們被擺上了按摩床。那小姐不時拿些話來挑逗他，手指也有意無意地拂過他的敏感地帶，當然，馬力也有反應，並哼了哼。

但一會兒過後，也不知道怎麼搞的，他感到一陣很舒服的疲倦襲來，人陷入了迷迷糊糊的恍惚中，剛開始他還聽到隔壁的郭清湖和小姐調情的低語聲，比如稱讚人家好身材之類的話，郭清湖還對隔壁蘇北晨那邊嘻嘻笑，說，你可別手下留情啊，省得我們這位老闆將寶貝獻給國際友人了……

過了不知多久，馬力被一陣粗暴生硬的喝問聲驚醒，人還沒完全清醒，就隨一溜人被拉到轄區派出所。在車子的搖晃中，人是嚇醒了。馬力努力在黑暗的車廂中辨認，在一張張驚慌或表情淡漠的臉孔堆裡，並沒有蘇北晨或郭清湖。

馬力想糟透了，他們哪裡去了?會不會在另一輛車裡?其實今晚來了幾輛車，多少保全和警察，馬力並不清楚，只覺得亂哄哄的，驚慌失措。馬力不由得怨起郭清湖來。當然蘇北晨也他媽的有責任，要不是催債，今天也不會落到這般田地。

車子停在了派出所的院子裡，一干人等被趕了下來，接受問話，查驗證件。屋子裡鬧哄哄的，馬力摸了把額頭上的汗，想真他媽的熱！馬力被問到幹了什麼時，他頭有點發脹，他打了個飽嗝。

警察敲了敲桌子，嚴厲地訓斥他要嚴肅點。馬力心裡很不舒服，連公司的頭頭也沒用這樣的口氣訓斥過他，他想自己又沒犯什麼罪，一急就回答，什麼也沒幹，睡著了。

問話的警察將剛喝、含在嘴裡的茶噴了出來：什麼？睡覺？！那——和哪位小姐呢？你指出來。馬力說什麼哪位，就我自己，不信你問她們。那警察笑了，到那種地方睡覺，夠有意思的。馬力轉動著頭，繼續尋找蘇北晨和郭清湖。可是人堆裡還是沒有。馬力心裡一急一慌，嘩嘩地將肚子裡的東西吐了出來，屋裡頓時酒味熏人，他也軟軟地癱在地上……

四

俗話說，好事不出門，醜事傳千里。馬力去過某某場所，又被怎麼樣了的傳聞，慢慢地就傳到了公司頭兒的耳朵裡。有一段時間，馬力好像比較受寵，上至頭兒、辦公室主任、人事科長、監察科長，下至同事，當然是男同事，都有事沒事，或有話沒話地找他套瓷，旁敲側擊，朦朦朧朧中將話題引向那件倒楣事。

剛開始還嘴上留情，閃爍其辭，就像天氣本來就熱，還要用熱水燙腳，開始一點一點地試探水溫，適應水溫，後來就變得放肆了，嬉笑著直截了當問他在裡面睡覺的滋味如何。

剛開始馬力也沒什麼防備，有人問起，無非就是將那個故事再講一遍罷了，他認為是警察搞錯了，要不也不會放他走。慢慢就覺得不對勁了。以後他再被問起，臉就拉下了，就漲得通紅，渾身躁熱，好在辦公室裡空調強勁，他只是把長外套脫下，馬上去洗手間一趟。

說實話，那天馬力給弄得實在夠狼狽的，可也弄不出什麼清楚的結果來，整個事件變得曖昧起來，但最後還是說要進行處罰，讓馬力叫人帶錢來。其實人家可能根本就不在乎什麼事實不事實，在乎的就是處理方式。

雖然馬力認為就是抓姦也要在床才算人贓並獲，但人家可不和他理論，說不交錢就待一邊去。那鬼地方真不是人待的，只有出去再說，馬力沒想出別的辦法，只好試著打郭清湖的手機，沒想到竟然通了。馬力喊了起來，說你們他媽的在哪裡？快拿五千元來。

一出派出所的大門，郭清湖和蘇北晨這兩個該死的竟開心地大笑起來。馬力就罵他媽的你們躲哪了。郭清湖好不容易才止住笑，說他們按摩了一個鐘，見馬力這邊又沒動靜，以為他正忙著，加上酒癮又上來了，就拉了蘇北晨到距離髮廊不到二十公尺的街邊小攤販，邊喝邊聊邊，等他出來，沒想到演出了這樣一齣好戲。

聽說馬力在裡面什麼也沒幹，竟然睡著了，他倆連眼淚都笑出來了，連聲說他媽的你小子竟然在裡面睡著了？還是不是人呀？奇人奇人！蘇北晨和郭清湖想請馬力找個地方再喝點壓壓驚。馬力眼一瞪，說，還喝？喝鳥！你們報紙也該揭露這些黑暗面。說完就直接回家了。事後想想，連馬力也覺得窩囊，覺得有點不可思議。

連馨馨也罵他真是熱昏了頭，還說回來讓我等好消息，這就算是好消息呀？說你要真幹了，倒也不冤枉進去一趟。進去睡覺？連三歲的小孩也不信！馬力也認為馨馨罵得對，真他媽的昏了頭！

就任她罵個痛痛快快吧，他一副低頭認罪的樣子，他以為鬈鬈罵完後，出完了一身的香汗，出完了一身的惡氣，人就會舒坦些。

可吃晚飯時，她又冷不防將飯噴了一桌：真睡著了呀？馬力煩了，將筷子一丟，說，你還讓不讓人吃呀？你是要我說幹了，這樣你才舒服嗎？鬈鬈提高了聲調說，你還有理呀？搞得一頓飯吃得草草就結束了。馬力呼地又冒了一身大汗，他扒下衣服，衝到浴室洗澡。

過了一些日子，馬力的麻煩不但沒有減少，人事科長還通知他待崗。馬力滿肚子火去找人事科長理論，人家倒不和他發火，慢條斯理和他拉家常似的擺事實講道理，說他沒被除名，上級算是特別開恩了，這還是看在他是老員工，工作上也沒出什麼差錯的份上。

馬力心想今天的結果還不是就因為那件事，便爭辯說自己是冤枉的，要是有事，也不會當晚就放出來。可人事科長說，你說的有一定的道理，但為什麼被罰了五千元呢？這可有點說不清了。馬力一下子就傻眼了，沒想到自己和別人看問題的角度，有如此之大的差距。

待在家裡的日子，馬力有點心灰意冷。百無聊賴之中，他肩負起家裡衣食住行的工作。這天他買菜經過水果攤時，見果販對他吆喝，便走過去看看，今年的荔枝大豐收，售價真便宜。馬力挑了看了，砍完價，買了一筐回家。沒事就吃幾個，沒想到等鬈鬈回來，就剩了剛好三十個。

鬈鬈責罵他說，馬力你找死呀，俗話說，一顆荔枝三把火，還不快喝點鹽水解解。鬈鬈說你著了哪門子邪了，不怕麻煩啦？你不是不愛吃有核的水果的嗎？馬力沒好氣地說，你不是連這也有意見吧？這荔枝是小核的。他懶洋洋地將筐裡剩下的推到鬈鬈面前。

晚上，鬈鬈有點嚴肅地和馬力探討了有關房子的問題。鬈鬈的憂慮是有道理的，要是一旦搞不好，馬力真給裁員裁掉了，那麼房子的事就泡湯了。馬力經鬈鬈一提醒，也意識到了問題的嚴重性。福利房比起商品房，那要便宜很多的。

在深圳，有一個自己的窩，就是被裁掉，人也不會心慌，會安心好多的。馬力雖然說待崗，但仍是公司裡的人，還有資格享受分房待遇。現在問題的癥結，也就是涉及到蘇北晨借的那筆錢。

談到這筆錢，馬力的臉又在發燒，他感到很對不起鬈鬈，這段時間由於心情糟透了，差點都忘了這件事。蘇北晨也有好長的一段時間沒出現了，他這人整天一忙就沒影子，冷不防又會突然出現。

上床關燈時，馬力說，明天再找找他。鬈鬈說有些事你不能太講面子的。馬力嘆了口氣說，道理我也懂。可是……

五

馬力在焦躁中度日如年，一晃又過去了幾天。

那晚，馬力出去時，也就是晚上的七點鐘，鬈鬈就開始看電視的，看到一點鐘了，還不見馬力回來。臨出門前，他還樂觀地對鬈鬈說就等他的好消息吧。馬力說他和蘇北晨約好了吃個便飯。鬈鬈還叮囑他早點回來。但到了十一點鐘後，還沒見人回來，鬈鬈越來越心煩，怎麼這麼棘手呀？心想怎麼不對勁呀，不管事情辦得如何，還是要回來睡覺的嘛。

　　馨馨最後坐不住了，跳起來給馬力打傳呼，沒想到機子在睡房嘀嘀地響了，原來馬力並沒有帶機子。等到了一點鐘了，馨馨終於忍無可忍了，撥通了蘇北晨的電話，那邊帶著睡意的聲音告訴她，自己先走了。

　　馨馨問清他們去的大排擋的位置，放下電話，趕緊找了件衣服穿上，出門打了輛計程車，直奔蘇北晨說的那個地方。找了一圈，也不見人影，只好氣呼呼地回家繼續等，不想等到天亮也不見人回來。

　　馨馨是在上班時接到電話的。當時她正昏昏沉沉地打瞌睡，昨晚她沒睡好，生了一晚的氣，當然也擔心了一晚，她猜想馬力可能去哪位朋友那玩去了。不想醫院那邊告訴她，馬力受了傷被人送院，剛醒過來，讓她馬上趕去。

　　馨馨連忙打了計程車撲到醫院，到了留醫部，看到馬力臉色蒼白地躺在病床上，在白色的床單的映照下，更現出那副虛弱樣。馨馨嗚嗚地拉著他的手哭，嘴裡到底說了些什麼，連她自己也不清楚。等哭夠了，才想起要問他發生了什麼事，馬力看起來很累，嘴角發抖，半閉的眼睛還閃著一絲殘留的恐懼，一點也沒有說話的慾望。馨馨見情形，只好又用手指壓住了馬力的嘴。

　　接連下來的那段日子，馨馨都是在公司、家裡、醫院三點一線地跑，累得夠嗆。在她和醫生的努力下，馬力的臉色開始慢慢地轉成紅色，在白色床單的映襯下，有了更大的反差。馨馨和醫生對他的康復情況表示滿意。馨馨也從馬力的口中，聽到了發生在那個夜晚的故事。

　　那晚，馬力說，當要提錢的事時，他還是有點難為情，他不知道自己為什麼不能理直氣壯。他和蘇北晨在街邊的大排擋，已經坐了一個小時了，喝光了兩瓶啤酒，桌上的菜，也不再有熱氣冒起。馬力覺得四周十分寂靜，他就像走在一條危險的路上，心裡充滿了一種防備突襲的緊張。

其實他們的四周是眾聲喧譁，但馬力好像聽而不見。此刻他腦子裡只裝著一件事，剛才說的談的，都是為說這一件事做鋪墊的。他有點吃力，突然對蘇北晨說，近來手頭鬆點了吧？他的聲音是沙啞的，因為所吃的那筐荔枝開始顯示火力了，他感到一種腫疼堵住喉嚨。

蘇北晨愣了愣，瞬間恢復過來，說，緊啊！馬力話一出口，身上的汗腺就像突然鬆了閘門一樣，汗水呼地湧了出來，但不像平常那樣，是熱呼呼的，他感到一條條冷冷的水流在奔湧而下。

接下來，馬力說得少，聽得多。蘇北晨倒是說了很多話，總結他的話，那意思就是說他並沒有說不還，只是個時間的問題而已。而且他還跟馬力說了好多抱歉的話，說真的是一時周轉不開。他反問馬力以往他有過無故失約的前科嗎？馬力看著他一臉的真誠，頓時不知道說什麼好。

四周是高談闊論的食客，樹上掛著的燈泡也顯得十分刺眼。

馬力沒話。蘇北晨也沒話了。服務生走過來問要不要添點什麼，兩人異口同聲說不要了。說過之後都覺得尷尬。

乾坐了一會兒，還是蘇北晨的一個電話打破了這個局面。蘇北晨手提包裡的手機奏起了一首歡快的曲子，顯得和這時的氣氛多麼的不協調。但蘇北晨顯然像遇到大赦一樣，神情為之一振，他趕緊將手機抽出來，聽了一會兒，對馬力說他有急事先走一步。見馬力沒吭聲，就說錢的事他會盡快想辦法的。

馬力說他還想再坐會兒。蘇北晨說這頓就算他的了，真抱歉。他說完就叫服務生結帳，並掏出兩百元說，不用找了。

馬力坐在位子上，覺得身體被泡在水裡，有點發冷。

過了不知多久，一個聲音爬上了馬力的耳朵，稚氣中透著韌性，他收回遊走了的神思。原來是一個賣花女孩，看樣子不過十歲左右，手裡拿了三枝玫瑰花向他叫賣。說是五塊一枝。聽到一個「錢」字，馬力有點煩，連說了幾聲，不要不要！

那小女孩並沒有馬上走開，還堅持了一會兒。馬力火了，說不買就是不買，你怎麼這麼煩人呀？那小女孩怏怏地走開了。沒走多遠，就聽到一個男人在訓斥那小女孩，還打了她一個耳光。

馬力身上的汗又開始冒出來了，坐了一會兒，他想想這裡也沒意思，還是走吧，便起身往馬路走。不想那個小女孩又出現了，擋住了他，說先生，你就買一枝吧。馬力口氣生硬地說，不買！那個女孩抽出一枝，說就買一枝吧？馬力說不買！你怎麼這麼煩人呀？邊說邊掉頭就要走。不想那小女孩一把抱住他的腿，將馬力嚇了一跳，差點摔倒，等他定下神後，用力甩了甩，卻又動彈不得。

那個女孩哭著央求馬力說，叔叔，你就買一枝吧，要不他們要打我的。剛才他們說我不賣力，就打我。馬力一問就弄明白了，原來這女孩是被一個團夥操縱的賣花女。對這類事，報紙早就有報導。馬力一火，就對那個女孩說，他媽的，真不是東西！別怕，叔叔帶你找警察去。說完拉著女孩就走。

才走了幾步，就被幾個滿嘴酒氣的男人攔住，不分青紅皂白揮拳就打，還大罵，他媽的，你小子多管閒事，找死呀？馬力登時驚惶萬分，拔腿就跑，想突出這樣的圍攻。開始他還能揮開兩手，拚命遮擋，本能地反擊。他感到有一個對手的頭部，可能挨了他一拳，這更加激起了對方的瘋狂進攻。

突然，馬力感到一件冰冷的物體，突進了自己的腹部，又瞬間退出。只這一瞬間，馬力感到自己身體裡的熱量，好像也被那件物體帶走似的，他的全身開始發冷，身體慢慢地變軟，踉踉蹌蹌走了幾步，他本想走回到原來的大排擋，那裡正熱火朝天，燈光輝煌。但他嘩地倒在了人行道上……

現在，馬力看起來精神好多了，雖然他說腦袋還有點暈，但醫生說只是輕微的腦震盪，不礙事，很快復原的。馨馨開始挺擔心的，現在見馬力在敘述那晚的事發經過時，思路挺清晰的，也就放下了心頭大石，每天燉好雞湯餵他。

這天早上，馨馨按例送燉品給馬力。不想剛坐下不久，就有幾個人在醫生的帶領下，捧著鮮花，提著花籃、水果，還有慰問金等，湧進了馬力住的病房。為首的那位一把握住馬力的手，說他代表市治安基金會來看望他，對他見義勇為的行為表示敬意等等。當時馬力正在床上坐著，喝著馨馨送來的雞湯，見這麼多人進來，一下子愣住了，聽了那些讚美的話，有點莫名其妙，不知所措。

六

什麼是一夜成名的滋味，這下馬力體驗到了。來看他的人實在太多了，有各行各業的代表，有純粹以私人身分來看他的，病房裡擺放著送來的鮮花、水果、花籃、和一些慰問金，弄得他誠惶誠恐的，說話也結結巴巴。等到他和馨馨看了這幾天的市報，才將事情大致弄明白。說實話，受傷住院的這段日子，他們沒有時間和心情去關心傳媒談些什麼。雖然，他們也希望轄區派出所盡快抓到凶手，但是馬力身體的康復，還是放在首位的。

現在他們終於搞清楚了事情的經過，原來是轄區派出所有位警察是市報的通訊員，將這樁案子了解過後，握筆的手發癢，揮就成了一篇新聞稿，內容是講馬力勇救賣花女孩光榮受傷的事蹟，見報後就造成了今天這局面。馬力得知事情的經過後，有點哭笑不得，本想解釋說自己不是英雄，其實當時……馬力面對那樣的場面，心慌呀，說話也理不出個頭緒，所以意思也就很難表達出來，或者說很難敢表達清楚。

另一方面，人家也以為他是謙虛，所以不等他說完，馬上就打斷他的話，叫他不要謙虛了，廣大市民都應該向他學習，還說了許多諸如此類勉勵的話。

馬力覺得在醫院待不下去了，就堅決要求出院。院方本著認真負責的態度，對他的病情進行了全面的檢查和評估後，認為馬力腹部的傷口恢復得很快，基本上沒有大礙，就批准他出院回家療養，但要按時回醫院複查。

出院前，馬力將水果送給了醫生和病友，只拿了幾根香蕉走，人家都說他風格就是高，搞得馬力很不好意思。

馬力踏進家門，想想這段日子所遇到的人和事，坐在沙發上突然想笑想哭。鼕鼕見狀慌了，抱著他開導他，說現在什麼都別想，要安靜，一動，鬧不好那傷口又要裂開的。馬力只好練起了氣功來。

公司的工會也來人來看望馬力。一見面，工會主席老苟拉著他的手說看了報紙，開始還以為是同名同姓的馬力，沒想到會是自己公司的馬力，所以他們來晚了。說完又覺得說得不妥，趕緊補充說，公司正有意號召員工向他學習呢。一番問寒問暖之後，臨走前，老苟叮囑馬力要安心養傷，有什麼困難他們會給予全力幫助。

送走了客人，馨馨和馬力都你看我，我看你。馨馨笑著說，以前談到英雄，都覺得遠在天邊，真沒想到，現在我就和英雄生活戰鬥在一起了。馬力聽了，伸手一擰她的鼻子。

郭清湖也打來電話，說他看到報導啦，他也要寫寫英雄朋友。馬力接電話時說你小子別湊熱鬧了，我已經夠煩啦。郭清湖聽了直樂，不斷地打哈哈。第二天，這該死的還真來了，一下車，就直奔轄區派出所，說是要掏第一手的材料，之後又到凶案現場採訪，到晚上才笑咪咪地敲開馬力的門，打趣說要和英雄共進晚餐。馬力又氣又好笑，但又得想辦法忍住，讓自己心平氣和些。

馨馨給他們弄了一桌還算豐盛的飯菜，三人邊吃邊談。郭清湖突然想起什麼似的，說他怎麼覺得少了個人似的，問要不要將蘇北晨也叫來？馬力開始沒吭聲。馨馨有點生氣，說要不是他，馬力也不會出事。

郭清湖問是怎麼回事。馬力說還是吃菜吧。郭清湖用筷子指著馨馨，你說你說。馨馨便將事情的經過簡略地敘述了一遍。郭清湖聽完對馬力說，那就是這小子不道地了，哪天我找他。馬力說也許是天意吧，不說了，吃菜吧。郭清湖喝了三瓶啤酒，有了醉意。馬力的胃口一般，菜是吃了些，但沒喝酒。

郭清湖走得有點早，他說要回飯店趕稿。馬力有點不解，說你都了解事情的經過了，還有什麼好寫的。郭清湖一臉的嚴肅，像上級講話那樣，滿懷激情地說，沒有英雄的年代，缺少英雄的年代，我們需要英雄，我們創造——英雄。話剛說完，就猛地打了個飽嗝，嗆了個正著。

馬力聽了忍住笑，當是他滿嘴的胡話酒話，讓他少放屁。蓼蓼過來叮囑他路上小心，回去睡個好覺，明天好趕車。郭清湖搖搖頭，按亮樓梯口的燈，晃悠地下樓去了。

過了些日子，公司的老茍又上門了，與馬力商量，說邀請他搞個報告會，本公司難得出這麼個典型，得好好利用這筆無形資產。馬力聽了將頭搖得都快掉了，一個勁說別別別。老茍說你也就別太謙虛了。馬力說這不是謙虛，因為我根本就不是什麼英雄。

老茍說你這一謙虛，我的工作就很不好做了。他耐著性子做了很長時間的遊說，還是不見成效，馬力還是那態度，搞得老茍有點掃興，但又不能耍性子。臨走前，他讓馬力再考慮考慮，又問馬力有什麼需要公司幫忙解決的。馬力想了片刻，只是說想上班，在家裡待得悶。

這好辦，身體好了來就是了，老茍很爽快地說，這我可以作主。另外，蓼蓼想到了一件差點遺漏的大事，那就是房子的問題，她對老茍談了那意思，老茍有點為難，說這得回去和上級和其他科室的同事協調研究才能拍板。

七

後來馬力是上班了。他以為一上班，心情就會好些，畢竟閒了這麼久。但真正坐到自己的那張辦公桌前，他的心情又很複雜，總覺得自己坐的是別人的辦公桌。別人看他眼睛畢竟有些異樣，報紙傳媒對他的報導不時還在繼續，有時翻看報紙看到自己的名字時，他就會有種不自然，像是盜用了別人的名字一樣。特別是上班時，接到要求採訪的電話，馬力更是不知道如何才能處理好。

更令馬力苦惱的是，有關那件事，突然多了幾個不同的版本在社會上和公司的同事間流傳。其中版本A：那晚，蘇北晨走後，過了不知多久，一個聲音爬上了馬力的耳朵，稚氣中透著韌性，他收回遊走了的神思，原來是一個賣花女孩，看樣子不過十歲左右，手裡拿了三枝玫瑰花向他叫賣。說是五塊一枝。聽到一個「錢」字，馬力有點煩，連說了幾聲不要不要！那小女孩並沒有馬上走開，還堅持了一會兒。馬力火了，說不買就是不買，你怎麼這麼煩人呀？那小女孩怏怏地走開了。

馬力身上的汗又開始冒出來了，坐了一會兒，他想想坐在這裡也沒意思，還是走吧，便起身往馬路走。不想那個小女孩又出現了，擋住了他，說先生，你就買一枝吧。馬力口氣生硬地說，不買！那個女孩抽出一枝，說就買一枝吧？馬力說，不買！你怎麼這樣煩人呀？掉頭就要走。

不想那小女孩一把抱住他的腿，將馬力嚇了一跳，差點摔倒，等他定下神後，用力甩了甩，卻又動彈不得。馬力對這樣的無賴行為十分憤怒，渾身又呼呼地冒汗。他彎下腰，兩手用力，扳開女孩的手想逃。剛跟蹌走了不到三步，那女孩又追了上來，馬力一慌，趕忙用力將她一推，那女孩摔倒在路旁，嗚嗚地哭了起來。馬力並沒有上前去扶她，他只想趕快擺脫這討厭的糾纏。

走了幾步，幾個滿嘴酒氣的男人從大排擋衝過來，大罵馬力，他媽的，怎麼欺負起小姑娘來啦。馬力心裡正窩著火，就反罵道，關你什麼事？那幾個人一聽，就說，他媽的，你小子找死呀？說著就衝上前揮拳就打。馬力登時驚惶萬分，拔腿就跑，想突出這樣的圍攻。開始他還能揮開兩手，拚命遮擋，本能地反擊。

他感到有一個對手的頭部，可能挨了他一拳。他跌倒在地時，正好摸著了一塊石頭，他拿起就砸了過去，這更加激起了對方的瘋狂進攻。突然，馬力感到一件冰冷的物體，突進了自己的腹部，又瞬間退出。

只這一瞬間，馬力感到自己身體裡的熱量，好像也被那件物體帶走似的，他全身開始發冷，身體慢慢地變軟，踉踉蹌蹌走了幾步，他本想走回到原來的大排擋，那裡正熱火朝天，燈光輝煌。但他嘩地倒在了人行道上……

結論就是，其實那晚馬力是驅趕賣花女，旁邊喝酒的幾個人看不過眼，便動起了手；

版本B：蘇北晨走後，過了不知多久，一個聲音爬上了馬力的耳朵，稚氣中透著韌性，他收回遊走了的神思，原來是一個賣花女孩，看樣子不過十歲左右，手裡拿了三枝玫瑰花向他叫賣。說是五塊一枝。

聽到一個「錢」字，馬力有點煩，連說了幾聲不要不要！那小女孩並沒有馬上走開，還堅持了一會兒。馬力火了，說不買就是不買，你怎麼這麼煩人呀？那小女孩怏怏地走開了。沒走多遠，就聽到一個男人在訓斥並打了那小女孩一個耳光。

馬力身上的汗又開始冒出來了，坐了一會兒，他想想坐在這裡也沒意思，還是走吧，便起身往馬路走。不想那個小女孩又出現了，擋住了他，說先生，你就買一枝吧。馬力口氣生硬地說，不買！那個女孩抽出一枝，說就買一枝吧？馬力說不買！掉頭就要走。

不想那小女孩一把抱住他的腿，將馬力嚇了一跳，差點摔倒，等他定下神後，用力甩了甩，卻又動彈不得。馬力對這樣的無賴行為十分憤怒，渾身又呼呼地冒汗。他彎下腰，兩手用力，扳開女孩的手，想逃。剛踉蹌走了不到三步，那女孩又追了上來，馬力一慌，趕忙用力將她一推，那女孩摔倒在路旁，嗚嗚地哭了起來。

馬力並沒有上前去扶她，他只想趕快擺脫這討厭的糾纏。走了幾步，就被幾個滿嘴酒氣的男人攔住，不分青紅皂白揮拳就打。馬力登時驚惶萬分，拔腿就跑，想突出這樣的圍攻。開始他還能揮開兩手，拚命遮擋，本能地反擊。

他感到有一個對手的頭部，可能挨了他一拳。馬力跌倒在地上時，剛好抓起一塊磚頭，隨手就砸了過去，他聽到對方有人喊了聲，哎喲！這下更加激起了對方的瘋狂進攻，有人喊，他媽的，放他的血！幹掉他！突然，馬力感到一件冰冷的物體，突進了自己的腹部，又瞬間退出。

只這一瞬間，馬力感到自己身體裡的熱量，好像也被那件物體帶走似，他全身開始發冷，身體慢慢地變軟，踉踉蹌蹌走了幾步，他本想走回到原來的大排擋，那裡正熱火朝天，燈光輝煌。但他嘩地倒在了人行道上……

結論就是，那個大排擋原有一個控制賣花女的團夥在活動，另一個團夥想爭奪那個地盤，那晚本來就想來找碴的，以為馬力是另一團夥中人，便動了手（大家認為這種說法比較可信，因為凶手已經被逮捕歸案，確實是一個操縱賣花女的團夥）；

版本C：馬力與人有錢債之爭。債權人久追而無結果，只好找人追債，當時在大排擋是作最後談判，但並無結果，於是發生爭吵，最後動起了手動刀了；

版本D……

這些流傳的版本，給馬力造成了巨大的精神壓力，他感到腦袋裡有許多敘述者，為了證明自己的版本才是正版的而大吵大鬧。馬力很想喊我他媽的不是英雄，真的不是！不是！你們都別吵啦！但他跟誰喊呀？因為根本就沒有人對他明說，他也找不到對手。回家跟馨馨一說，她也找不出什麼辦法，只好安慰他說，反正房子給你解決了，其他都是次要的，時間慢慢會沖淡這些事的。

後來這些風言風語還是傳到了上級的耳朵裡，經過團隊的討論，統一想法，對這些不實的傳言做了批判。指出這是某些人的妒忌心理在做怪，破壞集體的團結，此風不可長，這種風氣需要整頓。說上級有關部門和傳媒都對這件事做了定論的，所以上下要統一想法。還說，你們再反過來看看人家馬力同志，做了好事也不聲張，也還是像從前一樣生活學習，所以，大家要透過比較，來提高自己的認知，做一個文明市民等等。上級發了一番話之後，那些怪論只好轉入地下，這樣一來，開始的一段時間，馬力的耳根的確清淨多了。

但過了不久，馬力就經常會出現幻覺，總恍惚聽到一個聲音在說話，就好像聽到耳邊有蚊子的嗡嗡聲，但揮起巴掌又找不著蚊子。以至於搞得鼕鼕也有點神經兮兮的，有一次忍不住小心翼翼問馬力，到底哪個版本才是正版？

馬力大汗淋漓地對鼕鼕大喊，我都快得神經病啦！

這天晚上，馬力再給蘇北晨家打電話，但沒有人接；打公司，也沒人接；打手機，倒是通了，也有人接，不過不是他本人，一個陌生的聲音問他找誰。馬力說找蘇北晨呀。那人說蘇北晨去美國了，這手機是他轉讓的。

馬力一聽，本來熱的身體，一下子從頭上涼到腳下。他對鼕鼕連聲哀嘆說沒啦沒啦！鼕鼕經過這段日子的磨練，已經見怪不怪了，頗有大將風度，她說那就當花了筆機票錢，將那樣的貨或說是定時炸彈扔到敵人的陣地去。

後來，蘇北晨給馬力打過長途電話來，當然這是後話。當時馬力正忙著收拾東西搬家，聽電話鈴響，接了，聽到那把熟悉的聲音，馬力愣了半天也沒話，蘇北晨倒加快了說話的頻率，說了些什麼，馬力並沒有聽進耳朵，但從他的話來看，他並不知道馬力受傷的事。

馬力真不知道這傢伙在那段日子忙了些什麼，可能是忙著辦簽證之類的事吧。馬力也懶得再提那些讓他煩心的事，他最後聽到蘇北晨說以後他肯定會還馬力錢的。馬力心裡說你少放屁吧，但嘴上說，祝你在美國發大財。

掛掉電話，馬力坐在茶几上發呆。鼕鼕從房間裡出來，問是誰的電話。馬力說是蘇北晨。鼕鼕將額頭滑下的瀏海攏好，說真想不到他還敢來電話，現在的人呀——馬力身上又在冒汗，他感到口渴，掃了眼屋子，竟然沒有水。

琴琴丟給他一個話梅袋，只剩一顆了，馬力倒出一顆，放在口中胡亂嚼著，不一會兒，就將話梅肉吞下肚了。他戀戀不捨地將那個話梅核含在口中，反覆用牙齒咬它，裡面滲出絲絲的酸甜味。到最後，沒有味道出來了，馬力本來就在心裡窩了一團火，恨得惡狠狠的，這會兒又渴又心急，咬牙切齒的，用的力量也猛地加大了。

突然，咯嘣的一聲，那顆話梅核碎了，核仁的酸甜苦幾種味道都滲出來了，這是他第一次品嘗到果核裡的滋味。當然，馬力也付出了一顆牙齒的代價。馬力沮喪地捧著那一顆牙齒檢視，又呸地吐掉一口血和果核的碎渣。

霓虹

倪虹死的那天正好是她二十八歲生日。那天太陽很好，可以說十分燦爛，這樣說像沒有同情心似的，但那天的天氣的確很好，沒有人會將這樣的天氣與死亡聯繫在一起。

一

那天早晨何東醒來後，心情很好，所以還躺著沉醉了一會兒。陽光的力量射穿深藍色的窗簾後，已顯得軟弱無力，他的眼睛可以舒服地適應漸強的明亮。他先將那隻摟搭在肩膀的手輕輕移開，然後才小心掀開被子，翻身起床。倪虹還像一隻懶洋洋的波斯貓賴在床上，幾根頭髮搭在額角，整個睡相透著一種女性懶慵的性感。

何東出了臥室後，反身將房門輕輕拉上。然後刷牙洗臉，換好衣服後，便開啟了客廳的電視機，看早新聞節目。由於音量小，播音員的聲音像貓的鬍鬚一樣撩撥著他的耳朵，他不時要走前幾步，才能聽清楚些。

何東走之前，躡手躡腳推開臥室的門進去。倪虹還臉朝裡迷糊著。他站在床邊，彎腰吻了一下她的腮，他驚詫地發現，有種談談的鹹澀的味道留在了他的唇。他一愣，仔細檢視，原來是若有若無的淚痕。他心裡不禁泛起一股憐惜之情。唉！他的手指沿那微微發亮的痕跡滑行了一段。

太幸福的女人和太不幸的女人都愛流淚！何東提著密碼箱跨出家門，甜滋滋地回味她在他耳邊的喃喃細語。

何東的心情像車窗外的天氣一樣好，車子也開得游魚一般活潑。他的肚子不時咕咕地歌唱，他隨之便以一聲輕快的口哨伴奏。陽光將樹枝的陰影不斷地畫在他的車身上。他不時輕輕觸響喇叭，興奮地歡叫一聲。

他跨進公司的大門時是八點鐘。祕書小茜正對著小鏡子化妝，在塗著口紅，上唇的已好了，下唇的也塗了一半了，見他進來，一驚，手拿著唇膏不知往哪擱好。他平常都是八點三十分後才到公司的，而小茜也總能趕在他進門前，將自己的儀容美化好。

明白嗎？你的形象就是公司的形象！小茜每天早晨都像小學生做功課似地背誦何東的訓導。

小茜手裡的唇膏壓著下嘴唇，愣愣地看著何東經過她跟前進了辦公室。她好像聽見他還打了個招呼。她笑的時候，臉上的肌肉有些僵硬。但他的笑容倒是千真萬確的燦爛，這點她可以肯定。小茜聽到門砰地關上後，才回過神來，趕緊將那一半嘴唇塗好，再用衛生紙印了印，又照了照鏡子，才像完成了一件事似的舒了口氣，闔上化妝盒，放回包裡。

抬頭看牆上的掛鐘，是八點〇五分。小茜盯著桌上的電話機，心裡懸著另一件事。她唯有等待。

電話鈴一響，看是內線，小茜抓話筒的姿勢就像火中取栗。你來一下。那聲音好像充滿了陽光味，她懷疑是不是自己聽錯了，但不敢重複問。放下電話筒，想了想，便整理了一下衣服，她拿上要簽的檔案，站起身。辦公室那頭的小成扭過頭來，一臉的關切，小倩則一臉詭祕的笑容……

小茜舉手敲門，力度恰到好處，而且都是三下。聽見裡面應了一聲進來她才推門進去。何東正背對她在檔案櫃裡找東西。她站著等他回過身來，坐回椅子，才張口解釋，何總，我——

哦？不錯。何東看了她一眼。

這是要簽的檔案。小茜忙順勢乖巧地轉了話題。

那先放這吧。今天別讓人打擾我。何東翻了翻檔案，仍讓它擱桌上。

那——沒別的事我就出去了？

沒了！他說得很肯定。

小茜出了門後，下意識輕輕撫了一下胸口。奇怪，今天犯啥病了？

一抬頭，見同事望著她，在找答案。小茜不禁有些惱，但她的臉上立刻綻開了燦爛的笑容，輕飄飄地走回自己的位子，坐下。那些幸災樂禍的目光一下子黯淡了下去。小茜覺得十分的舒心。這一天裡，她將回來讓他給您回電話這句擋駕的話說得特別的溫柔動聽。

那——謝謝啦！小茜每每聽見對方這樣，差點就相信自己說的是真話了。

午飯時間，其他人都去吃飯了，辦公室一下子顯得空蕩起來，小茜才意識到何東一上午都沒出來過，於是便拔了個電話進去。她是對何東今天的表現有些好奇，本來何東說過不要打擾他的，聽口氣當然也包括她在內，但她覺得找到了一個好理由。

何總，該吃午飯了。她說得很關切。

你們吃吧。我……不餓。何東看來並沒有不滿她的打擾，只是覺得有些突然，但又認為是應該的，祕書嘛，所以答完這話，也就再沒多餘的廢話了。

小茜掛了電話後，心裡不斷地揣測著，何總今天到底怎麼了？她出門時，又轉身往何東辦公室的門望了一眼，與平常並無兩樣。她吃飯時也一直想著這事，但還是百思不得其解。

一整天何東辦公室的門都緊閉著。到了下午五點鐘，還差半小時就要下班時，何東的門突然開了！全辦公室的人都抬起頭。他拎了個密碼箱匆匆地離開了。今天誰都會覺得奇怪，平常何東比誰都走得晚。所以他前腳一走，其他人後腳就跟著交頭接耳地議論開了。

小成沖了一杯茶，走過小茜面前時，指了指何東辦公室的門。

小茜只是搖了搖頭。

何東砰地鎖好車門後，就走進一家叫爭豔的花店。正在剪著花枝的店員見了他，忙放下手中的剪刀打招呼。何東很快地將花店裡千姿百態的花掃了一眼，用手指撫了撫花瓣上沾著的水珠。他不禁讚嘆這世上的美麗竟可以採集於一屋。想想在家裡的倪虹，他也有一種幸福的滿足。他的肚子咕咕的唱了一聲。他輕輕地吹了一聲口哨。

聽著花店小姐的介紹，圍著那些美麗的仙子轉了許久，陶醉了一番，何東最後才精心挑選了一百朵玫瑰，全是紅色的。何東很喜愛這種讓人激動的顏色，讓你一見就燃起熱情。那花店小姐很小心地將那些玫瑰紮成一束，用色彩鮮豔的玻璃紙包好，遞給何東。他接過忙說謝謝然後很大方地給了她一百元的小費。

送給女朋友嗎？她揚起鮮花般的笑臉。

哎，也算吧。何東的臉也與那一百朵紅玫瑰相輝映。

何東懷抱著鮮花走出花店，覺得那小姐將走好啊這話說得很有韻味。他用右手掏出車鑰匙，開啟車門，然後彎腰進去，將花放在右邊的座位上。打著火後，他扭頭看了一眼花束。那花瓣上的水珠，不知是花店的小姐灑上去的，還是從花圃剪下時就有的，有種生機盎然的靈氣在晃動，他不禁吹了聲口哨。踩了離合器，一打方向盤，車子駛上了開始繁忙的路面。

車子在粉紅色的黃昏遊動著，微醉的夕陽像在遠處逗引，何東得花多一點精力在前方的路面，因為他正不由自主地滑向一個畫面的構思。

何東最後將車子停在了樓下，懷抱了鮮花出來，這時肚子已咕咕地唱開了。他希望一開啟門，就會看到同一幅畫面：倪虹穿著晚裝，端坐在飯桌的一端等他回來。一進門，他就說，祝你——你生日快樂！——她說了另半句，然後伸手抱住他的脖子，他慌得大叫，喂，小心——他把花藏在了背後。她叭的在他的臉上印一個吻，然後收下那束花。何東叫了起來，我的呢？她總是很大方地將自己投入他的懷抱，喏，全送給你。頓一頓，才說，今晚啊。她笑得典雅而迷人。就今晚啊？他聽了這樣的下文，就挑刺。貪婪！她又在他腮幫子叭地一下。他仍然瞇著眼睛，小氣鬼！她聽了樂得像一枝風中搖晃的花朵。

一屋的音樂包裹起他倆。

但今天他到了門口，將耳朵貼在門上聽了一會兒，裡面卻是靜悄悄的，心裡很有些奇怪。又在弄什麼新花招？他在心裡欣喜地嘀咕著。

他伸手掏了鑰匙，輕輕一聲叭噠開了鎖，一擰門把，他覺得手勁不對，進屋後反身檢視，哦，暗鎖並未鎖上。他記不清自己出門時鎖了沒有。

屋裡有一股悶熱。怎麼不開空調呢？何東很納悶。他將玫瑰花藏在身後，然後把胸一挺，躡手躡腳一步一步地踱向臥室。他每走一步，都準備著應付突然從某個角落衝出來的倪虹。他渾身有種哆嗦感，結婚都這麼多年了，他很奇怪自己為什麼還有如此的感覺。

他輕輕地推開了臥室的門，一探頭，就看見倪虹穿著黑絲綢晚裝，臉背著門，抱著枕頭躺在床上。那衣服還能穿麼？見此情景他一愣。

他心裡這時更是七上八下的，怕摸上前時倪虹突然翻身撲上來抱住他。他上前彎腰時很緊張。但並沒有出現他想像的那一幕——倪虹一動不動。他忍不住騰出一隻手，搔搔她的腳底，他感到有股涼氣傳上手指，他沒在意。逗弄了一會兒，仍沒反應。他倒驚奇了，平常倪虹讓他一逗，準會咯咯地眼淚都笑出來。現在他沒辦法，只好將花放在梳妝檯上，然後猛地上前彎腰抱起她——啊，都快成忍者啦！

他一喊完就感到心一沉，倪虹的身體並不像平常的那麼柔軟輕盈，他像抱了個塑膠衣架。他趕緊放下翻過她的臉，頓時驚得目瞪口呆——倪虹的臉因痛苦而扭曲著！他恐怖得渾身哆嗦起來，慌了一刹就拚命地搖她。她一點反應也沒有！

他愣了愣才想起什麼，衝到客廳的沙發，抓起電話就撥號，但一點回音也沒有。他又咔咔地撥著號碼。此時他才體會到這種仿古電話的缺點，當初他倆都說這種機型很有古典味，也不嫌它撥號時轉盤一圈一圈地轉浪費時間，反而覺得很有浪漫的韻味。此時何東真想砸了它！重複了好幾次，還是沒聲音，他一急忙檢視電線。媽的，插頭被拔下了！難怪今天他的電話一直打不進來，當時他還認為倪虹是故意製造些氣氛呢。

他插了幾次才將插頭插上。他拿起話筒剛想撥號，想要等救護車來真不知會是啥時候了，於是衝進臥室，抱起倪虹又衝出了家門。到了自己的車子旁，他一隻腳彎撐著地，一隻手仍抱著倪虹，另一隻手掏出車匙，開啟車門，將倪虹放進去。在這僻靜的地方，並沒有什麼人看到這一幕。何東打著火，衝上了路面。

他一連闖了好幾個紅燈，都沒人攔他，只是在路邊站牌下等車的人，都在議論路上那瘋了似的BMW，他媽的，又是錢多了沒處顯，往燈柱上撞啊！

剛進市區，正是交通繁忙時間，他又艱難地闖了四個紅燈。拐過麗園路的路口時，他剛闖過第五個紅燈，身後就響起了嗚嗚嗚的警笛聲。他從後照鏡裡看見一個交警騎著摩托車追上來。他鬆了鬆油門，車子慢了一刹，他又踩油門前進，但在車多的路上有勁也無處使。那交警在他前面截住了他。何東心急如焚地煞住車子，降下車窗玻璃。

那交警支好車，慢慢地邊走邊掏本子。何東不能喊，又不能那麼遠指給他看，解釋清楚。他眼睜睜地等著。那交警走到車旁，張口就要罵，你他——何東——我老婆她——用手指指倪虹。那交警反應還算快，看了那耷拉著頭的女人就明白了。一揮手，何東就衝了出去。

才一會兒，那討厭的警笛又追了上來。媽的，何東的心一沉，怒氣衝了上來，老子撞死你個臭蟲！他想等摩托車到了前面時撞上去。等那摩托車與他並排行駛時，何東正想一打方向盤撞過去，一扭頭看見那交警用手指了指前面，便衝到BMW車的前面去了。這時何東才明白怎麼回事。差點幹了件蠢事！原來那交警是給他開路。何東顧不上擦額頭的冷汗，抓住每一個機會，猛踩油門，直往醫院衝去。

嘎的一聲，車子最後停在了醫院的門口。何東這時才對住在郊外的麻煩有體會，一有急事就顯出來了。他抱起倪虹衝進醫院大門，這裡此時是空空蕩蕩的，他不用左閃右躲地進入。何東努力昂著頭，跟著標誌衝進了急診室。他將倪虹往病床上一放，就喊，大夫！大夫！我——但那個背對他坐著的醫生沒反應。

他一急，走過去一拍肩頭，那醫生一驚，跳起來想發作，你幹——何東忙用手指著病床。那醫生才收住口，趕緊取下耳塞，怎麼啦？何東覺得他問得很蹊蹺，到底誰是大夫啊？但他不敢發火，倪虹還得靠人家救呢！她昏了。何東說了一句廢話。

那醫生其實也是按習慣隨便問問而已，所以並沒有理會何東的回答，不急不慢地走過去，還說，不要擔心。這時，他的傳呼機響了，他掏出一看，又忙轉身抓起電話。何東急得跺腳。那交警進來，一看那醫生的臉上開滿笑容，頓時怒氣沖沖地抓住他的白袍大罵，媽的，人都快死了，你還有——何東趕緊拉住那交警。

那醫生放下電話，整了整衣服，壓抑著氣鼓鼓地說，怎麼，警察就可以打人嗎？那警察一聲他媽的，你這嘴——就想揍他，但被何東拚命攔住。

那大夫用聽筒聽了聽，把了把脈，又用小手電檢視了倪虹的眼睛，然後無可奈何地搖搖頭，沒辦法了！正屏住呼吸等待的何東聽了這話，一把抓住那大夫的肩膀，不會的！那大夫有些氣，但忍住了，你是大夫還是我是？何東絕望地待在那。

那交警走過來，拍拍何東的肩，沒說什麼。那大夫想了想，走過來拍了拍那交警的手臂，示意他出門口。

好像是中了劇毒。那大夫站在急診室的外面，有些吞吞吐吐。什麼像不像的，你是專業人士。那交警對他的話很不滿。

我意思是說不是一般的中毒，而且時間比較長了。那大夫有些小心地擇詞說話。

你的意思是——那交警開始有些明白他的話了。好，那你們再確定一下。

那交警與那大夫一起走回屋裡。

我看看你的駕照？

何東一言不發地慢慢掏出了身分證。他的駕照等都留在了車上。那交警將上面的內容都記下後，又向了些諸如住址之類的問題，就還給他。何東用發抖的手指掏了張名片，遞給那交警，說，以後再謝你。

那好吧，等會兒你最好叫輛計程車回去。那交警臨出門口時關照何東。

何東不置可否地點點頭。

二

何東推門進了屋，腿有些發軟，一下子癱在沙發上。這時他才感到渾身都是汗，襯衫溼溼地黏在皮膚上。他用手拉鬆了領帶，喘了口氣。剛才去醫院的路上，他忘了開空調，他並未感到熱；回來時那計程車司機為了省錢，也只開了車窗，悶熱的空氣裹著汽車的尾氣吹進窗來，將何東的頭髮弄得亂糟糟的，但他也未責怪司機。現在他才感到屋子裡十分悶熱難受，連喘氣都困難。也許倪虹從早到晚根本就沒開空調。

他在黑暗中坐了半個小時左右。他對這突如其來的災難，一點也沒有心理準備。他還在繼續發呆，突然，門鈴響了。他沒理睬。但門外的人好像知道他在家裡似的，堅定不移地一次一次地按響門鈴。何東在心裡罵了句真是那壺不開提那壺。誰會跑那麼遠來找自己呢？他強撐起身子去開門。

何東開了裡門，從防盜鐵門的鐵柱縫望出去，外面是三個警察。

他一愣，不是昨天才查過嗎？何東以為是查戶口的，很不滿地嘟噥了一聲，然後摸了摸口袋，掏出身分證。我們找何東，那個高個警察走前一步。何東無力回答似的，扭頭按亮了電燈，然後遞上證件。他以為看過後就沒別的事了。但那警察接過看了看，對另外二人點點頭，就是他了。

何東剛將鐵門開了，突然瞥見其中的一個警察身上掛著一個鼓鼓的包，腦子裡有個念頭一閃而過。他在這個社區也住了很久了，和這的片警也都打過照面，有些還一起吃過飯呢。但面前的三位，他一點印象也沒有。如果是新調來的，也不可能三位都是新的。難道是——何東已經很麻木疲憊的神經一下子警覺起來。

這段時間，歹徒冒充警察查戶口上門打劫的案子，上個月在鄰近的社區就有好幾起，他這裡的警察還挨家挨戶的發告示通知讓住戶提防。何東想到這，左手下意識地將拉開了大半的門關小了一些，而且扶著門框的手暗暗用著勁。他想他們看過身分證之後，一交回給他就關門。

但那高個警察並沒要走的意思，說他們來是為一樁案子的，抬腿就要往裡走。何東慌了，忙問什麼案子，與我有關？那隻手使勁想關門。那個高個警察說，我們是東城區警察局的刑警。

何東聽了更慌，他想要是自己犯案的話，也只會與經濟案扯上，那來的也是監察院的人，可面前的卻自稱是刑警，這不對勁呀，何東腦子裡的那個念頭更強烈了。我——何東急了，不想讓那些人進屋。

他感到身子發冷。那高個警察見何東的神態，忙掏出證件讓他過目，我們是為你愛人的事來的。何東接過證件並沒細看，其實他也分辨不出真偽。但警察的那句話，倒是讓他緊張的神經放鬆了一些，手一鬆，門開了。

何東站在客廳，反而覺得自己像個客人。他看他們忙開了，小個子警察將包包放在沙發上打開，將包裡的照相機拿出來。何東在之前還以為是刀子一類的東西。他們問了何東進屋前後的情況。

你回來時發現有什麼異常嗎？

沒……啊……門的暗鎖沒鎖上，不過……也許我出門時忘的。

何東將事情說得支離破碎的。但那警察沒抱怨，只是重複問幾次。

然後是檢視屋子。當那照相機的閃光燈一霍一霍地閃亮時，何東總有一陣陣的心驚。童年時他特淘氣，鄰居小孩的父母常上門來投訴，母親常氣得掉淚，用柳條抽他的屁股。每逢打雷閃電，他嚇得哇哇大哭躲進母親的懷裡時。母親就會嚇唬他，看見沒有，雷神專劈那沒良心傷娘心的人，一道光過後，頭就掉地上了。你看，雷神正劈那些人呢。

何東的眼睛在閃光燈閃亮時緊閉著。

忙完後，那三個警察收拾好東西，正要走，那高個警察身上的傳呼機響了。借電話用用，那高個朝沙發走去。聽口氣，對方像是他的愛人，他一點緊張的感覺也沒有，好像什麼事兒也沒發生一樣。末了，居然笑了出聲。這讓何東在一股悲嗆衝上喉嚨時又有一股怒氣交替犯上來。

完了沒有？

那警察扭頭看了他一眼，沒有說什麼，就把電話掛了。

想起什麼就和我們聯繫。

高個臨出門時，遞給何東一張名片。何東聽了很不舒服，就像聽到醫生對病人說你常來啊一樣彆扭。找你們準沒好事，何東在心裡嘀咕。

就在那三人跨出門口時，何東瞥了一眼那電話機，突然想起什麼。等等。他們聽了都轉轉身子。何東看了看外面，我回來時，電話的插頭已被放下了，他說得很小聲。那個高個點點頭，好，我們會再聯繫你的。

何東關上門後，才覺得自己重新成為這屋子的主人。滿屋的東西都沒了生氣似的，連魚缸裡的魚也好保被催眠了似的，停在了水中。他想起了小時候，他在外地工作的父親回家過春節時，給他帶回幾條彩蠟做的小金魚。

何東樂得手舞足蹈，將小魚放在灌滿了水的魚缸裡，還將那乾草也放進去了。那魚被一根拴了鉛塊的線固定，所以那魚兒總在一個水平面上浮著。但他已很滿足了。別的孩子問從哪兒搞到的，他總是很驕傲的回答，我爸爸從好遠好遠的地方帶回來的。

何東盯著魚缸看了好久，掃了一眼日曆上的汽車與美女的照片，想起了一件事，忙給公司的小成打了個電話，讓他來取車鑰匙，將還停在醫院的車開回來。

三

小茜這天來得很早，心情也特別的好。化過妝的臉更顯得嫵媚可人。小成倒開水走過時，笑嘻嘻地與她開玩笑，和男朋友喝早茶啦？

以前小成就特欣賞小茜化妝的過程，說，看，美麗的春天來到了。小茜聽了仰臉笑得很甜。正對著鏡子描眉的小倩翻了翻眼白。

小成坐回椅子，將要報銷的車票、發票整理好，填好報銷單，拿給老聾。

還缺何總的簽字，老聾將那疊票據推回給小成。

財務部經理簽了不就行了嗎？小成急了。

剛改啦。超過一百元的要何總簽字。

幹嘛不早通知呢？小成報不滿地發牢騷。

該報的肯定能報，什麼通不通知的。老聾本來就對小成的報銷金額有懷疑，所以話裡有話。

小成拿著單據回到自己的桌子，心虛地嘆地口氣，又是條條框框，真煩人！坐下將案頭的東西整理了一遍，然後心不在焉地寫那份可行性報告。他不時抬頭看一眼牆上的掛鐘，從八點三十五分看到十點三十分，但都沒看見何東來公司。他的心裡有些煩躁，不時撕下寫錯的信紙。嘶嘶的聲音讓老聾聽了有撕心裂肺的感覺。

老聾對公司裡的年輕人總搖頭：人家老外還將用過的翻過來寫，人家富了也不忘講節約。看看你們，唉……他還經常向何東提削減開支的建議，所以年輕人總抓住機會，有意無意地在何東面前暗示，老聾年紀大了，出去與稅務、工商的打交道不方便，該讓年輕人辛苦些。但何東聽完總笑著說，老聾幹得不錯嘛。

十一點鐘的時候，小成見公司的大門一響，以為是何東，抬頭一看，愣住了，是三個警察。一屋的人都很詫異。老聾見了忙站起身招呼。

我們找何總，高個子警察說明來意。

他還沒來，先裡邊坐吧。

老聾忙離開椅子，在前面引路，進了會議室。寒暄了幾句，那高個警察就將話題轉入正題。關於昨天何東的表現，陸續被叫進來問話的人都答得差不多，只是偏重點不同而已。

他還和我打招呼了呢……笑容滿臉的。小茜很維護何東。

他只叫過小茜進去……不知說什麼……小倩說話時，臉上現出神祕的表情。

少有的……走得匆匆忙忙的……小成將眼睛瞪得大大的，說得繪聲繪色的。

就早來了一些時間……老聾一臉的認真。

慢慢說，別急，再想想。高個子警察邊問邊提醒。另一個很瘦的警察不時在小本上做筆錄。出來後，大家不明白出了什麼事，都嘰嘰嘎嘎地交頭接耳。

……難怪昨晚的神情與早上判若兩人呢、現在想想他笑得也怪、不像是與我們笑的、一天都沒見出門、奇怪這麼早來早走居然沒被訓一頓、唉算你走運在裡面幹什麼、喂也沒啥不妥啊、扳著面孔才算正常呀、不是這意思……

……哦，還有，財務經理，病了。老鞏一邊開門，一邊扭轉頭應答。那三位警察聽了也就哦了一聲，沒再問下去。大家見裡面的人出來了，便都停住話，眼瞪瞪地看著老鞏送他們出去。

老鞏，什麼事呀，搞上門來繪聲

我也不是很清楚。

真的?好像挺嚴重似的。是不是——

別亂猜測了，幹活吧。何總來了不就知道了嘛。

牆上掛鐘的指標已指向十二點二十三分了，小茜翻了翻桌上等何東簽字的檔案，有些心急了，而且昨天簽好的又沒拿出來，想了想，便撥了何東手提電話的號碼。

何東昨晚昏昏沉沉地在沙發上過了一夜，醒來後看著錶，就打消了去公司的念頭。他胡亂刷洗後，就開車去了醫院，辦倪虹的善後事。但何東被告知，警察局有通知，說暫時還不能交給殯儀館，可能還要進行屍體解剖。前一句何東還能接受，後一句聽了則肺都氣炸了，什麼?這不欺人太甚了嗎?於是便和負責人辯起理來。但是人家只丟給他一句，你跟警察局爭去吧，便給那邊撥了個電話，通了之後將話筒遞給何東。

……是手續問題。那邊好像很客氣。

但何東聽出了那是給他的答案。真他媽的王八蛋！這時何東的手提電話響了，剛接通，那端的小茜聽見嚇了一跳，所以一時愣住了，何東一連喊了幾聲，喂喂，誰？說話呀。小茜回過神來，將公司發生的事簡單彙報給他聽。知道了，何東聽完很不耐煩地掛掉。他像困獸一樣走來走去。

屋裡的其他人照常各自忙各自的事，當他是透明的。最後，他耐不住了，提出想去看看倪虹。沒問題，人家也很爽快地答應了，然後就給他引路。

接下來的幾天，何東都是在焦急、憤怒、疑惑、驚恐、等待中度過的。他認為，倪虹自殺是不可能的，而且也沒理由呀，自己對她可是好得沒法說了。被殺？但家裡的東西一件不少。難道剛好聽見我回來，來不及拿走？唉，天呀，他不斷去設想某種可能性，但又不斷被他自己找的理由否定。最後累得他晚晚做惡夢，心身被折磨得疲憊不堪。他大部分時間都花在這上面。公司的事不急的就先放在一邊，有時要小茜催他才想起有那麼一回事。

何東越來越盼望警察局給他一個答案。

當那個高個警察打電話讓他去一趟的時候，何東心想謎底快要解開了。他急急地趕到東城區警察局，進了高個警察的辦公室。你坐你坐，那警察給他讓座。何東對這種熱情覺得彆扭，但還是坐下了。雖然好像是在隨便問問，聊聊，但何東覺得自己像疑犯多些，因為旁邊還有人在做筆錄。

何東希望他們趕緊談談案子的偵破進展。但警察一點也沒不急。東拉西扯地問一些在何東看來與案情毫無關係的事。

……你不是有手提電話嗎？

放在車上了。

幹嘛沒拿呢，不怕公司有急事？

平常有拿。但那天特意不拿。

哦？為什麼？

那天是我們的生日，不想被打擾。

家裡沒少東西吧？

沒少。

何東被問得越來越不耐煩，好像我是疑犯還是怎麼的？他有點想發作。我們可沒這樣說啊，你急什麼？那高個一點也不惱，拿過桌上的一份報告，接著說，你妻子是中劇毒身亡的。我們的法醫有解剖化驗報告。

一聽解剖兩字，何東頓時氣得兩眼發昏。他的想像又在折磨他了，他彷彿看見那個剛出校門的小夥子，按耐住磨拳擦掌的激動，儘管他在學校時，就解剖過不少的屍體，也是很平靜的，因為那些東西一點也沒有美感。但現在的卻不同，除了她的臉部肌肉扭曲外，身體的其他部分簡直讓他驚嘆——太美了，他對於自己有幸跟她交流既感到幸福，但又有一種負疚感，他在一種複雜的矛盾中，在老法醫的催促和指導下，手微微發顫地下刀……

何東出門時還在沉溺其中，高個在他背後問了句，你很愛你妻子吧？

四

何東坐在臨街咖啡館靠窗的位子，不時用湯匙攪拌杯裡的咖啡，然後抬頭看看外面走過的行人，這時他心裡才泛起寂寞的滋味。平常他一忙起來，總是很充實。但不能停。靜下來他就無法不思考一些困擾自己的問題。他現在就希望自己是在這消磨時間。但其實他是在等一個客戶，還沒到，所以他有時間享受閒情，而且也只有這樣短短的時間，領略起來，才像美景一瞥而過，讓人有種無法再追而又回味無窮的感覺。

那時他還只是個貿易公司的業務員，為了接近心中的目標而終日奔波。我只想有自己的房子。何東來到這個城市闖蕩了一年，已東挪西搬地換了七八個住處，因此對房子的感受最深。所以他對那些已有房子，還不斷抱怨它小，不夠大，又或嫌銀行存摺上的存款位數不夠多的朋友只說了這樣的一句話：哎，金窩銀窩，不如自己的窩！這也是何東的口頭語。

一年裡，他在工廠幹過管工，在夜校教過書，也幹過業務，但都不能解決他最關心的房子問題。最後他選定去貿易公司幹，這雖與他所學的哲學與歷史專業相去甚遠，但何東自有他的打算。做這行雖然辛苦，東奔西跑的，但他可以學到許多東西，而且能收集八方的訊息，開眼界，做得好的話，還可以拿到數量可觀的佣金。

何東的腦子裡，老晃著倪虹談起某某拿到房子的鑰匙時的眼神。

等籌夠了錢，我們就買房子。他常在燈下摟著倪虹的脖子，一邊翻看著存摺上的存款數，一邊在她耳邊喃喃細語。

多久？倪虹有些急迫，環顧著小小的房間，憂鬱地想著上漲的房價。這房子還是研究所照顧倪虹的，是把一個大房用三夾板間隔成幾個小房間的那種，連夫妻房事時的激情與興趣都會降低不少，倪虹和何東用接吻來減低高湖時的伸吟聲。有了房一定喊個痛快。兩人完事後總是氣喘吁吁地擦著額頭上的汗。

更多的時候，何東是在欣賞倪虹美侖美奐的裸體，那是一種無法用語言來描繪的美，一種生機勃勃的古典美，這正符合何東的審美觀，一種青春與母性完美結合的女性美。由於日久天長的觀察累積，何東非常熟悉倪虹身體上的峰巒湖泊和平原，再細微的變化也逃不過他的眼睛。對此倪虹又怕又喜。怕的是自己終會一天天衰老；喜的是何東這麼愛自己，也懂得欣賞美。

等有了房子，我要好好研究我丟荒了的哲學。何東憧憬著未來。

一年很快又過去了，何東的存摺上的存款，也夠買一套兩房一廳的房子了。那天他去一家房地產公司看看資料，沒想到碰上了大學同學何西。哎喲，怎麼在這裡碰上啦！兩人都有些意外。

一出校門，大家就各散東西了，何東給何西寫過信，信封上寫的是分配時的公司地址，但最後被寫上查無此人退了回來，於是他們便失去了聯繫，沒想到這傢伙竟也跑到這座城市來了。找家咖啡館坐下聊聊吧，何東拿了幾份資料後，有了談話的激情。好好，何西也要了一疊；就和他去了一家臨街的咖啡館坐下。

每次來這種地方，你總挑靠窗的位子。何西笑他。

何東笑著說，我愛觀察世界嘛。

是女人吧？何西打趣道，哎，你家的美人還風采依然吧？可別讓人給拐跑啦。

真這樣，也沒辦法。何東笑得喜滋滋的。當初他追到倪虹時，好友們就擔心他守不守得住陣地，何東只是說隨緣隨緣吧。

談著談著，他倆的話題就不由自主地滑向其他方面。何西說他最近得到訊息，當然是很可靠的內部消息，他特地強調內部兩個字，說股市低迷了這麼久，政府打算刺激一下，問何東有沒膽量賭一賭。其實也不算賭，既然政府插手，那一定會見效的。他是看好的，只是自己資金不夠，要與他能合著入市的話，就能賺得更多。

何東很遺憾地說，可惜我要買房。

何西說，過了這村就沒那店了。

我和倪虹做夢都想有套房子，何東搖搖頭，攪拌了一下咖啡，端起來喝了一口。

那——何西低頭想了想，喝了口咖啡，我有個兩全其美的辦法。

不妨說說，何東的眼睛被窗外走過的一輛嬰兒車所吸引，沒有房子，孩子我也不敢要呢！我家可是三代單傳呀！

你可以買房，但不要一次將款付清，分期付不就行啦？何西說出了他的想法。

對呀，我怎麼沒想到呢？何東責怪起自己過於迫切的心情了。

離開咖啡館後，何東路過證券街時，看見各個證交所的大廳裡，空空蕩蕩的。陰鬱的天空好橡已有好長的一段日子了，再不天晴，恐怕會有不少的人都會發瘋的。他邊走邊想著那些被套牢的愁眉苦臉的股民。

消息準確啊？何東隨何西去證交所時，還差點打退堂鼓，管理機構怎麼會透露消息呢？

哎，你這人也真是的，現在好多東西都還不規範。告訴你吧，那是我叔暗地裡透露的。何西說得很神祕而得意。

接下來的那一個月，股市果真風起雲湧，顯得牛氣沖天。何東每次經過那條街時，總看見各個證交所都是萬頭鑽動的，不斷爬升的股票價格，讓股民的手掌都拍紅拍疼了。天空依舊灰濛濛的，但那些股民的心空，已是陽光燦爛，只要你看看他們額上的熱汗就知道了。

在這段時間裡，何東的心是忐忑不安的，一方面怕倪虹知道他與何西背著她做的事，因為她已問了好幾次啥時能拿到房產證；另一方面又希望股市繼續向好，所以捨不得將資金抽出來。我只想有一套房子，再有十萬元就很滿足了。這是他的最初願望。等何西聽到另一則內部消息，將手中的股票全拋了出去時，他倆都各有五十萬元抓在手中了。這時，何東才敢將整件事告訴倪虹。

要是萬一……倪虹氣得直掉眼淚。

但不管怎麼樣，何東成功了。成者為王，敗者為寇，這是千年古訓，何東再經過那條讓人瘋狂的街，又看見那又變得冷冷清清的大廳，看著那些在門口流連的垂頭喪氣的股民，他對那句話有了更深的體會。股票何東是不敢玩了，他覺得當時是一念之差所促成的，事後想想是有些後怕，那玩意兒太投機了，一不小心，錢就打水漂了。他雖然答應倪虹不再冒險了，也仍然去公司上班，但看著存摺上的錢，他又有點心動了。

於是便有了一家自己的公司。由於何東在那家貿易公司幹過的緣故，他不但挖走了部分老客戶，而且靠他的誠實和勤快，他還爭取了不少的新客戶，因為做這行信譽特重要。你想，在這樣一個小地方，你放個屁，別人都能嗅著，你可以騙一次，但總不能騙十次吧？何東很明白這個道理，所以他的生意越做越好，也越做越大，他賺的錢也像滾雪球似的越滾越多。當然困擾他的問題也越來越多，也像滾雪球似的，將他的心包裹得越來越緊，越來越重，他有時會有喘不過氣來的感覺。

我的哲學呢？我的寧靜呢？創業難，守業更難啊！換了你會怎麼做呢？那麼一大攤子，你說放下就放下呀？容易麼？……這些亂糟糟而又現實的問題，何東簡直就怕去思考，所以只有在忙的時候，他才感到自己像在休息。他甚至怕一停下來，那些煩惱就會像窮追不捨的追兵追殺上來。

他有時把自己與那個不停地把滾下來的大石往山上推的人聯繫起來。對這個哲學問題，何東無可奈何地笑笑，之後是搖頭。

當然，何東也體驗了作為有錢人的好處，住大房，開好車，受人尊敬和羨慕等等。但搬進新居後的那些夜晚，何東和倪虹的夜生活，過得並不像先前想像的那般過癮。何東和以前相比，在外跑的時間多些，雖然他還是很有激情地要倪虹，但有時還是難免會顧此失彼，盡心盡力了，效果並沒有預想的那麼好。

有時何東會很沮喪地問倪虹，怎麼啦？因為他覺得她的叫喊聲不夠激動人心。而倪虹則關切地問他，你今晚喝酒啦？她感覺到他有點累的樣子，便拿了毛巾替他擦汗。何東搖搖頭，欣賞著倪虹手臂擺動和身子顫動時的美妙，嘆息說，要是永遠能留住，多好啊！倪虹幽幽地說，那也是一個哲學問題吧？

每個生日，倪虹許完願後就會問何東，你的願望呢？何東總會這樣答，給我生一個女兒一個兒子，那肯定能把你的美麗留下來。倪虹總很生氣地嘟起嘴，沒門！不是說好了的嗎？但何東從來都以為她是故意裝的，所以總是逗她，說，你不給生，那好，我找人生去。怎麼樣，夫人，准相公納妾否？這時，他就會看見倪虹的眼睛浮起很深的憂鬱，那一顆顆的珍珠便像斷線了一樣散落。何東看得很痴迷，既心動又心疼，忙樓住地說，好啦好啦，和你開玩笑吶，有你一個就夠啦。

很多時候，他讓房子裡的黑暗填滿眼睛。那一排排的書架，在他的面前晃著很虛的影子，也有火一樣的焦躁在黑暗中灼痛他……

坐在這咖啡館裡，何東感到來這裡是等一個客人，卻又好像不是，或者只是一種習慣而已。他不想待在公司裡，讓他的員工憐憫自己。

其實，有誰能替你受過的呢？在這裡倒好，並沒有人會去注意你，別人會把你看作是一個與他們一樣的人。何東小時候看電影，也常常為銀幕上的人和事著急而大聲喊叫，但上面的人卻絲毫不為你所動。

五

一上班，小成又把那疊要報銷的票據丟在老鞏的桌上，心裡有些忐忑，但他臉上裝作若無其事。老鞏慢悠悠地從手提包裡拿出老花眼鏡，戴上後，翻了翻，不是說了，何總的簽字呢？他有些怪小成的記性不好，邊說邊指著那些票據的金額。

他那樣的心情，誰敢自討沒趣呀。小成像很委屈地抱怨。

你就不能等等嗎？又缺錢花呀？你們年輕人真是——唉！老鞏搖搖頭，將票據退回給小成。

這段時間，何東來公司的時間和行蹤都不定，誰也摸不準，大家也不敢問，只是在私低下猜測那件事進展得如何了。但大家也不敢遲到或早退，生怕他什麼時候會突然闖進公司來。

這倒好，看誰敢偷懶！整間公司只有老鞏的想法與眾不同。

小成拿過票據，又丟回自己的抽屜。他想了想，便端了茶杯，走到小茜那邊的熱水器倒開水。小茜低著頭在那啪啪地打字，眼睛在檔案與螢幕上來回流連，腦袋輕輕的有節奏地晃著。

小成很有滋味地欣賞那輕微跳動的頭髮，以至於杯子例滿水後，又溢位，把他的手燙了一下，才回過神來。要是再戴上耳環一定更美。小成想像著那耳環輕輕晃動的韻味。很可惜，小酋從來就不戴耳環，連化妝也只是因公司要求才做的。小成端了裝滿水的杯子經過時，與低頭忙著的小茜搭腔。

小茜，你戴上耳環一定更漂亮。

是嗎？小茜抬頭笑了笑，又低頭忙。

何總什麼時候來？小成見她這樣，只好把下面的話接著說。

他沒說啊。你有事呀？小茜敲完一個字後，抬頭問他。

啊——我要的那份合約，何總簽好沒有？

昨天不是給你了嗎？忘啦？

啊——對對。我這記性呀。不過我……

要有急事，你就打他的手機好了。他也囑咐過的。號碼有嗎？

有，我有，在我的通訊錄上。……小茜？

是不是要幫什麼忙啊？小茜見他說話吞吞吐吐的，便停下手。

啊……沒事沒事。我以後要是也開公司，你就幫我物色個像你這樣能幹的祕書，怎麼樣？

哈？這可是個宏偉目標。找祕書還用人推薦，廣告一出，應徵者雲集。辦完事剛回來的小倩聽了小成最後的那句話，嘴巴就像機關搶似地掃開了。小成也真沒良心的，何總一有點事，你就想著後路。末了，她加了句。

老鞏搖了搖頭，又忙開了。

哎，你這人怎麼啦，說說都不行啊？小成被說得臉紅了，忙掩飾原來那得意的神色。端了杯子，踱回自己的位子，坐下來，邊幹活邊不時地抬頭看鐘。

六

何東坐在沙發上，任初升的太陽照著自己的臉。他可以感到陽光的熱力在慢慢地加強。但他沒有開空調，他可以感到體內的熱力也沿著毛孔向外滲出。等他感到有些喘息的時候，才拿起身邊的遙控器，一按，一股涼風便像絲綢一樣滑過他的肌膚，他鬆了一口氣。

環顧四壁，何東有一種說不出的孤寂。四面的牆壁很堅決地將他的目光反彈回來，讓他暗暗地吃了一驚。

這天是週日。以往何東總是與倪虹靜靜地吃完早餐後，要麼去郊遊，要麼是到水庫、河邊釣魚，靜靜地坐上一天，雖然這樣的日子後來越來越少了，但他還是努力爭取過。但現在一切都已煙消雲散了。

何東嘆了口氣，然後站起身來，端詳著牆上他倆的結婚照。倪虹的笑容如外面的陽光一樣燦爛，何東的心有種被灼傷的感覺，他微微地瞇了瞇眼睛。桌上擱著的那束玫瑰，已經枯萎。他走過去拿起來，便有一瓣瓣的花瓣散落桌面和地板上。

何東站著發了會兒呆，想想還是找點事兒做做，省得閒得心慌。做什麼呢？啊，對了，何東看了眼結婚照，然後想將倪虹的遺物整理整理。這段時間，何東根本就沒心思收拾房間，所以仍保留著原來的樣子，他一看就傷心，他在這房裡似乎還可以嗅著倪虹的氣息。他將梳妝檯上的瓶子盒子什麼的按大小高矮排列了一遍，又將插在筒裡的梳子取出，用手指拉扯著那纏在梳齒間的倪虹的頭髮。

他用手一彈，就似聽到了倪虹的嘆息在空氣中顫抖。何東的心一慄，又彈了幾次，才又將頭髮纏回去，恢復原樣，插回筒裡……他細心地做著這一切，就好像在模仿倪虹每天要做的功課一樣，在這種過程中，他有種怦然心動的悲傷的激動。

一連好幾天，何東都反反覆覆地做著這個遊戲。他在這過程中，像不斷地受到催眠，又不斷地醒來。他發覺自己好像在過另一種生活。

另一個週日，何東想找多些倪虹的遺物供自己回憶什麼的，於是他又在房間裡忙開了，蒐羅與倪虹有關的對象。最後，他將目光停在了他在角落找到的一個小木箱。檀香木板的，鏤花，做工精細。他用手指撫摸時，可以感到那細密的木紋，有一種涼爽的細膩傳上了他的手指，猶如他那天搔倪虹腳底時的感覺。何東的心不禁疼痛起來。

他將臉貼在那箱子，嗅到了那股涼涼的木香，那忽遠忽近的氣息。放下木箱時，那把小鎖咯的響了一聲。何東和倪虹都各有一個這樣的木箱，用來裝他倆的情書和一些有意義的小東西。當然，他們誰也不知道除那些東西之外，對方還藏了其他什麼，但從不要求對方公開。他們說這樣好讓各自擁有一點點小祕密，讓對方猜猜，吃吃醋也好，這能增加愛意。現在，何東忽然有了一種好奇，想知道倪虹的祕密。

他把自己的那個木箱也取出來，與倪虹的那個並排放在地板上，就好像小時候扮家家酒一樣。他用鑰匙開了鈕，掀開箱蓋，立刻就見那些信從壓得很緊的箱子裡彈起來，那有倪虹寫給他的第一封情書，那是從倪虹那兒飛向他實習的城市的一封航空信，信封四周有著好看的紅藍色的鑲邊，開啟時，裡面只有幾個字：

謝謝你，懂得欣賞。讓我考慮考慮，好嗎？

何東當時看了就像中了六合彩頭獎一樣欣喜若狂，他選擇在實習地給倪虹發信，是想若失敗，也好有時間和空間可以調整自己的心情，沒想到這會兒不但變得多餘，反而增加了思念的分量。整個實習期，他都幹得十二分的出色。

何東拿起那封信，抽出看了一遍後，又放回去。然後盯著倪虹的那個木箱，心裡有些猶豫不決，覺得不經主人的同意就開啟，是不是有點「那個」。但我們是夫妻，而且她……但何東最後找了個很充分的理由開啟了木箱，確切地說，是撬開的，因為他找不到那鎖頭的鑰匙。

裡面被壓緊的信，也在掀開箱蓋時彈鬆了一些，浮出了水面似的。何東看見被壓縮的記憶又彈了出來。他拿起他寫給倪虹的第一封信。然後他看一封自己的信，再看一封倪虹的回信，看之前先回憶自己是如何寫的，再猜猜她的回信是怎寫的。

他的思想在地板上的這兩個箱子跳過來又跳過去。

突然，他的思想與眼睛定在了箱底的一疊信上。何東對那些信封一點也不熟悉。有個念頭一閃，心裡咯噔一下，血就湧上了腦門，但他的身體不是發熱……

七

下午他到公司不久，屁股還沒坐熱，小茜的電話就進來了，說是東城區警察局的找，問何東接不接聽。何東想了想，就說，接進來吧。

拿起話筒一聽聲音，他就知道是那個高個刑警。

你來我這，有些新線索。那邊的聲音聽不出有什麼激動或是特別。

於是何東又匆匆地離開公司，一路上他想得很多。他將車停好後，心裡怦怦跳地踏進了那個警察的辦公室。

來啦。高個有些熱情地與何東打招呼。往來打了這麼多的交道，他們也算是熟人了。何東也點了點頭，算是回答，然後問讓他來有什麼事。

先坐，坐下談。那高個讓何東坐在沙發上，然後拿了個紙杯，走到飲水機給何東倒了杯水。

說吧。何東接過杯子，並沒馬上喝，瞪著走回辦公桌後的高個警察。說實在的，他心裡憋得難受，也憋得慌，想早點知道叫他來這的目的。

是這樣的——高個站在辦公桌的後面，但並沒有坐下來的意思。他拿起放在桌面上的那包紅塔山，彈出一支，叼在嘴上，然後用打火機點著，抽了一口，想了想怎麼跟何東說會適合些。他拿了個菸灰缸，走過去，放在何東面前的茶几上，然後坐下，揚了揚菸盒，說，來一支？

你說吧。何東用手示意不抽，嘴裡還是那句話。他將杯子放在茶几上。

是這樣的，我們了解到，你愛人買了人壽保險，金額很大，有這事吧？高個猛地抽了口菸，長長地吐出來後，下定決心似的說了後面的那半句話。

是有這回事。我倆都買了。何東對高個所提的問題有些不解，不明白這算什麼新線索，我們是夫妻！最後他還強調了一句。

這就是關鍵所在。高個望著在屋子裡飄來飄去的煙霧，緩慢地吐著話。

我不明白。何東皺著眉頭。

這就是我們所說的動機問題了。高個有些猶豫地說了個專業名詞。

你是說，我有——何東突然明白過來了，原來他們所說的新線索是這樣的，推理出讓他吃驚的案情新發展。我的天呀！何東沒想到這線索纏上他了，他感到脖子上像被勒了一根繩子那樣，呼吸急速起來。

可我們都寫對方是受益人啊！何東差點喊了起來。

關鍵是她已死了，而——高個一說完這話就覺得不妥，但也不想收回，這會讓何東更明白他話裡的意思。

你們怎麼可以這樣推斷呢！何東悲憤難抑。

對不起，我們理解你的心情，但這是我的工作。讓你來不也是想弄清楚嗎？我們的原則是不冤枉一個好人，但也不放過一個壞人的。希望你也理解我們的難處。那個高個也把話說得溫和些。

何東本想將他那天在倪虹的木箱裡的發現倒給高個聽，他不知道這線索有沒有價值，但又想，這不是等於告訴別人自己給戴了綠帽子嗎？他不想讓別人笑話自己，儘管這也是一條新線索，沒到最後關頭，何東決定暫時不說出來，再說人已死了。何東端起那杯子，一飲而盡，然後談起了別的事情。他要那個高個不斷地將他糾正，才不至於偏離談話的主題。

有什麼情況及時反映。那高個送何東出門時，握了握他的手。

離開警察局後，何東將車子開得飛快。闖過一個紅燈時，他就聽見警笛尾隨他而來。他無可奈何地將車子的油門鬆了，煞停在路邊。等他掏出駕照，遞給那交警時，兩人都不約而同地啊了一聲之後說又是你呀！真沒想到。原來那交警就是那天曾給他開路的那位。

還好吧？那交警關切地問何東，並沒有伸手去接駕照。

一塌糊塗！啊，說了要謝你的，總拖著，我看就今天吧。何東心裡正煩，想找個人聊聊，你幾點下班？

過二十分鐘我就換崗。那交警抬腕看了眼手錶。

那好，我先去鳳凰酒家等你，何東收起證件，向他揮了揮手，便駛上了路。他從後照鏡看到那交警也跨上了摩托車。

何東又坐在了臨街靠窗的位子。他看著夕陽的餘輝最後將這座城市的建築、車輛、行人等都塗上了一層光輝。那遠遠近近的高聳的大廈，跟積木一樣排列在何東居住的這座城市，構成了這城市生活的基調。

何東在夕陽沉沒，黃昏漸漸包圍城市後，聽到了某座大廈的大鐘噹噹噹的報時鐘聲，這時，他聽到很遠的地方有轟然倒塌的聲音伴隨鐘聲傳入他的耳朵。

來得真快，嚇了我一跳！何東與那交警說起那晚三位刑警找上門時的情景。

因不是我管的事，所以我就打了個電話。那交警一邊喝酒，一邊和何東應答。

哦，原來是這樣！何東聽了這話，一時明白過來了，但也不知道說什麼好，愣愣地端著酒杯，看了那交警好一會兒，才一仰頭咕嘟喝了下去。

他倆走出酒店門口時，滿眼已都是霓虹與華燈的世界了。那交警跨上摩托車，問何東，怎麼樣，行嗎？何東將車門打開，說，沒問題。

然後拿出鑰匙，發動，他朝那交警揮揮手，便駛上了回家的路。那交警看他的車子走了一段路後，才離開。

何東將車窗降下，讓風吹進來，車子開得飛快，風也大了起來，他一想起那木箱裡的東西，心就一陣急，再加上被風一吹，那酒氣就順勢湧了上來，他覺得所有的事都在一剎那向湧上心頭，轟地淹沒了他。一不留神，突然間他感到前面的建築物就如積木一樣倒塌，他的確聽到了積木倒塌的轟轟的聲音，還看見霓虹燈在眼前發出耀眼的光彩，之後他什麼也都不知道了……

八

醒來後，還沒睜開眼，就聽見旁邊有人小聲在說話，透著關切和欣喜的味兒。

……看，動啦，他醒過來了！

睜開朦朧的眼睛，我發現自己躺在床上，置身於一個白色的世界裡。斜上方有幾張臉孔向我傾斜，我忙閉了閉眼睛。我的腦袋像要炸裂一樣的疼。想要掙扎起來，但全身沒有一點力氣，力不從心。唯有喘著氣，聽那幾張嘴在周圍七嘴八舌地說著關切的話。

我感到極端的疲累和虛弱，腦子裡像空出了好大的地盤。我瞪著那兒張臉孔，費了很大的勁，才認出左邊的那張是妻子的，其餘的都是陌生的。

那是誰呀？你的同事？等那幾個人走後，我小聲問妻子。

什麼？他們是你的朋友呀！穿白襯衣不是阿海嗎？灰色夾克的是……

……妻子對我的問話，當時並沒覺得有何不妥，她認為我可能是頭昏眼花而已，多休息幾天就會沒事的。

但後來好長一段時間，我都把來探望我的朋友當客人看，妻子才警覺起來，讓醫生給我作了全面的檢查，結果是部分失憶，形象些說，是我記憶籃子裡的東西，在我摔跤時跌出了一些，就是說有蛋被丟擲了籃外，破了。醫生安慰我妻子，說要慢慢治療，這要靠家屬的配合。所以出院後，妻子便擔當起半個醫生的角色，她還發動我的朋友偶爾也做做這角色，努力想幫我盡快恢復記憶力。

在家裡，她不厭其煩地將與我倆有關的照片等等的故事重新敘述一次給我聽。走出家門時，她又會給我指認街道，並談及曾在此地發生過的事。遇見鄰居或朋友，她也會給我介紹說這是我過去的好友和鄰居，希望藉此喚醒我那部分還處於睡眠狀態的記憶，又或者說是重新在我記憶的籃子放進東西。好在他們並不見怪，因為他們都知道其中的緣故。

有些人還很羨慕我呢，說這樣輕裝上陣多好啊，將不快之事忘了那有多好呀，沒有包袱；當然，也有人替我遺憾，說那麼多快樂之事都忘了，可惜可惜呀！不是說嗎，經歷是一筆財富嗎記憶喪失了，不就像等同於丟了那一筆財富嗎？老了後，就少了一種生活——回憶。

總之，凡事都有好壞兩方面。別人為我著急，妻子就更不用說了。

有時她急得跳腳，不過也拿我沒辦法，最後總無奈地瞪我一眼，接著教我。還好，她的職業是個幼稚園的教師，所以平常練就的耐心就非常人能比了，這會兒倒派上用場了。要碰上她真的生氣了，我就逗她，我就記住了你呢，你千真萬確是我的妻子，對吧？這還不夠呀？她就會笑了。

這種生活是全新的，我在重新學習一些東西，我像是在複習功課。這些日子，我與妻子、朋友們的生活過得特別有趣。有時他們開玩笑說我一生共活了二次。我想也許是這樣吧。經過他們的努力，我逐漸對過去的自己有了個大概的了解，並慢慢將他的形象描繪出來。

出事前我原來是一名心理醫生，名叫何西，於過多種職業，也寫過一二部較有影響的小說，有時還在電臺報刊上主持專欄或節目什麼的等等。我初步整理出自己過去的資料，想想就覺得很逗，有時平白無故會一個人偷偷發笑。

有一天，我在整理書房時，發現一疊用橡皮筋紮著的信件擱在書架頂上，信封的右上角編有順序號，就寫在郵票的下邊。我覺得有趣，妻子說那是我主持專欄時收到的讀者來信，我還和她談起過這些信件的主人呢。

我很好奇地按順序將那些信看了一遍，再在妻子對某些情節的補充下，我根據這些署名虹的信粗粗地勾描出了她的生活：就快要三十歲了，美得讓丈夫目眩。他有外養情人的企圖，她不育，對未來感到恐懼等等。她要用一種特別的，或說殘酷的方式，讓自己的美，在他的心中佔有至高無上的地位，伴隨他到永遠。她還希望我將她的故事寫成一部小說，這樣她就雖死猶生了。

我對這個女人的故事很感興趣，覺得很有新鮮感，不禁心動得手癢癢的，但記憶裡的存貨又不多，於是拿起筆來就有種心虛。為了寫得更符合虹的意圖，我決定先做些調查，因為我不知道誰是虹，明查暗訪之後，才得知信封上的地址也只是個信箱而已。

後來，我和警察局的朋友聊天時，他說起一個案件，那個女死者的名字也有個虹字，但無法證明是不是就是那個虹。那個案件最後也成了無頭案，不了了之了，因為沒有證據。當然那個叫何東的也離開了本市，不知所蹤。

最後，寫這部小說時，我不得不加入許多虛構成份，寫成了現在你看到的這樣子，我希望有刊物會用它，這樣也許虹的丈夫偶然看到的話（當然這要看機遇了），那他如果對其中的情節，有不滿的話，他一定會找我算帳的，這樣我就會根據新的線索，重新將這個故事寫得精彩些。

順便說一下，我不怕打官司。

所以我會等待的。

馬兒、騎手和草

一

一陣響雷滾過來，又過去，住宅區停放的車子的汽車防盜器「哇哇」地亂叫起來，就像一片蛙鳴聲，雷電的劍光也頻頻刺進屋內，陳輝驚醒後，翻了個身，微微睜了睜眼，見全身毫無損傷，便又睡過去，任外面的風雨一遍遍地敲打著窗子。

又過了五分鐘，床頭櫃上的公雞形電子鬧鐘打鳴了──「懶蟲起床啦懶蟲起床啦喔──喔──喔──」

陳輝只翻了個身，沒理睬它。那隻公雞便在自言自語重複打鳴。陳輝只得爬起身，伸手拿過鬧鐘摁了一個開關，那隻大公雞張口喊完「現在是一九九七年七月二十日星期天早上七點〇五分」就不再罵他是懶蟲了，閉上嘴巴，脖子也不再一伸一縮的，重新安靜地冥想明天它該做的事。

那次陳輝陪小姐們逛百貨公司，見了貨架上的這隻大公雞，很是喜愛，便買了。他得意地對人說，它把他身上的懶蟲都啄食掉了。平常他被它弄醒後，就趕緊盥洗，用餐，然後上公司去應付一整天的事。剛出差回來，想稍稍睡個懶覺，昨晚忘了關它，今天還是被它的歌聲吵醒。

陳輝試試再睡，但已了無睡意。他爬起身，走到窗前，將另一半窗簾拉開，看著外面仍在下的雨，覺得心情竟有點黴。這兩個月來，這大雨小雨斷斷續續地下個不停，完全沒有了南方夏天的味道。

出差前，他打開電視想看看各地的天氣情況，竟發覺華北地區的氣溫比這裡的還高。他掂著搖控器嘀咕，這不反了嗎？真沒法了！這天！不過天氣熱並不影響他的工作情緒，現在誰還大白天的在太陽底下幹呢，有，但不是他這類人，他們大部分時間都待在有空調的環境裡。陳輝反而覺得燥熱的天氣讓他充滿幹勁，鬥志昂揚。他只用了三天的時間就完成了十天的工作量就是個很好的證明。

回到這雨水充足的城市，他的心情又陷入了另一種境況。這時，他想既然無法再繼續睡了，也就沒必要浪費時間，那等於是浪費金錢，這是陳輝的時間觀念。他於是摸起電話約魯兵去飲早茶。

魯兵正抱著另一隻枕頭，身子彎曲成一隻蝦的形狀，迷迷糊糊地睡得正香。電話鈴響了好一會兒，他才伸手在床頭櫃上胡亂摸一把，「咚」的一聲，電話機掉了下來，把他嚇了個半醒。魯兵費力地摸到了話筒，擱耳邊問，誰呀？大清早的讓不讓人睡啊？

陳輝說，小子，起床，我請早茶。魯兵將話含一半在嘴，誰稀罕，早沒那癮了。吐了幾句，就掛了。又抱了枕頭睡成蝦樣。電話鈴又響了好幾次。魯兵再怎麼努力，也無法回到他的夢鄉去，忍無可忍半坐起來，靠在床頭，抓起話筒吼，那就把你「宰」了！

陳輝在那端哈哈地笑了，那好，給你三十分鐘梳妝打扮夠吧？放好話筒，他為在雨天裡幹成一件事而得意，吹著口哨進了浴室。在這樣的雨天，對許多的人來說，最適宜的事就是窩在家裡的床上睡個天昏地暗。

陳輝以前也這樣打發雨天的休息日，只是他搞了公司後，才把習慣改了，所以他對魯兵的惱火並不奇怪，相反，雖然是件可有可無的小事，但因他平常總拿許多小事的成功來激勵自己的鬥志，因此他也就有點沾沾自喜。

陳輝花十分鐘時間收拾好自己的儀容，然後下樓取車子。這時雨已下小了。今天他不去公司，所以穿了身紅色的休閒裝，夢特嬌，名牌。他將車子發動，駛向住宅區的出口處。清早的住宅區，還很靜。除了要去公園晨運的或有特別事的，星期天人們大多都還在睏懶覺，更何況是雨天。管理處的老黃頭笑咪咪地湊上前，一邊收陳輝的停車證，一邊問，約會啊？陳輝也回了他一個笑臉，早啊！

陳輝很快就將眼角掛著眼屎雙眼發紅的老黃頭拋在了後面。車子一上大馬路，他就按了按車窗的電動開關，將窗玻璃降下一指寬的縫，立刻就有幾滴雨水斜飛進來，打在他的臉上和手臂上，有種涼涼的感覺。馬路上行人稀落，往來的也大多是計程車和公共汽車。陳輝雖說喜愛這種偶爾的清靜，但總覺得少了些人氣，這種雨天給他一種零落的惆悵。

當車子嘎地停在魯兵的樓下，陳輝抄起手機撥號，之後聽到魯兵答了句等著就來，就掛了。陳輝將電臺的開關扭開，仰頭靠在座位上，一邊聽早晨節目的主持人隨著音樂東遊西逛，一邊看著雨刷一來一回地將車前的視線打掃乾淨。

魯兵拉開門罵了他一句，你是太閒沒事幹吧，就鑽了進來，用手捋了捋頭髮上的雨水。去哪啊？陳輝問他。魯兵笑了笑，既然要出氣，哪宰人痛快就往哪開唄！

陳輝看了看後照鏡，打著方向盤說，大清早的就損人，嘴淡啊？魯兵一坐定，又覺睏意微微泛上來，他努力將眼皮扯了扯，沒接茬。車子倒退剎車時，將他倆的身子慣性地一仰，魯兵頓時又稍稍地精神點了。

車子游魚樣在風雨中滑行，濺起朵朵水花。不一刻鐘，就停在了大豪客酒店的停車場，他倆鑽出車子，快步拐進大門。餐廳在二樓，上去一看，茶客只坐了一半的位子，也許是雨天的緣故吧，以前這個時侯來，只能站著等。他倆剛坐定，服務生小姐就遞上菜單。

魯兵拿著剛端來的毛巾擦手，讓她盡將價貴的木瓜燉翅之類的東西寫上。那小姐看著寫滿了的單子，眼裡滿是疑惑。魯兵解釋說他倆準備將早餐和午飯一併解決掉，她哦了聲拿單去廚房。

陳輝彈出一支萬寶路牌香菸，拿菸盒示意了一下，魯兵搖搖頭。陳輝將菸盒放在桌上，然後用打火機點著，吸一口，吐出，連同一串話：你想我破產也不用這麼心急呀。這能花多少錢呢？魯兵笑了，呀！心痛啦？這可抵不了我損失的好覺。

陳輝也跟著笑了，說你小子昨夜一定又弄那玩兒了吧？眼睛紅得像要著火似的。然後又開導魯兵別太迂了，說現在還來得及，還有救。信貸搞三年就夠了。

後面那句話，陳輝在非公開場合對他搞信貸的朋友重複說了不下百遍。至於其中的涵義，每個人的理解都不同。魯兵則覺得有兩層意思，一是趁在位的時間搞筆錢，作為以後養老或做生意的資本；二是基本上已經掌握了現代企業的經營管理知識，自己完全可以出來混得更好，總之他覺得很曖昧。

當初陳輝放棄幹了四年的信貸工作，辭職下海單幹，到底是基於哪一種原因，他沒明說，含糊其辭。魯兵當然也不好問。只是有時陳輝說的醉話，又讓人覺得好像兩種情形都有。管他呢，自己管好自己就不錯了，在這個年代，獨善其身並不容易，儘管你經常四處抵禦，但各種誘惑無時無刻不向你招手拋媚眼，是否把持得住，那就要看自己修練的功力了。

點心陸陸續續端上來，他倆邊聊，邊慢慢地享用。來飲早茶的人來了一撥，又一撥去了，總坐不滿寬敞明亮的餐廳。

陳輝隨口問了句有女孩了吧。魯兵放下筷子，端起杯子呷了口茶，瞪著他，你這是第幾次問了？陳輝一本正經說，怕你被廢了唄。再不動動，你會發霉的。看魯兵不以為然，便提醒如不是他的師兄，他操那份心幹嘛。

這句話倒真讓魯兵有點感動，這年代有人對你這樣苦口婆心的，除了親人，怕就是你積德了，否則誰有那份閒心呢？魯兵嘆了口氣，沒答話，有點沮喪，側頭望著窗外變小了的雨，打傘走過的行人，汽車駛過濺起的水花……

魯兵突然想起什麼似的，問陳輝今早怎麼他此如榮幸。那些女孩呢？陳輝笑著答，受寵若驚了吧？頓一下，她們，其他節目。接著他問魯兵，聽說利率要調整，訊息是否準確。魯兵哈哈大笑，狐狸的尾巴終於露出來了……

十一點三十分，他倆用牙籤剔著牙走出酒店大門。雨已經停了，地面積水映著雨過天晴後灰沉沉的天空。這時街上的行人和汽車多起來了。陳輝取了車子，打著方向盤問，去哪？魯兵說不知道哪好。陳輝於是邊兜風邊想去處。拐過大劇院大路口，陳輝說不如去我的公司坐坐吧。魯兵也沒想到更好的去處，便嗯了聲，算是同意。

只用了十分鐘，就到了陳輝的公司。魯兵在開張不久來過，現在當然已今非昔比。這間租來的三房兩廳的套房，客廳被用來做了個大辦公室，足有三十平方公尺。陳輝的辦公室在朝南的那間房，另外的兩間也做了辦公室兼會客室，這樣與客戶談生意時，就不會影響其他的人。

魯兵隨手翻了翻攤在辦公桌上的設計草圖和文字創意稿，又一一瀏覽那些用圖釘釘在牆上的構圖，然後才跟著進了陳輝的辦公室。裡面的設計很簡潔實用，線條流暢。靠窗的地方擺了一張大桌，大椅。右手邊擺了一部傳真機和電話。牆上掛了一幅放大了的陳輝與廣告界某位名人的合照。左邊的四格的書架上擱了些有關廣告的書，從外表看都是些很夠分量的大部頭，鬼知道他平常翻不翻。

魯兵拍拍桌子，在陳輝的對面坐下，說，你小子行啊，夠我們行長的氣派了！陳輝也一屁股坐下，說起了他的生意經。

談興正濃，外面的門鈴響了。陳輝愣了愣，起身嘀咕，誰星期天還上門的？想想又坐下，他不想壞了談興。門鈴又響了幾次，接著有人拍門。他倆把聲調降低了幾度。可不一會兒，又聽到門外響起了說話聲，接著有人用鑰匙開門。他倆出去看，聽見了鎖孔裡的鑰匙嘩嘩轉動，忙輕手輕腳地退回陳輝的辦公室，將門反鎖。陳輝示意別出聲，待裡面靜觀事態發展。

大門外的人開了門，一起進來了，在說話。陳輝聽出其中一個是業務員小林，想必是來加班的，對這點，他是持欣賞態度的，只是覺得現在來的不是時候。他倆將耳朵貼在門後，聽著外面的動靜。那小林正在安慰那客戶，說既然經理約了，就一定不會失約的。

那客戶說陳輝出差前說好今天就將餘款付清的，他來了幾次，門都是關著的，按門鈴拍門都沒人答應，要不是小林來，他還不得站門外。聽那客戶這麼一說，陳輝才想起有那麼回事。

這時小林給他端了一杯水，勸他先坐坐，經理怕是臨時有事走開了，沒準一會兒就回來。那客戶咕咕地喝光了一杯水，肚裡的氣消了一點。小林安頓好那客戶後，就坐在自己的位子忙他的事了。

陳輝和魯兵聽到那客戶隔不到兩分鐘就站起一次，走到掛牆上的石英鍾下報時間，抱怨陳輝怎麼還不回來。小林放下手頭的活，扭過頭對他說，別急嘛，你看，他的辦公室的鑰匙還擱桌上呢。

陳輝一聽，忙用手輕輕一摸褲袋，壞了，他不知怎麼就將它擱廳裡的桌上了。接著又聽小林說你不放心就到裡面去等吧。說完就拿了鑰匙朝這邊走。他倆在裡面暗暗叫苦，陳輝一時急中生智，忙示意魯兵合力將門頂住，又用手死死地扭住鎖柄，頂死鎖的彈簧開關。

小林在外面拚命地一次一次地轉動，鑰匙在鎖孔裡咯咯作響，卻無法將門開啟。小林嘟噥，昨天還好好的嘛，怎麼就壞了，奇怪！他又對那客戶說，可能經理就是開不了門才走的，你不妨試試打他的手機。這時陳輝從門後像貓一樣輕步跳開，將放在桌上的手機關了。然後又回到門後偷聽外面的動靜。

那客戶撥完號，埋怨陳輝連手機也關了，是不是有心躲呀？小林說怎麼會呢，要不打他的傳呼機吧。陳輝又慌忙倒回辦公桌，急急示意魯兵一起將機子關了，之後還很不放心地連電池也輕輕地退了出來。看著擱在桌上的輕輕晃動的電池，他倆才偷偷地舒了口氣。

也不知道過了多久，只聽外面的那客戶還在嘮嘮叨叨地向小林訴苦，說要討不回這筆款，回去輕則被經理罵，重則就得捲鋪蓋走人。小林只剩下安慰的份兒打著圓場，並給他提了個建議，說經理一定是臨時有急事走開了，一時半刻也不知能否回來，坐在這也白等，不如先回去，然後很含蓄地暗示他得去買些文具。最後那客戶讓小林轉告陳輝，如果下週五之前還不付款，就要將車子開回去了。小林答應一定如實轉告，請他放心好了。

陳輝聽見外面的人嘰嘰咕咕地走向大門口，「砰」的一響過後，一切終於恢復平靜。他倆不覺抬手抹了抹額頭的汗。陳輝往傳呼機上電池。魯兵不解地看著，原來你這樣做經理的呀？陳輝笑嘻嘻地抬頭，夠刺激的吧？看他的模樣，對剛才發生的事毫不在乎。

二

在這城市的另一隅，秦燕翻了個身，朦朧中瞥了眼床頭櫃上的鐘，好像是中午了。她感到肚子有點餓，身子有點發軟，這種狀態正適合賴床昏睡。這幾天總下雨颳風的，封鎖了外出的慾望。當然，主要原因是陳輝出差了。臨走她問他幾時回來，他答得有點含糊，說辦好就馬上回來，還說給她帶好吃的。

這些天，她一回到宿舍，幾乎就窩在床上想他，想一個遠在天邊的人，或看幾張小影碟消磨時間。平常工作日還好過些，因為第二天還要上班，她得強迫自己早點睡，儘管夜夢擾人，但也算睡了個覺。週六的夜晚可就難過了。白天哪也不去，精力充沛，泡在屋裡一久，身子有點懶洋洋的，便又斷斷續續在無聊中打了幾個瞌睡，到了晚上，麻煩就來了，只好強迫自己將香港電視節目中的粵語殘片也看個燈枯日欲出才罷休，意興闌珊地倒在床上，又為如何打發星期天而發愁。

認識陳輝前，秦燕的週末即使過得黑白顛倒，心裡也十分坦然。從內地來到這裡，生存是第一需要，雖然日子平淡，就這麼一天天過下去，但有事可幹，也由不得自己放肆地想得太多。她對鏡子裡自己模樣的變化並不在意，反而覺得這有助於增強別人對自己辦事能力的信任程度，只是認識陳輝後，才對此有了另一種態度。

那時陳輝還是銀行裡的一個信貸員。秦燕則是一家公司的財務經理，跑貸款時認識了陳輝，他那時就很講究儀表打扮。在談貸款的過程中，談到暢快時就不免扯到上級形象對公司形象的影響等等。秦燕和總經理聽了有點會神，很自然地在談話的空檔暗暗拿自己與陳輝做了衣著打扮方面的比較。秦燕這才自覺慚愧。

第二次再來銀行，陳輝眼前一亮，他的神態告訴秦燕，人的儀表的確是三分靠長相七分靠打扮。她這樣的裝扮開始是為飯碗，後來漸漸地就成了一種生活的態度，這是後話。貸款最後當然是談成了，但他倆的關係並沒有立刻就發生本質的變化，只是量的變化，漸漸地累積。

後來有一次，按慣例，在公司的總經理沒空而陳輝有空閒，而又說好了要請陳輝吃飯的情形下，理所當然是由秦燕作陪。陳輝也樂於接受，他幹這行久了，聽得太多公司老總們吹牛的話，倒想聽聽財務人員談些比較真實的情況，他認為數據是最有說服力最可靠的。由於有了貸款可行性談判所用的一個多月時間做基礎，他倆在飯桌上的談話已不再存在障礙。因為都是從學校出來的，共同的話題也就較多，只是秦燕在這過程中總不自覺地走神掉隊，使陳輝對她有了探究的好奇。

陳輝用研究的目光望著她，你讀雙學位的嗎？秦燕笑了笑說從哪看出，不是早告訴你是讀會計的嗎？陳輝說那你怎麼像中文系的女孩多愁善感。秦燕驚訝地啊了聲說，我像嗎？她以為自己來這後已有足夠的時間消除過往的陰影了，現在看來是徒勞的。陳輝指著餐廳的燈說，只要不是正午，太陽照在你的身上，往上看，你陽光燦爛，往下看，你的腳下就拖著一條影子。

過往對她來說，就像個農夫將過往種下的糧食收割下來，禾桿放在田裡做了肥料，穀子吃的吃，釀酒的釀酒，遠走他鄉後她偶爾還會聞到酒香。秦燕聽了陳輝的一番話，覺得他們之間遲早會發生點事。後來真的發生了，當然他們的關係也發生了質的變化。

當時陳輝留給她的印象是精力充沛，連吃飯都像打衝鋒一樣。後來陳輝聽她說起這些預感，就問是否女人的直覺都很準。秦燕翻個身抱住他，說那要看情緒。陳輝啊了聲問這也要有前戲呀？秦燕當時啐了他一口，貧嘴！

但這會兒秦燕抱著的是一隻長抱枕，打了個滾，門鈴響了。她心想誰在雨天還有訪客的雅興呢。她摸下床，穿了睡衣去開門。誰呀？她隔著門問。我呀！陳輝在門外答道。秦燕大喜過望，想不到他這麼快就回來了。也不打個電話。她嘀咕著把門打開。

陳輝將她擁坐到床上，說你這惺忪的樣子好性感啊。秦燕聽了心裡高興，嘴上卻說，一回來就貧嘴！陳輝說不喜歡就不說啦。秦燕心裡有種喜滋滋的甜蜜在泛濫，你就只會說。陳輝邊笑著說餓了沒力氣說話了要吃飯了，邊纏了上來。秦燕邊反抗，邊問他幾時回的。陳輝答昨晚。

秦燕有點不高興，那怎麼不來電話呢？陳輝說很晚了嘛。她又問那早上呢？陳輝答剛與朋友喝完早茶。秦燕生氣了，說，不是剛吃過嗎，還餓？陳輝只好笑著說我這不來了嗎？你們女人就——他在這打住，騰出身子和手，拿出給她買的巧克力。

金莎！秦燕見了那包裝得美倫美奐的禮物，肚裡的氣早就消了一大半，那甜甜的芬芳讓她心神蕩漾。陳輝趁機將她剝成一棵泛著白光的迷人的筍。很快，陳輝聽見了那來自生命深處的嗚嚶，真切而遙遠，他還嗅到了他曾游泳過的河流水草的氣息。

陳輝激動地努力著，策馬奔向故鄉……秦燕翻身跨上陳輝的身子時，也像一個騎手翻身上馬，向著目的地奔去，她在馬背上起伏，在迷亂中不時稍稍放慢速度，拉緊韁繩。她聽見陳輝輕輕地用手拍打著她的臀部，唱著一支歌：「騎著馬騎著馬……」她感到自己好像又從城市逃往遠方，她好像聽到另一個人在唱：「我孤身走我路……」

他倆像兩個賽跑的騎手，又像兩匹半途相遇後齊跑的的馬兒，彼此聽到了耳邊奔跑的蹄聲，於是加快了速度，最後，在一陣轟隆隆的蹄碎聲中，他倆同時到達了一個驛站或說比賽的終點。他們緊貼在一起，聽到耳邊響起的喘息聲，汗味也隨之飄散開來。陳輝讚了句你真是個好騎手。秦燕帶著醉笑回了他一句你是匹好馬兒。陳輝輕輕打了打她的嘴巴。

陳輝在床上躺著不動。秦燕不知他睡了沒有，手便又不老實地動作起來，準備跨上去時，陳輝睜眼阻止了，說還不夠呀？秦燕滿臉緋紅，嬌笑著不答話。陳輝推開了她，翻身起床穿衣服。秦燕知道他要走，便賴著不起來，將身子背過去。陳輝穿好後，扳過她的身，見她已是滿臉的淚水，便說又來啦小姑娘。

秦燕嗔道，為什麼總是像還要去趕另一場比賽似的來去匆匆。陳輝給她抹著淚水，說自己真的還有事得在出差回來馬上處理。非得趕在星期天完成嗎？秦燕問道。陳輝答早弄完早心安嘛。

陳輝拿過她剛咬過一小口的巧克力，吃點吧，馬兒不吃草怎麼跑得快呢？秦燕被他逗笑了，打開他的手說，還沒刷牙呢，又問，晚飯一起吧？陳輝答說不確定。

門在「砰」的一聲之後又關嚴了。秦燕剛舔了一點的巧克力甜味，有了點雜味兒……

三

魯兵一回到宿舍，寂寞就像屋牆那樣包圍他。這得怪他自己，一不會搓麻將，也懶得學；二不愛去同事那上司那坐坐談談。其實他也知道，只要擇其一，所有問題都會迎刃而解。

但他常常只會坐在屋裡冥想。

五分鐘後，他走到窗邊往外望了望，天空還是灰色的，但太陽的熱力已有足夠的力量穿透雲層，雖然懶洋洋的，但魯兵可以感到它那鈍鈍的爪子了。他踱到書桌前，那攤有昨夜寫了一半的信，他飛快地掃了眼，挑出三個錯別字，用塗改液一塗，用嘴吹了吹，乾了，拿起筆將錯字改了。擱下筆，看到食指尖不小心黏了塗改液，他用力擦了擦，但都徒勞，只好放棄。

魯兵又走到床邊，「砰」地倒在床上，將昨夜看了三十頁的《小說月報》嘩嘩地翻了翻，又隨手丟回枕頭邊。這段時間他沒有一點的創作靈感，難受極了，心裡那股鬱悶的火無法找到發洩的管道。本想設法看看書，累積一下也好，但總無法靜心地堅持。

魯兵心裡明白原因。他瞄了眼床頭的另外兩本書，一本是電腦基礎知識自學教材，一本是職位業務技術考試複習數據，這像兩塊壓在他心頭的大石，魯兵本想借創作來轉移注意力，可沒有靈感他就辦不到。

魯兵想找原來圈內的朋友坐坐，但發覺他們下海後好像都忙得焦頭爛額似的，打電話去約，不是說剛忙完公司的事回來，就是說另外約了生意夥伴談交易，或者累得蔫蔫的，聽那聲音就讓魯兵於心不忍再打擾，打過哈哈後只好作罷。

魯兵像困獸在籠裡團團轉著，腦裡有點沌沌的感覺，心一煩，身體就熱出了汗來，一出了汗他就感到頭皮癢了起來，一搔，更厲害，這樣一來，魯兵倒有了另一個擺脫困境的主意了，他搔著頭，拉出抽屜翻出幾張洗頭票。

魯兵關了房門朝西走。太陽正朝同一方向滑去，由於雲層厚，它的熱力及光芒難得出來炫耀威力，但魯兵已好像被當頭澆了一身的熱水。走了一段路，他的體溫陡地升高了，這下他又多出了些汗，將他的衣服貼在身上，他因此有點心急了，這一急汗就出得更多，心裡也就更煩，他對自己這麼處理的結果感到沮喪。

美髮廳終於到了。魯兵一推開那扇玻璃門，一股冷空氣撲了過來，像被一個清新的異性所撫慰，他真佩服這個機器的時代，他想起一句廣告詞：讓世界冷靜下來，開利做得到！媽的，心靜自然涼，怎麼自己越來越做不到了，魯兵在心裡罵自己剛才猴急什麼，不就是消磨時間嗎？他這麼想著，就被洗髮的小姐安頓在椅子裡，問要洗什麼牌子的洗髮水。魯兵掃了一眼架上擺的洗髮水，就花王吧。他要了有清涼劑的那種。

那小姐也就十七、八歲左右，一邊往他頭上倒洗髮水，一邊問他輕點還是重點，說話時就用手指抓他的頭髮，讓他確定力度。魯兵感受了一會兒，終於說好就這樣，然後閉上眼睛享受。那小姐邊洗邊拿話與他搭腔，問，老闆在哪發財？魯兵在黑暗中答自己不是老闆，心想給自己工作的才是老闆，陳輝就是。

那小姐一笑，來這的都是我們的老闆啊。魯兵覺得這小姐雖然年紀小小的，可真嘴甜，便索性睜開眼與她聊起來，問怎麼以前沒見過。她答剛來不久，還請魯兵日後多關照。洗過髮後，她給他按摩。說實話，魯兵覺得不是很舒服，有點疼，但認為也許是剛學會的緣故吧，也就原諒了。當她給他按摩手掌及拉手指關節的時候，他感到她那還留有洗髮液的手滑膩膩的，那種感覺十分美妙。

魯兵又想閉上眼享受，但又捨不得，因為那小姐的一雙美腿，在他面前的鏡子裡晃來晃去，偶爾別的小姐的美腿也晃來晃去，當然他的心裡並沒有什麼亂七八糟的想法，只是這一番景象讓他慚愧，一下子覺得自己的心態有點蒼老，他像看見了一群生機勃勃的馬腿一樣，憑此他就可以想像她們奔跑時的優美動作，擺動跳躍時的優美弧線。

剪好髮後，那小姐問魯兵要不要做全身按摩。魯兵想洗髮票是發的，省下也沒人表揚，就說好吧。他被引到裡面的房間躺下。那小姐邊按邊與他聊幾句。魯兵在她按他的肩胛時不自覺地微微吸了口氣，她很快將力量減弱，說聲對不起。魯兵也就原諒了她的不熟練。問她按摩是按人頭收的吧。那小姐說與髮廊三七分帳，多勞多得。魯兵看了看她，心裡嘀咕，要是客人一多，或是個大胖子，她真受得了嗎？畢竟是個小姑娘呀，嫩手嫩腳的。這麼一想，被捏痛時也就只哼哼不再作聲。

魯兵再次推開玻璃門出來，由於室內外溫差的緣故，他感到體溫又開始上升。他活動了一下隱隱生痛的關節，然後走上了長滿榕樹的人行道。榕樹的葉子和飄拂的氣根輕輕地拂著他頭髮和眉毛。

他考慮晚飯是去大排檔吃個速食解決，還是去市場買些菜，回去簡單做做應付，單身生活就這麼簡單又這麼讓人覺得沒勁，吃飯時連個說話的人也沒有。

四

陳輝的聲音仍然在電話裡出沒無常，所以即使沒見面，魯兵也大概知道他的蹤跡，一會兒是給某公司搞行銷策劃，一會兒又是替某公司弄展覽等等。魯兵開他的玩笑，怎麼，逐草而居呀？陳輝故作痛苦狀答，有什麼辦法呢，是馬就得跑嘛。要是陳輝很長時間沒訊息，魯兵心裡就會多少有點失落。

有一段時期，他覺得一個男人這樣牽掛另一個男人，是不是心理太不正常了，這讓他多少有點憂慮，因此他嘗試改變這種狀況。他將注意力轉移，或說用代償的方法，減輕自己關注陳輝的壓力。他於是又努力邀請另外的一些朋友喝酒聊天，但他們總碰巧有其他的事忙著，或說累了不想動。直到有一天，等他很沒趣地掛了電話，為解決肚子問題走進街邊的一家餐廳自斟自酌，吃到半飽，無聊中抬頭往窗外瀏覽街景時，無意中看見他剛邀請過的朋友正攜妻兒或和女朋友手牽手，勾肩搭背地在遛達。魯兵這才恍悟到他失落的原因，他的那心病也就不治而癒了。

這天晚上，魯兵將想看的書看了三分之二，將不想看的書翻了五頁，就丟下。他發愁餘下的時間如何打發呢？他正皺眉頭，電話鈴響了，陳輝又冒了出來，邀他去吃夜宵。魯兵看錶，已是十點鐘了。他想總算可以將剩下的時間消磨掉了，於是問陳輝去哪。陳輝答過來接他。

十五分鐘後，魯兵鑽進了陳輝的車子，望著被車燈刷亮的馬路，問他怎麼車子還開著呀？陳輝答道，廢話，我的車子不開怎麼的。魯兵問款付清了？陳輝愣了愣才想起他問這句話的緣故，不禁哈哈大笑，說真枉你幹了那麼久的信貸，怎麼還不開竅呢？

魯兵鈍鈍地不知道他說的竅門是什麼，但也不好問，只好作罷，將頭往座椅靠了靠，很舒服地欣賞馬路兩旁的夜景。坐在車子裡，他覺得外面的世界好像與自己無關，至少那一刻可以丟開煩心的事，只沉溺於感興趣的事。這的人將這種旅行叫「遊車河」，他感到輕鬆寫意，陳輝像個船伕，而自己只是個旅客。

不用自己奔跑，多舒服啊！魯兵又想起那些漂亮的馬腿。一跳出車子，他又得像馬兒一樣奔跑，這是生存法則，每個人都得遵守。但現在他用不著，這是他的休憩時間，為明天的奔跑養精蓄銳。

車子最後停在了一家以前去過的小餐廳的門口，他倆像泳客上岸了。進得門來，見裡面坐了幾桌的人。挑個靠窗的位坐下，魯兵問陳輝怎麼這時才約他，是不是與客戶談砸了要找人出氣。陳輝答他自己剛下課，想起好久沒一起聊聊了。

魯兵好奇了，上課？沒聽錯吧？還是你夢遊啊？陳輝說他報讀了MBA研究所。魯兵問那怎麼沒聽你提過複習考試的？陳輝說這可以先讀完課程，然後再考入學試的。魯兵說這程式不反了嗎？陳輝說新形勢新做法嘛。這樣也挺好的，逼自己拚拚。魯兵說你這真是馬不停蹄呀。陳輝問他想不想也一起。魯兵搖搖頭，說自己的專業考試，業務考核等等的一大堆破事還等著他去應付呢。再說——他沒說下去。

陳輝就接住他的話——所以你就應該跳槽嘛，人挪活，樹挪死，這是真理。他說依他看來，還是自己幹痛快些，他打了個比喻，就像在賽馬場上，馬兒跑得再快，功勞也是騎手的，馬兒得了什麼？不就一把馬草罷了。自己好好幹它個五年十年的，賺夠了待家裡，愛幹什麼是什麼，誰也管不著，那時，你就是草原上的野馬了，自由自在的。陳輝說得連自己也亢奮起來，直到他們點的菜端了上桌，他才收口，示意魯兵動筷子，我說得對吧？

魯兵聽了他的話，認為也不無道理，只是自己擔心經商失敗，那就連現在所擁有的創作的物質基礎也沒了。陳輝聽了笑他真是個書呆子，枉費他還幹信貸工作。這世界只要肯幹，能餓死你？患得患失！他最後總結了一句。魯兵聽完無話，吃著菜若有所思。

一頓吃下來，已十二點多了。陳輝出門時說要帶他去一個好玩的地方。車子在一處起了圍牆準備建大廈的地方停下。從一個小門進去，裡面十分熱鬧，許多人正圍著三個大水池在釣魚。門口收銀臺旁邊貼了一則「釣魚規則」：垂釣者不得自備釣桿，可花二十元租一根釣桿，釣斷為止；垂釣者在魚咬鉤後，不得用手到水池裡抓魚，只能用釣桿釣出水面，魚才歸垂釣者所有。

他倆花了四十元租了兩根釣桿，然後就鑽進了人群，傍著水池壁將魚鉤小心地放入水中，勾向魚嘴。那些魚都有手臂粗，而且極易上鉤。不一會兒，他倆各自都釣住了一條大草魚，十分地興奮，但由於釣桿太軟小了，都不敢拚命拉提，只好將釣桿收收放放，想等那魚游累後再收線，以免弄斷了釣桿。

無奈那魚好像永遠不累似的，或者說是看穿了垂釣者的心思似的，與人們鬥耐性。等到他倆都慢慢失去耐心後，那魚游得更歡。一提釣桿，「啪」的一聲釣桿斷了。那魚嘴上帶著斷線的魚鉤遊走了。

這時一個垂釣者好像發現了祕密似的，對魚場的老闆說，你這魚這麼大，釣桿又這麼細，咋能釣上來呢？不信，你來試試？那老闆並不答話，只笑。魯兵握著斷了的釣桿，對陳輝說，走吧，明天還上班呢。

陳輝對他說，自己做老闆就不用那麼煩。然後丟了釣桿，掏車鑰匙。陳輝邊發動邊對魯兵說，這小子挺有生意眼光的，這還沒造樓，荒廢了也怪可惜的，這麼一整，就有一筆不小的進帳了，嘿，哪都有錢賺。

魯兵沒應答，只是想在這釣魚場，到底是人釣魚，還是人釣人，或這說是魚釣人，那裡像自己小時侯釣魚。唉，想那麼多幹嘛，別人去那裡，興許從來就不想這些東西。

五

早上魯兵到了公司，科長宣布九點鐘開會。魯兵趕緊看手錶，八點三十分了。他拉開抽屜，將捲紙拉出一大堆，他不想等開會時被些不愉快的事弄得心煩，以至於連每天必須做的功課都忘了。

這幾年，凡開會講的都沒好事，都是受罪，主管張口就是一大堆的指標呀規定等等什麼的，下邊的人就得忙個半死。而且，上級來的檔案，每天就像是秋天的落葉或冬天的雪片，嘩嘩就落滿了桌面，讓你感到一片蕭殺的氣氛。

「又要馬兒跑，又要馬兒不吃草！」

大家一埋怨起那些不得力的措施來，就這麼唱著。但唱歸唱，活還得繼續幹，眼紅別的銀行收入高又怎麼樣，總不能人人都調走吧，再說幹了這麼多年了，這感情就不好說了。

魯兵如廁回來，同事們都陸陸續續坐在位子上。九點過五分，科長拿了檔案夾進來，宣布開始開會，內容很簡單，但任務很艱鉅：一是存貸款的絕對比率要達到百分之二十以上；二是貸款的逾期率要在去年的基礎上再降低四個百分點。接著給每個信貸員發責任書籤名。魯兵看也不看就簽了，因為知道這沒有討價還價或商量的餘地。盡力而為吧。魯兵這麼想。

會議只用了十分鐘就結束了。每個信貸員都心事重重地收拾好桌面上的東西，然後拎了包去公司，為完成指標而奔跑。辦公室一下子就變得冷冷清清的。魯兵聽見自己的呼吸聲。他看了眼手錶，已是九點三十分了，便端了杯子去裝水泡茶，回來就坐著喝茶等秦燕。

魯兵並未見過她，只是以前聽陳輝在聊天時，從嘴角滑出過這個名字，當時也沒在意，因為他的女朋友實在太多了，魯兵也搞不清哪個是真的哪個是假的，陳輝說得興奮或悲傷，他在旁都當只是聽著罷了。最近一次吃飯時，陳輝又提到她，好像還讚過她不錯，可惜與她沒結果。魯兵聽了覺得扯淡，既然不錯，為何又沒結果呢。陳輝說你又不談女朋友，不懂！魯兵說你這理由有點霸道。

陳輝不想與他爭論，便談起他這幾天要交的作業，問魯兵有沒有寫經濟類文章的朋友。魯兵答他說沒有，又問幹嘛非得要那一類的。陳輝說書他是要讀的，也愛讀，但就不想考試。他問魯兵，難道你沒考夠嗎？

魯兵當然點點頭認同，他也正為那些雜七雜八的考試而頭痛呢。他本來以為出了校門就從此告別了考試，但後來知道這種想法大錯特錯。以前在校園裡，有種氣氛，而且考試也是做學生的本份事。但現在呢，真他媽的煩人，一提考試，魯兵就一肚子的火，真不知道那本紅皮的畢業證書到底有什麼用，可對此情形他也無可奈何，馬要吃草，人要吃飯。

最後陳輝又談到秦燕，說她現在一家房地產評估公司做業務，另又兼職做保險經紀，希望魯兵多多關照。魯兵說這沒問題，給誰還不是做，肥水不流外人田嘛。陳輝說那就說定了，過幾天讓她去找你。魯兵說來之前打個電話約時間吧，你也知道我們整天往外跑的。陳輝一笑，怎麼，忘了我還是你的前輩呢？

秦燕在十點鐘到了。當然她在門口問魯兵在嗎時，魯兵就知道她是秦燕。秦燕當然不知道屋裡坐著的就是魯兵，問過之後才知道他就是要找的人。於是邊遞名片邊問就一個人留守啊？魯兵接過後看了上面的內容，也遞了張自己的給她，說人都跑公司去了，以後再給你介紹認識吧。秦燕焉然一笑，那太謝謝哪！

她今天穿了一套紫黑色的西裝套裙，裙沒長過膝蓋。衣領和袖口部分有一條白線條，看起來十分醒目。本來就白淨的臉，被襯得更好看。因為走熱了，臉微微發紅，可以說是白裡透紅，她的臉不是那種清純的模樣，反而給魯兵有種很淺淡的妖氣飄逸出來的感覺。

魯兵很奇怪自己怎麼會想到妖氣這個詞，但他很喜歡。他還注意到她的鼻梁上有幾顆雀斑，很淺淡，在她開口講話或笑時，臉部一活動，那幾顆雀斑便在上面移動，煞是生動。而嘴唇塗的口紅，是桃紅的，很有質感，不豔俗，魯兵看了心裡有種微顫，偷偷地吸了口氣。與她談話時，他不敢一直看著她，但基於禮貌，又不能不看，根據有些禮儀方面的書介紹，說看鼻梁是最適當的。

魯兵邊翻看名片作研究狀，再借抬頭搭話時很快地瞥一眼。應該說，魯兵對秦燕的整個臉部輪廓就是由一次次的零星印象組合成的。魯兵還注意到她的手，有點胖乎乎的，透著一種拙氣和貴氣。魯兵問她不是幹財務經理嗎，怎麼又——？

秦燕說原來的那家公司停產了，一時也找不到合適的去處。陳輝說他以前幹信貸留有些關係，便建議她先幹著再說。原來是這樣，魯兵哦了聲，又說這行竟爭越來越激烈了，信貸科常有搞評估和保險的業務員來拉業務，他的名片夾裡最多這類名片。秦燕說所以得靠你們這些朋友多幫忙了。魯兵說，出門靠朋友，誰也不是神仙。

他們談了半個小時，決定就去華深公司。那家公司要在魯兵那貸款一百萬元。魯兵看過它的資產負債表，並計算了幾項指標，公司的經營狀況尚可，結算業務往來較多，屬貸與不貸都有理由的那種情況。

經與科長研究後，決定要貸可以，但必須辦抵押貸款。華深公司的財務經理拿了一本房產證給魯兵審閱。魯兵翻看發現購建價是一百萬元，按七折抵押率算，才七十萬，不夠抵押額。還好，他們買得早，按現在的市場價算，已升值不少，猜想經評估後按五折算抵押額，應該也足額的，這樣一件事，就促成了魯兵與秦燕合作和認識的。

公司距這不遠，魯兵建議走路去，邊走邊聊。秦燕說起有關空氣的話題，埋怨這城市的空氣品質比她來時差多了。魯兵說這就是經濟發展的結果。你不見現在的報紙，都闢了專版介紹各類車子，而且，他指著路馬路上駛過的車子說，這段時間見到的車牌盡是私家車。

據初步統計，這城市平均每十人一部車子，當然是按常住人口算的。秦燕介面說那也不得了啦。魯兵偶爾瞥向地面時，無意中看見秦燕白晰的長腿上沒穿絲襪，這是今年的流行裝扮，黑色的半高跟涼鞋很好地包裹著她那修長而白嫩的腳趾，趾甲沒塗指甲油，泛著本色的光澤和反射著陽光的熱力。魯兵有些心慌地移開視線，責備自己怎麼初次見面就這麼心邪，於是加快了腳步。

到了公司後，他們受到總經理和財務經理的熱情接待。但秦燕急於開始工作，所以茶只喝了半杯就去做測算考察了。魯兵他們幾個在旁做介紹。秦燕邊聽邊記錄資料，還拿出照相機拍了房屋的內部裝修等等的情況。這些工作結束後，公司的老總又熱情地邀請兩人用午餐。魯兵婉拒說不習慣在外面用午餐，平常他們在飯堂吃過後就睡辦公室裡。

往回走時，秦燕說魯兵你真與別的信貸員不一樣。魯兵問怎麼會不一樣呢？秦燕說別人都喜歡在外面吃呀喝的，反正不用自己的錢。魯兵一聽原來是這麼會事，便笑著說各有所好嘛，他陪我吃難受，反之一樣，再說也陪不起那時間精力。

秦燕好奇地問你時間都用哪了，賺錢呀？魯兵一時不知如何答她。難道說你業餘時間裡都關在自己的世界裡冥想，或虛構一些東西自給自足嗎？現在的社會別人要聽了不笑掉牙，就覺得你是個怪人。於是他用笑滑了過去，踢了一塊小石頭飛起來。走過又一棵榕樹時，魯兵感到有滴東西掉在了鼻尖上，一驚，以為是鳥糞，手一摸，是滴水。

望望天空，剛去時還晴空萬里的，現在已是灰沉沉的，開始像小孩在吐唾沫玩。本想跑起來的，但又顧及秦燕跟不上，只好按步就班地邊邁著步伐，邊與她說話。可不一會兒，雨就嘩嘩地大了起來。魯兵問了句，跑？秦燕答了句，好！便跑。

等衝到銀行的大門口時，兩人的衣服都澆透了，樣子很狼狽。魯兵嘿嘿笑著說，要不喝那半杯茶就好了。秦燕掏了衛生紙擦臉上的雨水，邊笑，也好，這天氣也太熱了。魯兵邀她去飯堂吃午飯。秦燕有些為難，說該她請才對，不過——她指了指衣服。魯兵趕緊說客氣什麼，那就改天吧。秦燕見這樣站在門口很不文雅，便拿話與魯兵告辭了。

秦燕上了一輛小巴，走了。

魯兵對著她的背影望了好一會兒，才走進大門，被空調的冷氣一吹，不禁打了個冷顫。

六

秦燕回宿舍換好衣服，給陳輝打電話，問晚上是她過去，還是他過來。陳輝答不行，他馬上就要與客戶去廣州。

秦燕放下話筒，很沒趣地捋了捋溼的頭髮，想想下午還是去公司將評估報告做了吧。

秦燕的電話陳輝是用手機接聽的，他正陪客戶吃飯。關上手機，陳輝說了聲對不起。對面坐著的小雷用牙籤剔出一絲肉屑，說不要緊，你接著剛才的說下去。陳輝忙續上斷了的話題。末了，問可以動身了吧？小雷起身收拾好東西，結帳離開。

高速公路有些路段很直，陳輝的雙手把著方向盤幾乎沒怎麼動，他感到了車輪傳遞的一陣陣的顫動。小雷已蔫蔫欲睡，頭靠座椅東倒西歪。陳輝的手雖然只是扶著方向盤，但心裡反而有種逮不住勁，空落的感覺。

他知道跑直線時間一長，人就容易疲勞，喪失警惕，並產生錯覺，很易出事。一方面他心有點慌，另一方面又有種亢奮，右腳不由自主地時不時踩緊油門，但一有顫動，又趕緊鬆了，減低車速，他感覺有如在舞場上的眩暈刺激。他彷彿是一個騎手在馬背上起伏著，又像一匹野馬在狂奔。他覺得擺脫了城市的狹窄的街道，連風也變得野性些，自然些。

陳輝將車窗開了一半，外面的風浩浩蕩蕩地灌進來，他的頭髮在向後狂亂地逃跑，但始終無法擺脫頭皮的束縛。陳輝自言自語說真像馬兒奔跑時揚起的鬃毛。小雷也許感到空調弱了些，熱了，又或是被風撩醒了，睜開眼，問陳輝，你說什麼毛啊？

陳輝答是馬的鬃毛，然後將方向盤打向右邊，開始走上有些彎度的路。陳輝對人腦的奇妙讚嘆不已，剛才跑那一段路，自己有多少奇思怪想在腦海裡一閃而過，賽過他車子一百四十公里的時速。陳輝偏過頭看時，小雷又睡過去了。

下午三點多，他們到達目的地電視臺廣告業務部，馬不停蹄地與相關人員商討小雷他們公司的保健品廣告的拍攝，製作和播放的相關事宜。等出了電視臺的大門，他倆都累得脖子發軟。

陳輝奇怪剛才談判時自己怎麼那麼鬥志昂揚。和小雷上了車，往飯店駛去，還是住以前的那家。這時候正是黃昏，滿街的車子像串串的螞蟻，陳輝的車子跟在一大串的車輛後面慢慢挪動，無法隨意舒展他的筋骨，還好幾次走錯了單行線，害他走了不冤枉路。

陳輝打著方向盤，向小雷抱怨說他上星期來這路還是雙向行車的，怎麼就改了。小雷睜了睜眼說，有時別的外省車子還不讓進城呢。

等車子挪進飯店的停車場，已是七點三十分了。要了間標準房，服務生開了門，一丟下簡單的行李，小雷說他快塌了。陳輝說沒吃飯當然要塌啦。小雷說他沒胃口，想馬上倒床上，說完就去浴室洗澡。陳輝也不勉強他，獨自一人去外面吃了點東西回來。

一推門，看見小雷早睡了，打著呼嚕，電視機還開著。陳輝趕緊將聲音調小，邊看電視邊脫衣服，然後進浴室洗了個澡。出來把頻道換了，是直播澳門賽馬節目，他的神經不知道怎麼搞的，又亢奮起來，睡意全無了。他拉開抽屜，拿了盒火柴，倒出一把，然後躺在床上，邊看邊自己下賭注。

他一會兒哀聲嘆氣，一會兒用力拍打床鋪。小雷的呼嚕打得驚天動地，對房間的動靜毫無知覺。直鬧到節目結束，看著字幕不斷上移完，陳輝才不甘心地拍了拍手掌，像了了一樁心事。看看手錶，已是凌晨兩點多了。打了個哈欠，倒在床上睡了。

第二天喝過早茶，他倆又去電視臺，將昨天談的問題又具體化些，然後與幾個工作人員一起吃飯。席間陳輝問小雷，之後想不想去輕鬆一下。他本以為小雷一定會樂得鼓掌同意，沒想到小雷說昨夜臨上床前給老闆打過電話，將談判的情況做了彙報，老闆交待辦完事就馬上回去，不得有誤。陳輝本想說兩人都不說不就行了，但轉念一想，這關乎到別人的飯碗問題，只好不作聲了。

下午他們將最後一點「尾巴」理完，就上路了。

一路上，陳輝雖然因事情辦得順利而高興，但心裡為另一件事而有點遺憾。他將車子開到時速一百四十公里，不斷打燈示意超車。坐在旁邊的小雷勸他慢點，說又不是賽馬。不想這話倒說中了陳輝的心病，他猛踩油門，超過前面的一輛車子之後，他才感到沒勁，放慢了車速，偏過點頭問小雷有沒有看過現場賽馬。

小雷答他哪有時間去啊。陳輝說那真是刺激極了，他差點中了頭馬。陳輝興奮地複述那場賽事，就差沒手舞足蹈了。知道嗎，差點一百萬就到手了，他叫了起來。慌得小雷提醒他看路看路！

陳輝說他明明看見自己下注的那匹馬一直都遙遙領先的，誰知道離終點還不到五十公尺，就被跑第三的馬超過了。你知道嗎？就差一個馬位！他對小雷發牢騷，媽的，肯定有人「造馬」。陳輝雖然憤憤不平，但總算在小雷的警告下減慢了車速。

車子進了市區後，陳輝將小雷放在他的公司門口，說明天再聯繫吧。調過車頭駛上另一條路。今天的事做完了，他心裡既興奮又失落。現在他惦記的兩件事，一件已過去了，只好等下次再說；另一件可以去實現。

他給秦燕的公司打了個電話，可她的同事說她早走了，說打她的呼機吧。陳輝打過呼機好一會兒都沒有回音，便試著打她宿舍的電話。響了好一會兒，才聽到她的聲音，她的鼻子像塞住了什麼似的。陳輝問怎麼不回電話呀？

秦燕沒好氣地說關機了。陳輝說有急事找你怎麼辦呢？真是的！秦燕喊道誰沒事幹的找我都下班了。她的聲音很嘶啞。陳輝說他這就過去。那邊啪的掛了。

到了樓下，陳輝熄了火。他上樓站在秦燕的門口，摁了好一會兒門鈴，門才開。進去陳輝一把抱住她就吻，秦燕一點反應也沒有，還將臉蹭過去了。陳輝心裡一愣，放開她，說自己有點渴了。秦燕說水瓶在那，她指了指牆角。

陳輝有點尷尬，往常他說渴了，秦燕會給他倒水的。這會兒他自己走過去，用杯子倒了一杯水。他不知道出了什麼事，喝水的檔兒，陳輝這才注意到秦燕穿的是睡衣，顯得無精打彩的，扯了衛生紙揩鼻子。陳輝望了眼桌面，那還有一堆揩過的衛生紙團。他這才問她怎麼了，為什麼哭鼻子了，不就幾天沒見面嘛。

秦燕聽了狠狠地吸了吸鼻子，誰哭了？值得嗎？陳輝問那怎麼火氣這麼大。秦燕說用得著傷自己嗎？陳輝在這一問一答中很拿不住面子，四周打了個轉，發覺衛生紙堆的旁邊還有一瓶感冒藥，才醒悟了似地問她，病了？秦燕扭過頭不睬他。

陳輝的臉上有點掛不住，剛有點火，想想也是自己不對，也就忍住了。陳輝想和解，便上前又抱住她。秦燕沒掙脫，只好別過臉去倔著。陳輝無奈，只好在她的身上撫摸起來。

秦燕憤憤地用盡力氣掙脫，哭了起來，連電話也不來個，想失蹤就十天半個月沒人影，想出現就從地底冒出來。你當我是什麼？秦燕嗚嗚地哭著。陳輝去哄她，秦燕對他喊道，你走你走！

陳輝走出門口時，有點灰溜溜的感覺。他又想起今天下午錯過的賽馬。

陳輝下了樓，鑽進車子打著火，在一剎那的失落中，突然很渴望找個人傾訴，於是他給魯兵打電話。電話鈴響了很久，魯兵才接聽，問是誰。陳輝問怎麼聲音像哭過似的。魯兵吸著鼻子說感冒發燒了，正捂著被子出汗呢。陳輝脫口說了句怎麼這麼巧的。

魯兵問他什麼這麼巧。陳輝說過來看你吧？魯兵說現在他只歡迎一個人——周公！隨口又問，無處可去呀？奇呀！陳輝沒吱聲，頓了頓，哼了句，真沒勁透了！魯兵笑了，聲音嗚嗚像是在哭的調子，說，你會沒勁？找你的女人嘛。陳輝突然又沒了談話的興致，回敬他說，捂上你的嘴睡去吧！

七

星期一上班，秦燕的鼻子還是不通暢，當然心情也不暢快，總覺得會發生什麼變故。她放好包，想起該給魯兵打個電話，告訴他華深公司的那份評估報告做好了，準備就送過去。那邊魯兵的同事告訴她病了，說被雨淋的。

秦燕心裡咯噔一下，想怎麼這麼巧呀，那個念頭閃了閃。她覺得有點內疚，畢竟那天是因她的緣故。她想了半刻鐘，便拿起包找出魯兵的名片，她還沒來得及將他名片裡的內容記入通訊錄。她打了他呼機，等了會兒，魯兵回電話了。其實他的名片上並沒印宿舍的電話號碼，他不習慣讓人突然襲擊地打擾，特別是應酬方面的朋友，所以他給人名片時會帶一句，有事就打呼機吧。

秦燕呼他時，他正掀了被子上廁所小解，否則他也懶得爬起來。魯兵回床時順手拿起機子看，呼機顯示是秦小姐呼，他當然不會想到是秦燕，他倆才剛認識，但魯兵的科長也姓秦，而且年紀是大姐級的了，傳呼臺對女性一概稱小姐，因此魯兵以為是科長在外面找他有急事，於是按那個陌生的電話號碼回話。

一聽那端的聲音，他也沒聽出是秦燕，大概是變聲的緣故吧，因此魯兵以為是誰打錯了呼機，便問誰呼999呀。秦燕聽了他的聲音也嚇了一跳，忙回答她是秦燕啊。魯兵啊了聲才想起怎麼回事來，忙問她的嗓子怎麼啦。秦燕忙說不好意思累病了他，並告訴他那份報告做好了。

魯兵聽了竟有股暖流從腳底流上腰部，再到太陽穴，自我感覺原來塞住的鼻孔好像也暢通些了，便接上秦燕的話說不急著送。秦燕提醒他說過急著要的，說方便的話她想晚上送過去，順便謝謝他。末了又問他自己燒飯嗎？魯兵本想說不用專門送來，但話到嘴邊卻變成了偶爾自己簡單弄弄。秦燕說那你就先休息，晚上見。魯兵掛電話後竟奇怪怎麼就答應了，那天陳輝要來，他竟拒絕。

魯兵躺回床上時，睡意竟遲遲不來，等了好久，才斷斷續續地打了幾個瞌睡，做了幾個稀奇古怪的綺夢，出了很多汗，被窩裡都汗溼了。

魯兵被一陣門鈴聲驚醒時已是六點鐘了。他掀開被子，抓過睡衣穿上，然後去開門。秦燕左手拿了一個塑膠檔案夾，背一個女裝手袋，右手提了一袋菜。魯兵忙讓她進來，說客氣什麼呀。

秦燕邊找地方擱東西，邊說走走出出汗感覺好多了。嗓子也是帶著鈍音的。兩人的一對一答，聲調因鼻音而變得聽起來有點滑稽，他倆心裡都會心地想笑又沒好笑出聲。魯兵說難怪有人說巧呢。秦燕問誰說呀？魯兵已將話題轉到菜價上了。

秦燕說本來想請他去餐廳吃的，又怕他吹風，所以乾脆來個自助餐算了。魯兵對她的細心滿懷感激。他坐在床邊為自己沒收拾房間發窘。他奇怪，他竟很隨意將自己的世界向一個第二次見面的異性敞開。這有點像住校的舍友那樣隨便。

秦燕問他要不要再睡會兒？魯兵說不了，看著她進廚房忙。秦燕不斷地問哪是油鹽醬醋等等問題，魯兵則一邊回答指點，一邊很愜意地看著她忙，心裡有種說不出的美妙的滋味。

開飯時，魯兵問她平常是否也這樣弄晚飯。秦燕答偶爾吧，那要看心情。魯兵開玩笑說今晚我倆的配合還蠻協調的。秦燕聽了就笑，說那為此乾杯吧。她為魯兵盛了碗魚頭豆腐湯，說喝了能發汗，然後自己也盛了碗，和他碰杯。雖然是第二次見面，但兩人都不覺得拘謹，話題也越談越開。

魯兵覺得家就該這樣的。秦燕也覺得這頓飯吃得十分舒心。陳輝總是拉她去吃館子，像要完成一項任務，被什麼催迫著似的，吃得你心神不定。秦燕這才覺得與陳輝吃飯缺少一種情調和悠閒，永遠都像是客戶之間的應酬似的。聊到青年人關心的話題時，魯兵說每次見到女孩總是很緊張的。

秦燕說今天你可沒有呀。魯兵接著將他的後半句話說完——所以至今還是孤家寡人。秦燕看了他一眼說，所以要有主動的女孩你才有救啊？兩人都覺得這樣的對話有點像舞台劇的演員唸對白，心裡不覺又有點心懷鬼胎的犯罪感，對這個遊戲既怕又愛玩，特別是綜合今晚聽到的一些零星訊息來看，他倆都處於非常時期，是秋高氣爽的季節，最易發生火災。

這頓他倆都覺得很有情調的晚飯在十點鐘結束。秦燕將屋子收拾好便與魯兵告辭。她出門時，魯兵戀戀不捨地要送她到樓下車站。秦燕帶點開玩笑的口吻說，你想我天天給你做飯呀？魯兵一時反應不過來。秦燕說再吹風的話就更麻煩的。

魯兵只好放棄，但還是與她打趣，說只要你願意，歡迎之至！秦燕說那再找時間聚吧。魯兵問，一言為定？秦燕點點頭，要勾手指嗎？魯兵心裡一熱，說好啊！他想起小時侯玩的遊戲。於是兩人真的很快地勾了勾手指，再分手。

魯兵撫著勾過的手指，悵然有所失又有所得。坐在床上看著收拾得整整齊齊的房間，心潮起伏。而秦燕走在路上，風大了起來。她趕緊上了一輛公共小巴，看看天，雲層裡似隱藏著未可知的凶險，她隱隱覺得可能颱風雨又要來了。

八

陳輝在秦燕那窩了一肚的悶氣後，心血來潮時也試著找過她，但每次都無功而返，他對此並沒太著急，他認為女人嘛，都愛使性子，時間會幫他化解矛盾的，再說他的生意也讓他沒太多的時間去想之外的事，他照舊忙。

後來日子一久，也就是說過了幾個星期之後，他也稍稍空閒點，才發覺情況變得有點糟糕，從不多幾次與秦燕的電話聯繫中，秦燕不冷不熱的語氣裡，已透出攤牌分手的味道了，問題嚴重，陳輝不得不考慮要認真找她談談。

好不容易聯繫上，開始她先推說很忙，後來又說沒心情等等，最後陳輝說就談一次，就一次，他強調了三遍。秦燕沉默了幾秒鐘，說好吧！陳輝覺得只要好好把握這次機會，事情就會有轉機的，他特地將時間選在星期六晚上，地點定在他倆第一次吃飯的餐廳。

赴約前，陳輝特地去花店買了二十四支玫瑰，代表他倆認識了兩年。他將車子開到秦燕的樓下停好，然後小心地抱了花上樓。她的門上貼有一張小紙片，告訴他自己去餐廳了。陳輝的心一下子像掉進了冰窖。他撕了紙條，蹭蹭下樓了。

他將車子重新駛上馬路，將車窗降下，讓外面的風吹清醒自己。他告誡自己要心平氣和，態度誠懇，希望她原諒他的疏忽和大意。他一路想了好多要說的話，還沒等他決定該說哪句先，車子已到了餐廳的門口。陳輝努力使自己神態自若鑽出車門。

進了餐廳大門後，很快就在那個位子看見了秦燕。他走過去，有點急迫地將玫瑰花遞上。秦燕有點猶豫地接過，說謝謝，但已沒了以前接受禮物時的那種雀躍，平淡得像客戶那樣客氣，只是少了些誇張罷了。坐計程車來？陳輝打破沉悶的局面。慢慢散步來的。秦燕答道。聽此話陳輝特別失落，但他還是很努力營造氣氛，想引導秦燕的思路慢慢向著從前美好過的方向走。秦燕卻像喜歡自己走，總在陳輝的複述中挑出不和諧的部分，以證明些什麼。

陳輝越說越沒勁，越說越有一敗塗地的沮喪。最後他問秦燕，難道我倆就這麼 Over 了？他避免用「完」了。秦燕問他，難道這不是遲早的嗎？陳輝一時無話答她。秦燕離開時對他說，其實這兩年也有過快樂時光，她剛才挑剔他的話，是希望他明白有些很重要的東西，他們都忽略了，但那是最致命的黴菌，開始只是一點點，後來就使一個香甜的蛋糕都黴壞了。她這段時間想了很多，才明白的，才敢承認。這很難，但事實就是事實。末了，說謝謝他的花兒。

陳輝對著秦燕喝了一半的那杯水發呆。

陳輝的心情灰了一個星期，又一個星期，最後他發覺這樣下去的話，既於事無補，又影響他的生意，再不將那些黴點清除，自己就真的完了。他撐不住了，想找個朋友談談，找異性朋友當然不適宜。

他於是決定找魯兵吧，也不知道那傢伙這段時間忙什麼，好久沒聯繫上了。和這類朋友談有個好處，就是聽了你的傾訴後，他絕不會說女人是衣服，再換一件就是了，或者說找樂去吧這類話的。如果那樣，有必要找人傾訴嗎。這樣一想，已是晚上的七點了，他希望把魯兵拖出去邊吃邊談。

陳輝拿了車鑰匙鑽進車子，然後將車子開得有點快，駛過工業六路時，差點將幾個剛吃過晚飯結伴去散步的外來工撞了。他們在斑馬線邊縮頭縮腦。陳輝拿不準他們是過還是不過，便保持了車速，以至將那突然跨前幾步的一位嚇得腳都軟了。其他同伴便大聲責罵陳輝車子是怎麼開的。見沒撞著人，陳輝也不想爭辯，因為他知道被纏住可就說不定會發生什麼事了，他經常看報紙或聽人說，有些司機就是這樣被敲詐了錢財的。他趕緊一踩油門一溜煙跑遠了。

他剛上到魯兵宿舍那層樓梯，就聽到他的房間裡隱隱有開心的笑聲。他站在門口摁門鈴。門一會兒開了，那房間的景象一覽無餘。秦燕坐在桌邊，魯兵的手上還拿著筷子。陳輝好像被人耍了，吼了起來，他媽的，原來是這樣。魯兵，你知道有句老話叫朋友妻不可欺嗎？！

魯兵問什麼事發這麼大的火啊？陳輝認為他裝傻，便叫，秦燕你說！秦燕聽了他的話，問這哪個是他的妻子。自以為是！她說得有點激動和惱火。陳輝氣極了，抓住魯兵的領子，「噗噗」就是幾下。魯兵東倒西歪。

秦燕忙上前扶著他，大聲喊道，撒野到別處去！這不是你的地方。這時旁邊房間的人開門看看發生了什麼事。陳輝見狀，恨恨地瞪了她一眼，水性楊花！走了。

秦燕扶著魯兵坐定後，發現他的臉頰上有淤傷，用手一摸，魯兵疼得跳了起來。她於是去廚房用水煮了個蛋，去殼之後用手絹包了，在他的傷處滾來滾去熱敷。臉上的好了後，又問他身上的呢。魯兵有點難為情。秦燕說脫了吧。魯兵心咚咚地跳著把衣服脫了，任秦燕給他敷……

最後不知是誰的動作有點曖昧，或者說是彼此誤解了對方的意思，使彼此產生了與身體有關的慾望。當魯兵第一次進入女人的身體後，馬上就由一種爆炸的狀態進入一種升騰的狀態，之後又很快地呈現要漲滿要爆炸的狀態。

停一會兒，又反反覆覆。在秦燕的幫助下，他慢慢地越來越自如了。他們大呼小叫的，覺得這種事竟如此好玩，如此刺激，樂趣無窮。

秦燕從來沒試過如此放鬆地奔跑過，她不用擔心掉隊。她在躺著等待的間歇問魯兵喜歡她什麼。魯兵說是她的妖氣，第一次見到她就這樣想。秦燕說，你是匹好馬，也是個出色的騎手，真想不到你可以來那麼多次。說完她又翻身跨上去，摸了摸魯兵的傷處。魯兵哼了哼，又和她奔跑起來。

這時，外面颳起了大風，窗子砰砰響。馬路上的車子在鳴笛，急急趕路。秦燕和魯兵知道，有很多的馬兒和騎手正在這城市裡奔跑著。

秦燕和魯兵越動越快，大聲吼著向著他們的彩虹之橋奔去，向著那片水草肥美的草原奔去……

夏天的奔跑者：

七段心靈之旅，跨越艱難，尋找生命中的希望

作　　者：謝宏
發 行 人：黃振庭
出 版 者：崧燁文化事業有限公司
發 行 者：崧燁文化事業有限公司
E-mail：sonbookservice@gmail.com
粉 絲 頁：https://www.facebook.com/sonbookss/
網　　址：https://sonbook.net/
地　　址：台北市中正區重慶南路一段六十一號八樓 815 室
Rm. 815, 8F., No.61, Sec. 1, Chongqing S. Rd., Zhongzheng Dist., Taipei City 100, Taiwan
電　　話：(02)2370-3310
傳　　真：(02)2388-1990
印　　刷：京峯數位服務有限公司
律師顧問：廣華律師事務所 張珮琦律師

定　　價：375 元
發行日期：2024 年 04 月第一版
◎本書以 POD 印製

國家圖書館出版品預行編目資料

夏天的奔跑者：七段心靈之旅，跨越艱難，尋找生命中的希望 / 謝宏著 . -- 第一版 . -- 臺北市：崧燁文化事業有限公司 , 2024.04
面；　公分
POD 版
ISBN 978-626-394-178-6(平裝)
857.63　113004135

電子書購買

臉書

爽讀 APP